MORD, GELD UND CHAOS

DIE LUCA-MYSTERY-REIHE

DAN PETROSINI

DAN PETROSINI
www.danpetrosini.com

Print-ISBN: 978-1-960286-73-4

Naples, FL, USA

DIE LUCA MYSTERY-SERIE

SPANNENDE GEHEIMNISSE

Sie können über mein Schreiben auf dem Laufenden bleiben und Zugang zu Büchern haben, die frei von Discounter sind, indem Sie sich meinem Newsletter anschließen. Normalerweise ist es einmal im Monat ausgestiegen und enthält auch Notizen zu Selbstwertgefühl, Motivationsstücken und Weinartikeln.

Es ist kostenlos. Siehe meine Website: www.danpetrosini.com

DANKSAGUNG

Ich bin dankbar für die Liebe und Unterstützung meiner Frau Julie und unserer Töchter Stephanie und Jennifer.

Ein besonderer Dank geht an meinen Schriftstellerkollegen und besonderen Freund Bud Willis. Bud erzählte mir die wahre Geschichte über das versteckte Drogengeld und die DEA-Agenten.

Wir diskutierten regelmäßig über diese unglaublichen Umstände, und er ermutigte mich, darüber zu schreiben.

1

Derrick saß hinter seinem Schreibtisch und tippte auf seiner Tastatur.

»Morgen, Frank.«

»Morgen.«

Ich schloss die Bürotür.

Derrick fragte: »Was ist los?«

»Nichts. Ich wollte dir etwas erzählen; es klingt verrückt, aber erinnerst du dich? Ich habe dir von diesem Freund von Bilotti erzählt, John Coburn, der auf der Hochzeit war.«

»Der Typ, der gefragt hat, ob er dir vertrauen kann?«

»Ja. Er hatte einen Schlaganfall.«

»Oh Mann. Ein schlimmer?«

»Sieht so aus. Jedenfalls hat Coburn seine Krankenschwester anrufen lassen, und sie hat mir den Namen eines DEA-Agenten gegeben.«

»Was? Das wird langsam komisch.«

»Der Agent heißt Gabe Withers. Ich habe gestern Abend

ein paar Nachforschungen angestellt, und er hat Selbstmord begangen.«

»Verdammt schrecklich.«

»Ich weiß, aber das Interessante ist, dass Coburn erwähnt hat, einen Haufen verstecktes Geld gefunden zu haben.«

»Ich versteh's nicht. Was ist die Verbindung?«

»Withers' Partner war ein Cousin von Coburn, und die beiden DEA-Agenten waren auf einen großen Dealer angesetzt, der Verbindungen zu einem mexikanischen Kartell hatte.«

»Ich versteh's immer noch nicht.«

»Der Dealer, Julio Cabrerra, wurde ermordet, und das Interessante war, dass sie nichts von seinem Geld finden konnten.«

»Das Kartell hat es sich wahrscheinlich unter den Nagel gerissen.«

»Die haben auch danach gesucht. Informanten, die für die DEA arbeiten, haben ihnen gesagt, dass niemand Cabrerras Versteck finden konnte.«

»Über wie viel reden wir hier?«

»Irgendwas zwischen hundert und dreihundert Millionen.«

»Heilige Scheiße!«

»In bar.«

»Coburns Cousin weiß, wo es ist?«

»Ihm zufolge schon.«

»Und er hat Coburn gesagt, wo es ist?«

»Ich bin mir nicht sicher, aber er tut so, als ob er es wüsste.«

»Mann, das wäre mal ein Fund. Aber könnte man das behalten?«

»Ganz sicher. Mary Ann hat was von einem ›Wer's findet, darf's behalten‹-Gesetz gesagt, dass man es behalten darf, wenn man es findet.«

Derrick griff nach seinem klingelnden Schreibtischtelefon. »Mordkommission, Detective Dickson.«

Er legte auf. »Wir haben eine Leiche im Lowdermilk Beach Park. Der Beamte vor Ort geht von einem Tötungsdelikt aus.«

———

WIR BOGEN von der Route 41 auf den Banyan Boulevard ab. Derrick sagte: »Dieses neue Four Seasons, das sie da bauen, ist das nicht in der Nähe vom Lowdermilk Beach?«

»Etwas südlich davon.«

»Woher haben die den Namen überhaupt?«

»Er ist nach Fred Lowdermilk benannt, dem ersten Stadtmanager von Naples. Das ist eine interessante Geschichte: Der Park wurde von einem Bauträger gestiftet. Anstatt an jeder Straße einen Strandzugang zu schaffen, wie im Rest der Innenstadt, hat er ihnen einen Park geschenkt.«

»Ein Park ist viel besser.«

»Auf jeden Fall. Die offene Fläche ist schön, genauso wie der Parkplatz.«

Wir näherten uns dem Eingang von Lowdermilk. Dort waren mehr Polizisten als bei einer Parade zum St. Patrick's Day.

Eine Menschenmenge stand hinter dem gelben Absperrband, das sich über die gesamte Länge des Parkplatzes erstreckte. Während wir Handschuhe und Überschuhe anlegten, überflog ich mit meinem Blick die Gegend. Ein Volleyballfeld, ein Kinderspielplatz und zwei Pavillons, die über gepflasterte Wege zu erreichen waren, dominierten die Grünfläche.

Wir gingen zu einem hölzernen Steg, der sich zum Strand wölbte. Mehrere Paar Schuhe standen am Eingang aufgereiht. Ich zeigte auf die Mülleimer an der Rasenfläche und sagte: »Stellt sicher, dass wir alles mitnehmen, was da drin ist. Man weiß nie, was man findet.«

»Mörder machen Fehler, genau wie wir alle.«

»Gott sei Dank tun sie das.«

ZWEI BEAMTE STANDEN mit dem Rücken zum Golf von Mexiko und unterhielten sich bei einem der strohgedeckten Sonnenschirme, die den Strand säumten. Hinter den Streifenpolizisten lag eine Leiche.

»Hey, Frank, Derrick.«

»Hey, McQuire, Finley.«

»Was haben wir?«

Er drehte sich zu der Leiche um. »Männlich, Ende dreißig. Ich würde sagen, es sieht aus wie–«

Ich hob eine Hand. »Gibt es Zeugen?«

»Nicht, dass wir wüssten.«

»Wer hat die Leiche gefunden?«

»Mario Vigo, er wohnt auf der anderen Straßenseite. In diesem weißen Apartmenthaus.« Der Beamte zeigte auf eine Gruppe von drei identischen Gebäuden.

»Wo ist er?«

»Er holt sich einen Kaffee im Beach Café.«

»Sorgt dafür, dass er hierbleibt; wir müssen mit ihm reden.«

»Geht klar.«

Wir näherten uns der Leiche. Ein dünner, roter

Striemen zog sich über seinen Hals. Derrick sagte: »Er wurde erdrosselt.«

»Wir müssen sicherstellen, dass sie die Dünen und Mangroven durchkämmen. Wer auch immer das war, könnte die Tatwaffe dort weggeworfen haben.«

»Klar.«

Ich zog den Handrücken meines Handschuhs zurecht, kniete nieder und legte eine Hand auf seine Wange. Sie war kühl und wurde bereits fest. »Ich schätze, es ist vor acht bis zehn Stunden passiert.«

»Das wäre dann gegen Mitternacht.«

»Er sieht aus wie unter vierzig. Gut gekleidet.« Ich stand auf. »Was hat er hier draußen gemacht?«

»Sich mit jemandem getroffen? Einen Spaziergang gemacht?«

»Wir brauchen von Bilotti den Todeszeitpunkt.«

Derrick blickte über seine Schulter. »Er fährt gerade auf den Parkplatz. Er und ein Wagen von der Spurensicherung.«

»Gut. Hilf mir, seine Hüften anzuheben. Ich will nach einer Brieftasche und einem Handy suchen.«

»Handy vielleicht, aber Kerle in seinem Alter tragen keine Brieftaschen mehr.«

Es war ihm nicht bewusst, aber er machte ständig Anspielungen, durch die ich mich alt fühlte. Ich griff unter ihn und steckte meine Finger in beide Gesäßtaschen. »Nichts.«

»Hatte er kein Handy?«

Ich tastete seine vorderen Hosentaschen ab. »Sieht nicht so aus. Aber hier ist etwas.« Ich ließ meine Hand hineingleiten und zog eine dünne Plastikhülle hervor, die in einen Hundert-Dollar-Schein gewickelt war. Ich faltete den

Hunderter und zwei Fünfziger auseinander. In der Mitte befanden sich eine silberne Amex-Karte und ein Führerschein.

»David Beas. Geboren 1989.«

»Er ist vierunddreißig.«

»Die Adresse ist 1910 Monte Rosso Lane, Naples.«

»Das ist in Mediterra. Lynn hat eine Freundin, die in einer dieser Eigentumswohnungen lebt.«

Dr. Bilotti, der einen großen Aktenkoffer schleppte, führte das Team der Spurensicherung an. »Hey, Doc.«

»Hallo, meine Herren. Wir hatten ja keine lange Pause, was?«

»Als ob die Mordgötter wüssten, dass wir gerade unseren letzten Bericht abgeschlossen haben.«

»Mordgötter? Wir haben es mit mehr zu tun, als ich dachte.«

»Vielleicht kein Gott, aber irgendetwas verdreht den Leuten den Kopf.«

Derrick sagte: »Es ist die Kultur oder das Fehlen derselben.«

Bilotti sagte: »Vielleicht. Aber das ist eine Unterhaltung für einen anderen Tag. Lasst mich anfangen.«

»Wir brauchen einen Todeszeitpunkt, Doc.«

»Sobald wir den Tatort fotografiert haben, werde ich sehen, was sich schätzen lässt.«

»Ich kann immer noch nicht glauben, dass sie Gianelli haben gehen lassen.«

»Alles wegen der Budgetkürzungen. Die Erbsenzähler meinten, wir wären ja sowieso am Tatort und sollten die Fotos machen.«

Derrick sagte: »So ein Scheiß. Sie sollten ihre Ärsche mal in die reale Welt bewegen, sie zu den Tatorten mitnehmen. Wenn sie nicht kotzen, würden sie die Notwendigkeit erkennen.«

Bilotti zog einen Handschuh an. »Vielleicht sollten wir sie bei einer Autopsie zusehen lassen.«

Derrick sagte: »Das würde es bringen.«

Ich warf ein: »Nennt mich verrückt, aber wenn jeder über sechzehn Zeuge der Autopsie eines Mordopfers werden müsste, wette ich, die Gewalt würde zurückgehen.«

»Und die Unterstützung für das, womit wir uns befassen, würde zunehmen.«

»Genug für den Moment gejammert. Reden wir mit dem Mann, der den armen Kerl gefunden hat.«

2

MARIO VIGO HATTE EINE UNGESUNDE SONNENBRÄUNE. VIGO war Ende siebzig, schlank und hatte klare Augen. Wir stellten uns vor und gaben uns die Hand.

»Können Sie uns erzählen, wie Sie die Leiche gefunden haben?«

»Ich war auf meinem Spaziergang unterwegs. Egal, ob es regnet oder die Sonne scheint. Hauptsache, ich komme auf meine Schritte. Ich war auf dem Rückweg und sah ihn. Zuerst dachte ich, er liegt da einfach nur so, wissen Sie. Er war angezogen und alles, und ich dachte, er schläft halt seinen Rausch aus, verstehen Sie.«

»Um wie viel Uhr war das?«

»So gegen Viertel vor neun.«

»Haben Sie jemanden oder etwas Verdächtiges gesehen?«

»Nein, nichts. Es war wieder ein schöner Morgen, und nur ich und die Stammgäste waren unterwegs, um unser Tagwerk zu verrichten.«

»Es waren also noch andere am Strand spazieren?«

»Klar. Wenn sie ihn gesehen haben, dachten sie wahrscheinlich genau wie ich zuerst, dass er schläft.«

»Haben Sie diesen Mann schon einmal gesehen?«

»Den Toten?«

»Ja.«

»Nö. Zum ersten Mal.«

»Lag die Leiche schon da, als Sie losgegangen sind?«

»Das kann ich nicht sagen. Wenn ich losgehe, laufe ich immer Richtung Süden und kehre erst an der Fourteenth Avenue South wieder um.«

»Das ist ein weiter Weg.«

»Fünf Meilen, hin und zurück, ohne den Weg von und zur Wohnung.«

»Das machen Sie jeden Tag?«

»Sechs Tage die Woche. Sonntag ist mein Ruhetag.«

»Alle Achtung. Nun, als Sie zu der Leiche hingingen, haben Sie sie berührt?«

»Nein. Er war so grau, ich wusste sofort, dass er hinüber war. Ich habe den Notruf gewählt und auf die Polizei gewartet.«

»Haben Sie gesehen, wie sich jemand der Leiche genähert hat, während Sie unterwegs waren?«

»Nein. Wie gesagt, es sah aus, als würde jemand eine durchzechte Nacht ausschlafen.«

Wir notierten seine Kontaktdaten und gingen zurück zum Fundort. Ich sagte: »Der Kerl ist für einen über Siebzigjährigen aber ganz schön in Form.«

»Und sein Händedruck? Wie ein Schraubstock.«

»Man sagt, der Händedruck sei ein guter Indikator für die allgemeine Gesundheit und Stärke und Menschen mit einem kräftigen Händedruck leben wahrscheinlich länger.«

»Klingt logisch.«

Bilotti hockte über der Leiche. »Wie läuft's, Doktor?«

»Gut.«

Der Arzt hatte dem Opfer Plastikhandschuhe über die Hände gezogen, um mögliche Spuren zu sichern.

»Gibt's was zum Todeszeitpunkt?«

»Nur nach der Körpertemperatur zu urteilen, ist das Opfer zwischen gestern Abend elf Uhr und heute Morgen ein Uhr verstorben.«

Meine Vermutung schien zu stimmen. »Danke. Damit haben wir einen ersten Ansatz.«

————

VON MEINEM SCHREIBTISCH AUS sagte ich: »David Beas hat keine Vorstrafen. Er ist als Partner in einer Designfirma namens Magnet Design eingetragen.«

Derrick sagte: »Ich glaube, von denen habe ich schon mal gehört.«

»Sie haben ein Büro in der Tenth Street. Im Designviertel.«

»Dort stehen ein paar coole Gebäude.«

»In der Gegend tut sich eine Menge. Wer weiß, wie es dort in fünf bis zehn Jahren aussehen wird.«

»Einige dieser Ladenzeilen sind so hässlich. Die müssen weg.«

»Ich bin mir sicher, dass sie den Höchstpreis dafür wollen. Zu Beas' Familie finde ich nichts.«

»Ich auch nicht. Alles, was ich finden kann, ist, dass er aus Missouri kommt.«

»Ich möchte nicht, dass Beas' Name veröffentlicht wird, bevor wir die Möglichkeit hatten, die Familie zu benachrichtigen.«

»Das wäre eine schreckliche Art, zu erfahren, dass jemand Nahestehendes gestorben ist.«

»Ich fahre mal bei seiner Firma vorbei, um nach den nächsten Angehörigen zu fragen. Willst du mitkommen?«

»Nein. Ich checke die sozialen Medien, um zu sehen, was es da so gibt.«

»Gut. Wenn du Zeit hast, kannst du dich um einen Durchsuchungsbefehl für Beas' Wohnung kümmern?«

»Bin schon dran.«

———

MAGNET DESIGN BEFAND sich im zweiten Stock eines eleganten Glasgebäudes. Die getönten Scheiben verstärkten den modernen Eindruck. Das Gebäude daneben war im gleichen Stil gehalten, aber die anderen auf der Straße hätten in jeder beliebigen alternden amerikanischen Stadt stehen können.

Eine Frau hinter einem Empfangstresen aus Edelstahl schenkte mir ein Lächeln. Sie zog ihre Kopfhörer herunter. »Kann ich Ihnen helfen?«

»Detective Luca vom Sheriff's Office in Collier County. Wer ist hier der Verantwortliche?«

»Cindy ist die Büroleiterin.«

»Was ist mit den Partnern? Sind die hier?«

»Nur Will Sanchez. David ist noch nicht da.«

»Darf ich bitte mit Herrn Sanchez sprechen?«

Sie stand auf. »Einen Moment. Ich sage ihm, dass Sie hier sind.«

Ich ließ meinen Blick durch den Raum schweifen. Es gab zwei Dutzend Arbeitsplätze, jeder mit zwei Monitoren. Ein gläserner Konferenzraum zwischen zwei Privatbüros bildete den Mittelpunkt im hinteren Teil des Raums. Das geschäftige Treiben an diesem Ort würde gleich zum Erliegen kommen.

»Ist schon in Ordnung, kommen Sie nur durch. Er empfängt Sie sofort«, sagte die Empfangsdame.

Will Sanchez tippte auf seiner Tastatur. Er hob einen Finger und tippte noch zehn Sekunden weiter. »Entschuldigung.« Sanchez stand auf und knöpfte sein Sakko zu. »Das war eine dringende E-Mail. Was kann ich für Sie tun?«

Sanchez war zurechtgemacht wie für einen Fernsehauftritt. »David Beas, der in Mediterra wohnt, ist das Ihr Partner?«

»Ja. Wieso?«

»Ich fürchte, ich habe schlechte Nachrichten.«

»Oh nein. Ist ihm etwas passiert?«

»Er wurde heute Morgen tot am Lowdermilk Beach gefunden.«

Sanchez sank in seinen Stuhl. »Oh mein Gott. War es ein Herzinfarkt?«

»Nein. Er wurde ermordet.«

»Ermordet? Von wem?«

»Das wissen wir zum jetzigen Zeitpunkt noch nicht.«

»Ich kann es nicht glauben. Das ergibt keinen Sinn. Dave war ein lieber Kerl. Er würde keiner Fliege etwas zuleide tun. Warum sollte ihn jemand umbringen?«

»Da Sie seine Partner waren, könnten wir etwas Hilfe bei der Identifizierung seiner Familie gebrauchen. Wir müssen die nächsten Angehörigen benachrichtigen.«

Sanchez runzelte die Stirn. »David hatte keine Familie, soweit ich weiß. Seine Eltern sind tot und er hatte keine Geschwister.«

»Irgendwelche Verwandten in Missouri?«

»David hat Missouri vor langer Zeit verlassen und sich hier ein neues Leben aufgebaut. Er ist nie zurückgegangen. Ich kann immer noch nicht glauben, dass er von uns gegangen ist. Was soll ich nur ohne ihn tun? Er war ein so wichtiger Teil dieser Kanzlei.«

»Das tut mir leid. Kennen Sie jemanden, der als nächster Angehöriger infrage käme?«

»Ich-ich-ich kann gerade nicht klar denken. Ich muss das erst einmal verarbeiten.«

»Ich verstehe.«

»Er hätte hier sein sollen. Wir haben in einer Stunde ein wichtiges Treffen. Vielleicht kann ich es absagen, aber nein, sie sind nur für heute in der Stadt.«

»Wer war Ihrer Meinung nach sein engster Freund?«

»Das war ich. Also, ich meine, er war früher eng mit Linda Peters befreundet. Sie weiß vielleicht von einem entfernten Verwandten.«

Ich notierte mir ihre Kontaktdaten und sagte Sanchez, dass wir uns in den nächsten Tagen wieder unterhalten würden.

3

DIE GEGEND UM DIE TWELFTH STREET WAR EINE MISCHUNG aus Häusern aus den Sechziger- und Siebzigerjahren und modernen Bauten, die für ihre Grundstücke zu groß waren. Linda Peters wohnte in der Innenstadt in einem grünen Wohnhaus mit Eigentumswohnungen. Das Grundstück war mehr wert als das Gebäude.

Peters, die ihr Haar zu einem Pferdeschwanz gebunden hatte, besaß ein Lächeln, das förmlich nach *Zahnaufheller* schrie. »Guten Tag, ich bin Detective Luca vom Sheriff's Office in Collier County.«

»Worum geht es denn?«

»Darf ich hereinkommen? Es geht um David Beas.«

Sie trat zur Seite. »Ist er in Ordnung?«

Das Innere von Peters' Wohnung war dunkel, aber elegant eingerichtet. Ein Geschirrspüler ratterte vor sich hin. »Setzen wir uns doch.«

»Sicher.« Sie deutete auf eine blaue Couch.

Ich ließ mich hineinsinken und fragte mich, ob es echtes

Leder war. Sie setzte sich auf die Kante eines grauen Club-sessels. »Was ist mit David passiert?«

»Ich fürchte, er wurde letzte Nacht ermordet.«

»Was? Soll das eine Art makaberer Scherz sein?«

»Nein, Ma'am. Er wurde heute Morgen tot im Lowder-milk Park aufgefunden.«

Sie schlug sich die Hand vor den Mund und murmelte: »Oh, mein Gott.«

»Wie ich höre, standen Sie Herrn Beas nahe.«

»Ja, im letzten Jahr weniger, aber ich kann das einfach nicht glauben. Er war eine gute Seele und würde keiner Fliege etwas zuleide tun.«

»Ich würde gerne etwas über seine Familie erfahren, um sie ordnungsgemäß zu benachrichtigen.«

Sie runzelte die Stirn. »Er hatte wirklich keinen Kontakt mehr zu irgendjemandem in Missouri. Als sein Vater starb, ist er nicht einmal zur Beerdigung gefahren.«

»Warum nicht?«

»Nun, er sagte, es fing an, als er sich geoutet hat, kurz bevor seine Mutter starb.«

»Herr Beas war schwul?«

»Ja. Er kam nach Florida, um ein neues Leben anzufangen.«

»Wann war das?«

»Ich glaube, das war vor ungefähr zehn Jahren.«

»Gibt es jemanden aus seiner, äh, Vergangenheit, sagen wir, einen Verwandten, den wir benachrichtigen können?«

»Er hat ein paar Mal eine Cousine Madeline erwähnt. Sie lebte in Kansas City, da bin ich mir ziemlich sicher.«

»Mit Nachnamen Beas?«

»Das hat er nie gesagt.«

»Was ist mit anderen Freunden von Herrn Beas?«

»David war früher mit einem Judd Rollins zusammen. Aber das ist seit etwa acht Monaten vorbei.«

»Wissen Sie, wie ich Herrn Rollins erreichen kann?«

»Er arbeitet bei Hadinger's, dem Bodenbelagsgeschäft an der Airport Pulling.«

»Danke. Wissen Sie, wer Herrn Beas das angetan haben könnte?«

»Nein, wirklich nicht. Wie gesagt, er war ein guter Mensch. David war im Grunde ein Einzelgänger. Wenn er nicht arbeitete, war er zu Hause.«

»Wissen Sie, ob es irgendwelche schwierigen Beziehungen gab, privat oder beruflich?«

»Nein, aber David war irgendwie verschlossen.«

Ich stand auf und gab ihr meine Karte. »Wenn Ihnen irgendetwas einfällt, egal, wie unwichtig es Ihnen erscheint, lassen Sie es mich bitte wissen.«

————

HADINGER'S WAR in einem hässlichen Braunrot gestrichen. Das hielt uns davon ab, dort einzukaufen, bis ein Freund meinte, wir müssten unbedingt dorthin, als wir einen Teppich suchten. Als ich zum Eingang ging, klingelte mein Handy. Es war Coburn.

Das war nicht der richtige Zeitpunkt, um über eine Schatzsuche zu sprechen. Ich drückte den Anruf weg und ging in das Bodenbelagsgeschäft.

Zwei Muskelmänner wendeten einen hüfthohen Stapel Teppiche. Ich fragte nach Judd Rollins und wurde zur Abteilung für Wandteppiche geschickt. Ein Mann in königsblauen Jeans und einem Leinenhemd blätterte sie gerade durch.

»Entschuldigen Sie. Herr Rollins?«

»Der bin ich. Wie kann ich Ihnen helfen?«

Rollins war ein paar Zentimeter größer als ich und trug eine Brille mit breitem Gestell, die zu seiner Hose passte. »Detective Luca, Sheriff's Office Collier County.«

»Konnten Sie den türkischen Teppich zurückholen? Das war der schönste Seidenteppich, den wir je hatten.«

»Ich bin wegen einer anderen Sache hier, aber was ist mit dem Teppich passiert?«

»Wir erlauben unseren Kunden, einen Teppich mit nach Hause zu nehmen, um zu sehen, wie er in den eigenen vier Wänden aussieht. Es ist selten, aber alle paar Jahre missbraucht jemand diese Regelung. Was führt Sie hierher?«

»Gibt es einen privaten Bereich?«

»Hier entlang.« Ich folgte ihm tiefer in den Laden, zu einer Ecke mit einem Schreibtisch. »Das ist alles sehr mysteriös.«

»David Beas wurde heute Morgen ermordet aufgefunden.«

Seine Gesichtszüge erschlafften. »Oh nein. Wie? Was? Sind Sie sicher?«

»Ja. Was können Sie mir sagen, das zu demjenigen führen könnte, der das getan hat?«

»David und ich haben uns vor Monaten getrennt, aber wir hatten immer noch Kontakt. Oh Gott, ich kann nicht glauben, dass das wirklich passiert ist. Es ist surreal.«

»Wann haben Sie das letzte Mal mit ihm gesprochen?«

»Wir haben uns alle zwei Wochen mal gemeldet. Das letzte Mal haben wir vor etwa zehn Tagen gechattet. Er war begeistert von einem neuen Kunden, den seine Firma an Land gezogen hatte. Er sagte, es sei eine richtig große Sache und würde die Größe der Firma verdoppeln.«

»Was ist mit seinem Partner, Will Sanchez? Kamen die beiden miteinander aus?«

»David äußerte sich über ihn mal so, mal so. An einem Tag war Will der Beste, und am nächsten konnte er es nicht ertragen, in seiner Nähe zu sein.«

»Was ist mit seinem Privatleben?«

Rollins höhnte: »Er hatte sich gerade erst von seinem Freund getrennt, von Barry Schwartz. Wissen Sie, den sollten Sie sich mal genauer ansehen.«

»Wie kommen Sie darauf?«

»Ich mochte ihn nie und fand, dass er nicht zu David passte. Er ist einfach nur fies. Wissen Sie, in der Szene erzählt man sich, dass er auf Domination steht.«

Als ich im Sabbatical war, arbeitete ich als Privatdetektiv an einem Fall, in dem es um BDSM ging. »Wissen Sie, ob irgendwelche, äh, Interaktionen gewalttätig wurden?«

»Ich habe gern meinen Spaß, wissen Sie, aber für mich ist diese ganze Szene ungesund.«

Ungesünder als David Beas konnte man ja kaum werden. »Ist Ihnen ein konkreter Vorfall mit Mr. Schwartz bekannt?«

»Kann natürlich auch alles nur Gerede sein, und sie haben sich ja getrennt. Meiner Meinung nach ist Barry nichts weiter als ein Rohling, aber da müssen Sie sich schon Ihr eigenes Bild machen.«

Ob das nun eine Schmutzkampagne war oder nicht, wir mussten Schwartz überprüfen. »Gibt es jemanden, mit dem Mr. Beas eine Auseinandersetzung hatte?«

Er schürzte die Lippen. »Nun, da war sein Nachbar Richard Chen. Er wohnt im selben Stockwerk wie David. Dieser Idiot ist ein Schwulenhasser. Einmal kamen wir die Treppe herunter, als Chen von hinten kam und David umrannte. Er stürzte und verstauchte sich das Knie. Er hatte Glück; er ist nur knapp mit dem Kopf an der Betontreppe vorbeigeschrammt. Der Mistkerl meinte, er sei gestolpert, aber ich wusste, dass er es mit Absicht getan hatte.«

»Haben Sie Anzeige erstattet?«

»Nicht bei der Polizei, aber David hat es der Eigentümergemeinschaft gemeldet.«

»Warum der Eigentümergemeinschaft?«

»Chen ist nur Mieter, und David hat sie über die Schikanen informiert, in der Hoffnung, dass sie ihn rausschmeißen oder dem Eigentümer zumindest keine Verlängerung gestatten würden.«

4

ALS ICH DAS HAUS BETRAT, SCHLUG MIR EIN ERDIG-
schwefliger Geruch entgegen. Ich ging zur Veranda, wo
Mary Ann gerade den Tisch deckte. »Machst du
Rosenkohl?«

»Ja. Und ich habe Krabbenküchlein von Mr. Big Fish
geholt.«

Ich gab ihr einen Kuss auf die Wange. »Schön.«

»Ich habe von dem Mord in Lowdermilk gehört.«

»Ja, ein junger Kerl, Partner in einer Designfirma, am
Strand erwürgt. Das ist ein seltsamer Fall.«

»Gibt es Spuren?«

»Wir verfolgen ein paar Spuren.«

Mein Handy klingelte. Es war Coburn. Schon wieder.
Ich drückte den Anruf weg. »Wie lange noch bis zum
Essen?«

»Ich habe die Krabbenküchlein noch nicht in den Ofen
geschoben.«

»Okay. Ich muss kurz was nachsehen.«

Ich zog mir Shorts und ein Naples-Vibe-T-Shirt an und

ging ins Arbeitszimmer. Ich klappte meinen Laptop auf, tippte »finders keepers in Florida« in die Suchleiste und begann, die Ergebnisseite zu lesen.

Das passte nicht zu dem, was Mary Ann gesagt hatte. In Florida musste man jeden gefundenen Besitz abgeben und eine unbestimmte Zeit lang warten, um zu sehen, ob der Besitzer ihn beanspruchte.

Das mochte bei billigem Schmuck funktionieren, aber nicht bei Bargeld. Bei der Summe, von der Coburn sprach, würde sich eine Schlange von Anspruchstellern bis zur Grenze von Georgia bilden.

Ich konnte mir nicht vorstellen, wie jemand einen Anspruch geltend machen könnte, es sei denn, er wurde von einem Kartell angeheuert. Das Geld stammte aus Drogengeschäften. Es würde eingezogen werden müssen.

Ich lehnte mich in meinem Stuhl zurück und ging verschiedene Ideen durch. Wenn wir es fänden, müssten wir es niemandem sagen. Wir würden das Geld behalten und in die Karibik oder so fahren. Vielleicht nach Europa oder nach Florenz, wo Jessie ein Semester verbracht hatte. Was war mit Derrick? Würden er und Lynn mit uns abhauen?

Wir wären auf Reisen, das war nicht dasselbe, wie sich zu verstecken. Oder doch? Ich schüttelte den Kopf; es war eine Flucht und widersprach allem, wofür ich stand.

Ich tippte »Belohnung für Drogengeld« in die Suchleiste. Die erste Zeile war das Belohnungsprogramm des Außenministeriums für Drogenbekämpfung. Ich klickte darauf und überflog die Informationen. Sie boten eine Belohnung von bis zu fünfundzwanzig Millionen Dollar für Informationen, die zur Verhaftung oder Verurteilung eines Drogenhändlers führten.

Als ich das Kleingedruckte las, wurde deutlich, dass es darauf ausgelegt war, Ausländer dazu zu bewegen, den Vereinigten Staaten zu helfen, große Dealer zu fassen.

»Frank! Das Essen ist fertig.«

Ich klappte meinen Laptop zu.

»Morgen, Derrick.«

»Hey, Frank. Wir haben den Durchsuchungsbefehl für Beas' Wohnung.«

»Gut. Es gibt einen Nachbarn, den eine Ex für homophob hält und den wir uns ansehen sollten. Ein Typ namens Richard Chen.«

»Ich habe auf seiner Facebook-Seite gesehen, dass Beas schwul war. Ich werde Chen überprüfen.«

»Überprüfe Judd Rollins und Barry Schwartz gleich mit.«

»Mann, du warst aber fleißig.«

Ich lächelte. »Ich muss diesen Job ja behalten; es sieht nicht so aus, als könnten wir den Topf voll Gold behalten, den Coburn erwähnt hat.«

»Was meinst du damit?«

»Mary Ann muss da was durcheinandergebracht haben. Es gibt kein ›Wer's findet, darf's behalten‹-Gesetz, nicht für das, worüber wir reden.«

Als ich einen Schluck Kaffee nahm, kam er an meinen Schreibtisch. »Wenn wir es finden, sollten wir es einfach behalten. Wenn wir es nicht finden und Coburn stirbt, wird es niemand tun.«

»Ich habe nach einem Belohnungsprogramm gesucht.

Die Bundesbehörden haben eins, aber nicht für diese Art von Sache.«

»Es muss doch irgendetwas geben. Wir reden hier von einer riesigen Menge Geld.«

»Ich weiß. Vielleicht können wir etwas aushandeln. Wir nehmen uns einen kleinen Teil und geben den Rest ab.«

»Einen kleinen Teil? Wir sollten den Großteil davon behalten.«

»Hör zu, wir bekommen, sagen wir, fünfundzwanzig Millionen – stellen sicher, dass wir keine Steuern darauf zahlen müssen, und teilen es. Zwölf und ein paar Zerquetschte für jeden.«

Seine Augen weiteten sich. »Kannst du dir das vorstellen?«

»Nein. Kann ich nicht.«

»Es wäre fantastisch. Meinst du, wir können da was aushandeln?«

»Das könnten wir vielleicht. Der einzige Haken ist, dass wir es mit den Bundesbehörden zu tun haben. Wäre es der Staat Florida, könnten wir uns, denke ich, einigen.«

»Wo fangen wir an?«

»Wir können nicht durch die Gegend rennen und verhandeln, bevor wir nicht wissen, ob das alles echt ist.«

»Stimmt.«

»Coburn hat mich gestern angerufen. Ich werde ihn zurückrufen und um einen Beweis bitten.«

Derrick runzelte die Stirn. »Er wird ein Stück vom Kuchen abhaben wollen. Wir sollten mehr als fünfundzwanzig verlangen, sonst bleiben für jeden von uns nur acht Millionen übrig.«

»Hör dir mal an, was du gerade gesagt hast: ›nur acht Millionen‹.«

Er lächelte. »Ich weiß. Nur –«

»Lass uns mit Beas weitermachen.«

———

NACHDEM WIR DEN Schlüssel abgeholt hatten, fuhren wir zu Beas' Wohnhaus. Als Derrick aus dem SUV stieg, sagte er: »Die sehen aus wie die in Tiburon.«

»Japp, sogar die gleiche gelbe Farbe. WCI hat damals wie verrückt gebaut und für ein paar Siedlungen die gleichen Baupläne verwendet.«

»Wenn etwas funktioniert, sollte man die Finger davon lassen.«

»Es geht darum, Kosten zu senken, um Geld zu verdienen.«

Der Grundriss war sehr offen, und durch eine Wand aus Schiebetüren, die auf einen See hinausgingen, strömte Licht herein. Derrick sagte: »Mann, man merkt sofort, dass der Kerl Designer war.«

»Er hat das gut gemacht. Mir gefällt diese Wand; sie sieht aus wie Leder.«

»Ja. Schau dir mal die Decke an; er hat Teile davon tapeziert.«

»Du durchsuchst sein Büro. Ich nehme das Schlafzimmer.«

Obwohl Beas tot war, lief mir ein Schauer über den Rücken. Ein Kingsize-Bett mit einem riesigen, gepolsterten Kopfteil dominierte den Raum. Es wirkte alles sehr elegant. Die Nachttische hatten eine graue Satin-Oberfläche und keine Griffe.

Ich ging direkt zu einem Sideboard. Es war voll mit

gerahmten Bildern. Beas als Baby, als Kleinkind und sechs aktuelle Bilder. Keine Spur von Familie.

»Hey, Frank. Komm mal her.«

»Was ist los?«

»Du hast erwähnt, dass die Designfirma einen neuen Kunden hat, oder?«

»Ja. Was ist damit?«

Er reichte mir ein Dokument. »Das lag oben auf einem Stapel Ordner mit der Aufschrift ›Astra Developers‹.«

Ich überflog es. »Diese Firma bringt ihnen acht Millionen im Jahr an Umsatz ein, und sie werden zwei Millionen Gewinn machen?«

»So sieht es aus, aber siehst du das hier?«

Er zeigte auf den unteren Rand der Seite. »Minus zweihundertfünfzig an Damien.«

»Wer ist Damien?«

»Könnte jeder sein.«

»Das kommt mir spanisch vor.«

Es klopfte an der Tür. »Hallo? Hallo? Wer ist da drin? Ich rufe die Polizei.«

Ich stieß die Tür auf und sagte: »Wir sind die Polizei.«

Ein Mann um die dreißig, die Sonnenbrille im Ausschnitt seines T-Shirts eingehakt, sagte: »Oh, ich dachte, jemand wäre eingebrochen oder so.«

»Und Sie sind?«

»Richard Chen. Ich wohne in dem Gebäude.«

Er sah nicht asiatisch aus, aber heutzutage verrieten Nachnamen nicht mehr viel. Bevor ich etwas sagen konnte, fuhr er fort: »Ich habe Sie herumlaufen gehört und, wissen Sie, mit dem, was passiert ist und so ... Ich dachte, jemand raubt die Wohnung aus.«

Wir hatten den Namen des Opfers nicht veröffentlicht. Woher wusste Chen, dass er es war?

5

Wir versiegelten die Tür und gingen. Wir sahen zu, wie Beas' BMW 4 auf einen Abschleppwagen verladen wurde, und stiegen in unseren Geländewagen. Ich sagte: »Wir brauchen Hintergrundinformationen zu Chen. Hast du gesehen, wie er herumgedruckst hat, obwohl er wusste, dass Beas ermordet worden war?«

»Der Name wurde durchgesteckt.«

»Ein Reporter ruft an und erzählt es dir, aber du fragst nicht nach seinem Namen? Das kaufe ich ihm nicht ab.«

»Hört sich faul an.«

»Und dass er zur Wohnung hochkam? Das ist ein klassisches Ablenkungsmanöver.«

»Wir hätten ihn befragen sollen.«

»Nee, wann immer es geht, bestimmen wir die Spielregeln. Sobald wir mehr über ihn haben, reden wir mit ihm.«

»Ich wünschte, wir hätten Beas' Handy in der Wohnung gefunden.«

»Wann hatten wir das letzte Mal einen leichten Fall?«

»Wem sagst du das. Ich besorge einen Durchsuchungsbefehl für seine Telefonate.«

»Gut. Vielleicht finden wir ja was in seinem Wagen.«

»Ich bezweifle es. Er sah sauber aus und Bilotti glaubt, dass er in Lowdermilk erdrosselt wurde.«

»Man wird ja wohl noch hoffen dürfen.«

Derrick lachte. »Warum nicht?«

Mein Handy klingelte. »Hey, Doc, was gibt's?«

»Ich fange in einer Stunde mit der Autopsie von Beas an. Ich nehme an, Sie werden dabei sein?«

»Einen Moment.« Ich schaltete das Telefon stumm.

»Derrick, Bilotti wird Beas obduzieren. Willst du dabei sein?«

»Klar, aber du gehst doch immer hin.«

»Großartig.«

»Doc, Derrick wird da sein. Ich habe noch ein paar Dinge zu erledigen.«

———

ICH REICHTE DEN DURCHSUCHUNGSBEFEHL FÜR BEAS' Telefonate ein und ging die Treppe zu meinem Büro hinunter. Chen war der Nächste auf der Liste. Alles, was wir hatten, war eine Mischung aus Andeutungen und dem seltsamen Gefühl, das Chen ausgelöst hatte, als er bei Beas zu Hause aufgetaucht war.

Hätte die Ex nicht erwähnt, dass Chen ein Schwulenhasser war, hätte ich mir keine weiteren Gedanken gemacht. Ich ließ mich hinter meinen Schreibtisch gleiten und gab Richard Chen ins System ein.

Ein Kribbeln lief mir über den Nacken, als zwei Treffer

erschienen. Chen war zweimal verhaftet worden: wegen Körperverletzung und Fahrerflucht.

Ich klickte auf die Körperverletzung und überflog die Akte. Da war es; er hatte einen Homosexuellen verprügelt. Chen war handgreiflich geworden, nachdem er mit dem Opfer einen Blechschaden gehabt hatte. Er hatte keine Waffe benutzt, aber mir drehte sich der Magen um, als ich die blauen Flecken des Opfers sah. Warum war die Anklage fallengelassen worden?

Als Nächstes die Fahrerflucht. Niemand war verletzt worden. Chen hatte auf der Eighth Street ein Fahrzeug gestreift und den Unfallort verlassen. Am nächsten Tag führten Kameraaufnahmen die Polizei zu Chen. Was war das denn für ein Autofahrer?

Oder war er ein Spinner, der das Auto eines Schwulen beschädigen wollte? Hatte er den Autounfall, der zu der Körperverletzung führte, absichtlich provoziert?

So etwas konnte man sich nicht ausdenken. Das wahre Leben war definitiv seltsamer als Fiktion, denn in der Fiktion musste es einen Sinn ergeben. Ein paar Tastenanschläge in der Datenbank des Staates Florida und ich erfuhr, dass Chen im CVS an der Route 41 und der Vanderbilt Beach Road arbeitete. Ich schnappte mir die Schlüssel und machte mich auf den Weg.

———

VANDERBILT BEACH WAR NUR eine Minute entfernt. Ich unterdrückte den Wunsch, einen verstohlenen Blick auf den Golf von Mexiko zu werfen, und bog auf den Parkplatz des CVS ein.

Als ich nach Chen fragte, erfuhr ich, dass er der diensthabende Apotheker war. Ich ging durch den Gang mit den Vitaminen. Hatte ein Regal voller Anti-Aging-Präparate irgendwelche Vorteile? Wenn sie die Uhr auch nur um lumpige zwei Jahre zurückdrehen könnten, würde sich eine Schlange bis nach Ave Maria bilden.

Chen war am Telefon. Ihn in einem weißen Kittel zu sehen, war seltsam. Sobald er aufgelegt hatte, stutzte Chen, als er mich sah.

Ich sagte: »Machen Sie doch mal eine Pause.«

Er flüsterte einem Kollegen etwas zu, während er ein Rezept in eine Tüte steckte.

Chen kam hinter dem Tresen hervor und wir gingen hinaus in den Sonnenschein. Chen sagte: »Was ist los? Haben Sie den Kerl erwischt?«

»Man hat mir gesagt, dass Sie David Beas nicht mochten.«

»Na und? Was glauben Sie, ich hätte etwas damit zu tun?«

»Sie haben etwas gegen Schwule.«

»Das hat damit nichts zu tun.«

»Warum haben Sie ihn die Treppe hinuntergestoßen?«

»Das war ein Unfall.«

»Und den Fahrer des Wagens zu verprügeln, der zufällig schwul war, was war das?«

»Der Idiot kann nicht fahren. Wie der einen Führerschein bekommen hat, ist mir schleierhaft.«

Das war ja wohl ein Witz, ausgerechnet von einem, der ein Fahrzeug gestreift hatte und dann abgehauen war. »Sie scheinen einen Groll gegen Schwule zu hegen.«

»Das ist Unsinn. Solange sie mir ihren Kram nicht unter die Nase reiben, ist es mir egal, was sie tun.«

»*Und wenn sie es Ihnen unter die Nase reiben, greifen Sie sie an?*«

»Nein. So habe ich das nicht gemeint.«

»Sie neigen zu Aggressionen gegenüber homosexuellen Männern. Sagen Sie mir also: Was haben Sie damit gemeint?«

»Sie sehen das völlig falsch. Was auch immer passiert ist, ist nur ein Zufall.«

Diese Steilvorlage musste ich einfach nutzen. »Was Sie als Zufall bezeichnen, betrachte ich als Beweis für ein Muster von Hassverbrechen.«

»Ich kann nicht glauben, dass Sie das überhaupt sagen. Ich bin der fairste Kerl auf dem Planeten.«

»Wo waren Sie in der Nacht zum ersten Oktober?«

»Ich? Sie beschuldigen mich wegen dem, was David Beas passiert ist?«

»Ich beschuldige Sie keineswegs. Wo waren Sie?«

»Das war ein Dienstag, richtig?«

»Ja.«

»Ich war im Franklin Social. Paul, ein Freund von mir, hat dort in einer Band Saxofon gespielt.«

»Bis wie viel Uhr waren Sie dort?«

»Keine Ahnung, so gegen zehn.«

»Wo waren Sie von zehn Uhr bis zum nächsten Morgen?«

»Zuhause.«

»Sie sind vom Franklin Social direkt zu sich in die Monterosso Lane gefahren?«

»Genau.«

»Welches Auto haben Sie an dem Abend gefahren?«

»Meinen Audi.«

Die bewachten Einfahrten von Mediterra hatten hochwertige Kameras, wie es sich für eine gehobene Wohnanlage gehörte. Wenn er log, würden wir es herausfinden.

Chen war so ziemlich der unangenehmste Mann, den ich je getroffen hatte. Als ich wieder in den SUV stieg, ertappte ich mich bei dem Wunsch, er hätte Beas getötet. Wenn ja, würde er für den Rest seines Lebens hinter Gittern sitzen.

Bevor ich aus der Parklücke fuhr, klingelte mein Handy. Es war Coburn.

»Herr Coburn, wie geht es Ihnen?«

»Mir ging es schon mal besser.«

Seine Sprache war verwaschen. »Ich habe von dem Schlaganfall gehört. Sie scheinen sich aber wieder zu erholen.«

»Ich zerfalle in meine Einzelteile, das ist es, was ich tue. Haben Sie Interesse, mir zu helfen, das zu finden, was wir besprochen haben?«

»Das habe ich, aber, und es ist nicht so, dass ich Ihnen nicht vertraue, aber ich brauche einen Beweis, dass das, was Sie über Withers sagen, echt ist, bevor ich mich einmische.«

»Ich verstehe. Ich habe mehr als genug Beweise. Geben Sie mir einen Tag Zeit, um zu meinem Schließfach zu kommen, dann können Sie vorbeikommen. Okay?«

»Sicher. Schreiben Sie mir eine SMS, wenn Sie so weit sind.«

Ich fuhr vom Parkplatz und Richtung Norden auf der Route 41. Mediterra war zwanzig Minuten entfernt.

6

ICH RAUSCHTE INS BÜRO. ICH SAH AUF DIE UHR: NUR NOCH
fünfzehn Minuten, bis ich auf dem Schießstand sein musste.
Das war ein weiterer Zeitmarker; alle sechs Monate musste
ich meine Treffsicherheit nachweisen.

Ich schloss den USB-Stick von Mediterra in meiner
Schreibtischschublade ein und ging zur Toilette. Hoffentlich blieb gerade genug Zeit, um der Blase, die die Ärzte
erschaffen hatten, als ich meine durch Krebs verloren hatte,
ein Tröpfchen zu entlocken. Es dauerte immer länger, mich
zu erleichtern.

Während ich auf dem Thron saß, ging ich im Kopf eine
To-do-Liste durch. Im Mordfall Beas hatten wir ein paar
Spuren zu verfolgen. Die Aufnahmen vom Tor von Mediterra würden Chen entweder entlasten oder den Fokus auf
ihn richten.

Dann war da noch Coburn. Seine Stimme war schwach,
aber seine Entschlossenheit und sein Glaube, dass er etwas
in der Hand hatte, weckten meine Hoffnungen. War es eine
legitime Möglichkeit, unsere finanzielle Zukunft zu sichern,

oder das Äquivalent zu Leuten, die die Wahrscheinlichkeit ignorierten und Lottoscheine kauften?

Beim Händewaschen fragte ich mich, was für einen Beweis Coburn hatte. War es eine Karte? Ein Foto? Ein Dokument? Mein Gehirn sprang zwischen den Möglichkeiten hin und her, während ich mich auf den Weg ins Untergeschoss machte.

————

BEFLÜGELT DAVON, den Schießtest locker bestanden zu haben, nahm ich die Treppe in Zweierschritten. Derrick saß hinter seinem Schreibtisch. Ich sagte: »Ich hab's noch drauf. So gut habe ich seit der Akademie nicht mehr geschossen.«

»Ich bin nächsten Monat mit der Prüfung dran.«

»Wenn du Nachhilfe willst, gebe ich Rabatt.«

»Bekommen alte Säcke wie du nicht ein Handicap?«

»Ha, ha. Wie lief die Autopsie?«

»Es war Strangulation und Bilotti ist sich sicher, dass es mit einer Schnur oder einem dicken Draht geschah.«

»Was noch?«

»Es waren Hautzellen unter Beas' Fingernägeln. Sie werden zur DNA-Analyse geschickt. Er hat wahrscheinlich nach dem Mörder gekratzt; es muss seine sein.«

»Ich weiß nicht. Beas hat sich wahrscheinlich selbst am Hals gekratzt, um den Draht oder was auch immer loszuwerden.«

»Hoffen wir mal nicht.«

»Hat sich etwas in seinem Blut gezeigt?«

»Nein. Eine geringe Menge Alkohol, aber weit unter dem Grenzwert.«

»Bleibt es beim Todeszeitpunkt?«

»Ja, gegen Mitternacht.«

»Sonst nichts?«

»Das war's so ziemlich. Bilotti lässt eine vollständige toxikologische Untersuchung machen. Vielleicht bekommen wir daraus etwas.«

»Ein Hinweis wäre nett.«

»Was ist mit Chen passiert?«

Nachdem ich ihm erzählt hatte, was ich herausgefunden hatte, sagte Derrick: »Er könnte unser Mann sein. Er ist ein Schwulenhasser.«

Ich schloss meine Schublade auf. »Möglicherweise. Chen sagte, er sei zu Hause gewesen, als der Mord geschah. Ich habe die Aufnahmen von Mediterra für den fraglichen Zeitraum besorgt.«

»Wie hat er sich verhalten, als Sie ihn gesehen haben?«

»Verabscheuungswürdig.«

Derrick lächelte. »Schönes Wort.«

»Kannst du glauben, dass Chen Apotheker ist?«

»Der homophobe Spinner gibt Schwulen wahrscheinlich Placebos.«

Während ich den USB-Stick durchging, sagte ich: »Tu mir einen Gefallen und frag nach, wann wir Beas' Telefondaten bekommen.«

»Wird gemacht. Kaum zu glauben, dass wir sein Handy nicht finden können.«

»Es liegt vielleicht auf dem Grund des Golfs.«

»Stimmt. Der Mörder hat es wahrscheinlich weggeworfen, nachdem er ihn getötet hat.«

Als Derrick zum Telefon griff, fand ich die Zeitmarke 21:30 Uhr und drückte auf Play. Nachdem fünf Minuten lang kein Auto einfuhr, verdoppelte ich die Wiedergabegeschwindigkeit. Um zehn vor zehn rollte ein weißer Mercedes durch das Tor für Anwohner.

Naples war ein Ort, an dem die meisten von uns früh aufstanden und um elf ins Bett gingen. Das machte die Überwachung bei Nacht einfacher, aber auch langweilig. Das Tor begann sich zu heben und ein roter Ferrari raste hindurch und schaffte es um Haaresbreite darunter durch.

Derrick sagte: »Sie schicken sie innerhalb der nächsten Stunde rüber.«

Ohne die Augen vom Bildschirm zu nehmen, sagte ich: »Mal sehen, was das ergibt, und vielleicht beantragen wir dann eine richterliche Anordnung für eine Funkzellenabfrage, um zu sehen, welche anderen Handys in der Gegend waren.«

»Haben wir genug dafür?«

»Das weiß ich erst, wenn wir sehen, wie die Daten aussehen. Wenn sein Handy am Tatort oder in der Nähe war, denke ich, dass sie es genehmigen werden.«

»Wahrscheinlich.«

»Dann, abhängig davon, wie viele Handys in der Nähe sind, beantragen wir einen Durchsuchungsbefehl, um sie zu identifizieren.«

»Und da wird's heikel.«

»Vielleicht. Verlier nicht den Glauben, mein Freund.«

Derrick kam um meinen Schreibtisch herum und schaute mir über die Schulter. »Nichts, hm?«

»Nein, und es ist zehn nach elf.«

»Warum lügen die Leute uns an? Wissen sie nicht, dass wir überprüfen werden, was sie uns erzählen?«

»Ich beantworte keine rhetorischen Fragen, mein Guter. Aber Mediterra hat zwei Einfahrten, also, bevor wir den widerlichen Bastard anklagen –«

»Hast du im Lexikon gelesen?«

»Nach zwanzig Jahren Jagd auf Kretins kenne ich jedes Wort, um sie zu beschreiben.«

Er lachte. »Und wie.«

»Ich hätte fast vergessen … während ich mir das ansehe, schau mal, was du über Astra Development und einen gewissen Damien herausfinden kannst.«

»Okay, aber bei der Strangulation fühlt es sich nicht nach einem geschäftlichen Mord an.«

»Ein Mord am Strand ist kein Auftragsmord. Aber wenn es um Geld geht, ist alles möglich.«

Um Mitternacht schaltete ich auf die Aufnahmen von Mediterras Hintertor um. Es lag an der Old 41. Dass Chen diesen Ausgang benutzte, ergab keinen Sinn, da seine Wohnung nur eine Minute vom Eingang an der Livingston Road entfernt war.

»Astra ist eine große Firma; die haben sogar eine Niederlassung in Miami. Sie bauen Hotels und Wohnanlagen. Einige richtig coole Gebäude.«

»Wie lange gibt es die schon?«

»Seit zweiundneunzig.«

»Und wem gehört die Firma?«

»Sieht nach zwei Gründern aus. Es sind Brüder. Robert und Eugene Evans.«

Am Hintereingang war nichts los. Ich ließ das Band mit dreifacher Geschwindigkeit laufen und fragte: »Gibt es da jemanden namens Damien?«

»Volltreffer. Damien Roth ist ein leitender Projektmanager.«

»Klingt so, als ob er bei der Auswahl der Designer, die sie engagieren, involviert wäre.«

»Das muss er. Er könnte ein Schmiergeld gefordert haben, um den Auftrag an die Firma von Beas zu vergeben.«

Mit den Augen auf dem Video sagte ich: »Ja, aber hätte Beas das im Voraus bezahlt oder aus den Einnahmen der Aufträge, die sie bekommen würden?«

»Vielleicht eine Kombination, sagen wir, fünfzigtausend im Voraus und einen Prozentsatz von jedem Auftrag, den sie erledigt haben.«

»Es könnte sich um eine Schmiergeldaffäre handeln. Wenn ja, hat Beas das auf eigene Faust gemacht oder steckte Sanchez mit drin? Aber so oder so sehe ich nicht, welche Rolle das bei einem Mord spielen sollte. Du etwa?«

»Ja, wenn Beas oder Sanchez dagegen gewesen wären, hätten sie einfach nein sagen können. Ich kann mir nicht vorstellen, dass deswegen jemand umgebracht wird.«

»Ein Konkurrent, der den Auftrag verliert, wäre darüber verärgert, ob mit Schmiergeld oder ohne.«

»Wir sollten Sanchez darauf ansprechen.«

»Vielleicht, aber … warte mal. Da ist Chen, am Hintereingang.«

»Um wie viel Uhr?«

»Ein Uhr zwanzig morgens.«

»Heilige Scheiße! Das ist nach dem Todeszeitpunkt.«

7

WIR SPRANGEN IN DEN SUV UND FUHREN NACH NORTH Naples. Derrick bog von der Route 41 in den Marketplace at Pelican Bay ab.

Ich sagte: »CVS ist ganz hinten in der Ecke bei Vanderbilt.«

»Alles klar.«

Er parkte rückwärts ein und wir eilten in die Drogerie. Ich ging den Gang mit den Grußkarten entlang nach hinten und musterte den Apothekentresen. Chen war nicht zu sehen.

Ich klopfte an das Plexiglas auf dem Tresen. »Entschuldigung, wir suchen Richard Chen.«

Eine Frau in einem dunkelblauen Kittel sagte: »Er ist weg. Er meinte, es gäbe einen familiären Notfall.«

»Einen familiären Notfall?«

»Ja.«

»Was für eine Art Notfall?«

Sie zuckte mit den Schultern.

»Hat er deswegen einen Anruf bekommen?«

»Nein. Vielleicht war es eine SMS.«

»Hat er gesagt, was es war?«

»Nein. Nur, dass er gehen müsse und eine Weile nicht zur Arbeit kommen würde.«

Wir gingen zum Parkplatz. Ich sagte: »Fahren wir nach Mediterra. Vielleicht erwischen wir ihn noch, bevor er abhaut.«

Derrick fragte: »Willst du eine Fahndungsmeldung rausgeben?«

»Wir haben nicht genug in der Hand. Wenn er unschuldig ist, werden wir verklagt.«

Derrick griff zum Funkgerät. »Ich schaue mal, ob irgendwelche Einheiten in der Gegend sind. Vielleicht schaffen sie es zu Chen, bevor er verschwindet.«

Auf die Idee hätte ich auch kommen sollen. »Mach schon.«

Derrick erreichte eine Einheit, die in Vasari patrouillierte, einer Wohnanlage auf der anderen Straßenseite von Mediterra. Er sagte dem Beamten, wir müssten nachsehen, ob Chen zu Hause sei, und ihn bitten, dort zu bleiben.

Derrick schaltete das Blaulicht ein und raste die Vanderbilt Beach Road hinauf in Richtung Livingston. Wir bogen rechts ab und als wir uns der Immokalee Road näherten, funkte der Streifenpolizist zurück: »Bin am Wohnsitz der Zielperson, aber er scheint nicht zu Hause zu sein.«

Derrick fragte: »Haben Sie geklingelt?«

»Ja. Keine Antwort. Ich habe durch das Seitenfenster geschaut; es ist nichts los.«

»Okay.«

»Was soll ich tun?«

»Nichts. Sie können abrücken. Danke.«

Er hängte das Funkgerät wieder ein. »Verdammt.«

Ich sagte: »Mach dir keine Sorgen. Wir werden ihn aufspüren.«

»Ich lasse mich nicht gerne zum Narren halten.«

»Da sind wir schon zwei. Er hat keine Anstalten gemacht, dass er fliehen würde, sonst hätte ich ihn beschatten lassen.«

»Er ist eine Schlange.«

»Wir müssen CVS in Alarmbereitschaft versetzen. Wenn sie von ihm hören, müssen wir das wissen.«

»Ich sage ihnen …«

»Wir können den Ruf dieses Kerls nicht ruinieren, solange wir nicht wissen, ob er verwickelt ist. Auch wenn er verdächtig aussieht, müssen wir vorsichtig sein.«

»Wir lassen uns was einfallen.«

»In der Zwischenzeit müssen wir sein Haus im Auge behalten. Wenn Chen keinen detaillierten Plan hatte, um zu verschwinden, muss er sich um seinen Job und sein Haus Sorgen machen.«

»Er wohnt zur Miete.«

»Verdammt. Er könnte einfach abhauen.«

»Wenn wir zurück sind, schaue ich in den sozialen Medien nach, ob wir eine Spur von Chen finden.«

»Wir müssen seine Familie und Freunde ausfindig machen. Vielleicht bittet er sie um Hilfe.«

———

ALS MARY ANN die Tüte von Jimmy P's ins Haus trug, fragte sie: »Was ist los? Musstest du warten?«

Ich gab ihr einen Kuss auf die Wange. »Nein, alles gut.«

»Ich habe den Tisch auf der Veranda gedeckt.«

Ich folgte ihr durch die Schiebetür nach draußen. Als ich die Tüte öffnete, meldete mein Handy eine neue SMS. Ich reichte ihr einen Behälter und sie fragte: »Was ist los?«

»Nichts.«

»Erzähl mir nicht ›nichts‹. Was ist passiert?«

»Ich war bei einem Nachbarn des Opfers. Die beiden haben eine Vorgeschichte. Der Kerl ist vorbestraft und hat was gegen Schwule.«

»Okay. Und?«

Ich goss Dressing über meinen Salat. »Es sieht so aus, als wäre er abgehauen.«

»Du kriegst ihn schon.«

»Ich hatte ihn. Ich hätte es kommen sehen müssen.«

»Was hast du gegen ihn in der Hand?«

»Nichts Handfestes, aber er ist ein Schwulenhasser.«

»Hör auf, an dir zu zweifeln. Alles, was du hast, sind Indizien.«

Ich schüttelte den Kopf. »Früher konnte ich so etwas durchschauen. Ich meine, ich mochte diesen Kerl überhaupt nicht; er ist ein echtes Arschloch, aber ich hatte nie das Gefühl, dass er ein Mörder ist.«

»Hör auf, dir Sorgen zu machen, trink ein Glas Wein.«

Mein Handy meldete sich erneut. »Lass mich mal sehen, wer das ist. Es ist Coburn.«

»Was will er?«

»Er sagt, er hat Beweise für das verschwundene Geld.«

»Wirklich? Was hat er denn?«

»Ich weiß es nicht. Er will, dass ich hinfahre, damit er es mir zeigen kann.«

»Warum fährst du nicht hin?«

»Heute Abend?«

»Warum nicht? Es ist eine Menge Geld.«

»Kannst du dir vorstellen, wenn die Chance bestünde, es zu finden?«

»Nein, kann ich wirklich nicht.«

»Ich schreibe ihm, dass ich in einer Stunde vorbeikomme. Ich kann es kaum erwarten zu sehen, was er hat.«

8

NUR WENIGE HÄUSERBLOCKS WESTLICH DER ROUTE 41 GING die geschäftige Atmosphäre in ein grünes Viertel namens Old Naples über. Auf einem Eckgrundstück war Coburns Haus in der Second Avenue üppig begrünt. Die bescheidene Straße wurde von einem rosafarbenen Sonnenuntergang in ein besonderes Licht getaucht.

In der Luft lag Salz. Eine untersetzte Frau mit osteuropäischem Akzent öffnete die Tür. In einer weißen Uniform führte sie mich hinein. Es war dunkel.

»Mr. Coburn, Ihr Besuch ist da.«

Coburn griff nach seinem Stock und mühte sich ab, aus einem Sessel aufzustehen. Die Krankenschwester eilte ihm zu Hilfe, doch Coburn schlug ihre Hand weg. »Ich bin kein Invalide, Valerie. Wir hätten gern etwas Privatsphäre, bitte.«

»In Ordnung, Sir. Sagen Sie einfach Bescheid, wenn Sie mich brauchen.«

»Schließen Sie bitte die Tür.«

Er streckte mir eine zitternde Hand entgegen. »Schön, dich zu sehen, Frank.«

»Wie geht es dir?«

Er ließ sich in einen Sessel an einem Spieltisch fallen, auf dem ein Laptop stand. »Man sagt, viel besser wird es nicht mehr. Setz dich.«

Ich nahm Platz. »So schlecht ist das nicht. Hauptsache, du bist noch bei klarem Verstand.«

»Auf jeden Fall, aber ich sage dir, in den ersten ein, zwei Tagen fühlte es sich an, als wäre ich in meinem eigenen Körper gefangen. Konnte mich nicht bewegen oder sprechen. Aber meine Gedanken rasten.«

»Das tut mir leid.«

»Hätte ich eine Waffe gehabt, hätte ich dem ein Ende gesetzt.«

»Na, dann ist es ja ein Glück, dass du keine hattest.«

Er zuckte mit den Schultern. »Das Einzige, was ich jetzt noch habe, ist die Suche nach dem Geld.«

»Hast du mir etwas zu zeigen?«

»Du wolltest einen Beweis, also bin ich zu meinem Schließfach gegangen.«

»Tut mir leid, dir solche Umstände gemacht zu haben.«

»Hättest du nicht danach gefragt, hätte ich mir Sorgen gemacht.«

»Was hast du?«

Coburn griff in eine Tasche und hielt einen runden USB-Stick hoch. »Dieser hier enthält ein Video von meinem Cousin Nick, dem DEA-Agenten.«

»Wer hat das Video aufgenommen?«

»Ich. Mit meinem Handy.«

»Wann wurde es aufgenommen?«

Er runzelte die Stirn. »Ein paar Wochen, bevor er gestorben ist. Nicky hatte Bauchspeicheldrüsenkrebs, und als er diagnostiziert wurde, war es schon zu spät.«

»Das tut mir leid zu hören. Wann ist er gestorben?«

»Vor elf Monaten.«

»Er wollte es dokumentieren?«

»Nein, ich. Ich wusste, dass ich einen Beweis brauchen würde, sonst würde man mich als alten Mann mit Demenz abtun.«

Das konnte man sich leicht vorstellen. »Ich bin bereit, es mir anzusehen, wenn du es bist.«

Coburn steckte den Stick in den Laptop. Während er zum Video navigierte, rückte ich mit meinem Stuhl näher heran.

Mit dem Finger über der Tastatur schwebend, sagte er: »Auf geht's.«

Ein wackeliges Bild von einem Mann in einem weißen Golfshirt füllte den Bildschirm. Coburn sprach: »Okay, Nicky. Du kannst loslegen.«

Das Bild stabilisierte sich. Der Mann beugte sich vor. Seine Wangen waren eingefallen und sein Kopf war mit Haarinseln übersät. »Mein Name ist Nicholas Ellis. Ich bin pensionierter DEA-Agent und lebe in Bonita Springs.«

»Während meiner gesamten Laufbahn habe ich im Büro in Miami gearbeitet. Achtzehn Jahre lang waren Steve Withers und ich Partner. Steve war ein guter Freund, dem das Schicksal übel mitgespielt hat. Seine Frau und seine Tochter kamen bei einem Autounfall ums Leben und Steve konnte mit dem Verlust nur durch Trinken umgehen.«

Ellis schüttelte den Kopf. »Trotz seiner Probleme war Steve der beste Agent, mit dem ich je gearbeitet habe. Vielleicht lag es an seinen Problemen oder seiner Verletzlichkeit, aber Dealer, und ich spreche von großen Dealern, fassten Vertrauen zu Steve. Sie versorgten ihn mit Informationen, was uns ermöglichte, ein Dutzend umsatzstarker Operationen zu zerschlagen.«

Er hustete und sprach weiter: »Einer der Drogenhändler, dem Steve nahekam, war Julio Cabrerra. Auf der Straße war er als Fast Jersey bekannt und leitete eine Operation, die sechzig Millionen im Monat einbrachte. Über Cabrerra gibt es viele Informationen, die öffentlich zugänglich sind. Er stieg schnell auf. Cabrerra war der erste Händler, der Schnellboote einsetzte, um Drogen von Key West nach Miami zu transportieren.«

Ellis lehnte sich zurück. »Aber wie viele Drogenhändler wollte Cabrerra aussteigen und schaffte wöchentlich eine Million Dollar beiseite. In bar. Steve erfuhr von Cabrerra, dass er einen Ausweg suchte, und sprach mit ihm über einen Deal. Cabrerra wollte nach Spanien umsiedeln und war bereit, konkrete Informationen über seinen Hauptkonkurrenten sowie über die Lieferanten, mit denen er zu tun hatte, preiszugeben.«

Coburn fragte: »Ihr Partner, Withers, hat also eine Vereinbarung mit dem Drogenhändler getroffen?«

»Withers arbeitete daran. Es war von der Führungsriege noch nicht genehmigt worden. Es war kein einfacher Immunitäts-Deal. Cabrerra fürchtete um sein Leben und wollte eine neue Identität und die spanische Staatsbürgerschaft für sich und seine Familie.«

»Sich mit dem Teufel einzulassen, ist nichts, was die Behörde auf die leichte Schulter nimmt, also sagte Withers ihm, wir bräuchten etwas Greifbares, um es den Chefs zu zeigen, und Cabrerra gab uns die nötigen Informationen, um die Aquino Boys hochzunehmen.«

Ellis räusperte sich. »Auf dieser Grundlage konnten wir das Außenministerium davon überzeugen, Cabrerra zu geben, was er wollte. Sie setzten alles in Bewegung, aber Cabrerra spürte, dass er in Gefahr war. Wir wussten nie, ob die Feds es durchsickern ließen, aber die Lage begann, brenzlig zu werden.«

»Cabrerra rief Withers an und sagte, sie müssten sich treffen. Withers hatte einen Kofferraum voller vertraulicher Papiere und war auf dem Weg ins Büro, bevor er für ein Treffen mit einem Informanten zum Flughafen von Miami fahren wollte. Cabrerra klang so verzweifelt, dass Withers zustimmte, ihn in Hialeah zu treffen, anstatt zuerst ins Büro zu fahren.«

»Cabrerra sagte ihm, dass er sofort untertauchen würde und dass er Hilfe bräuchte, um seine Familie in Sicherheit zu bringen. Seine Frau und seine Kinder versteckten sich in Orlando, und Cabrerra wollte, dass mein Partner seiner Frau etwas gibt, falls ihm etwas zustoßen sollte.«

Coburn drückte auf Pause und griff nach seinem Stock. »Ich muss mal auf die Toilette.«

»Was hat Cabrerra Ihrem Partner gegeben?«

»Das wirst du gleich sehen. Wir sind erst bei der Hälfte.«

»Bei der Hälfte?«

»Ja. Du wirst sehen, was passiert ist. Es fühlt sich an wie etwas, das Grisham hätte schreiben können.«

9

Ich starrte auf das eingefrorene Bild von Coburns Cousin. Was ich bisher gesehen hatte, war wie aus einem Film. Aber das hier war echt. Den DEA-Agenten Ellis und den Dealer Cabrerra zu überprüfen, wäre einfach. Eine Million pro Woche beiseitezuschaffen, schien weit hergeholt, aber vor einem Monat hatte die Polizei von Miami-Dade bei einer einzigen Festnahme Drogen und Geld im Wert von zweihundertfünfzig Millionen beschlagnahmt.

Ich ging meine geistige Liste mit Kontakten durch und suchte nach jemandem, der mich zu einer Person mit der Befugnis führen konnte, einen Deal auszuhandeln. Eine Vereinbarung, die es uns erlauben würde, einen Teil des Geldes zu behalten, falls wir es finden sollten.

Ich stand auf und ging auf und ab. Gerade als ich Derrick eine Nachricht schicken wollte, schlurfte Coburn herein. »Musst du auf die Toilette?«

Musste ich. »Nein. Ich vertrete mir nur die Beine.«

Er ließ sich auf einen Stuhl fallen. Ich hängte seinen

Stock an die Armlehne seines Stuhls und setzte mich. »Das ist eine krasse Geschichte.«

»Wenn es eine Netflix-Serie wäre, würde ich sagen, sie wird mit jeder Folge besser, aber … du wirst sehen.« Er runzelte die Stirn. »Bereit?«

»Ja.«

Coburn drückte die Eingabetaste und DEA-Agent Ellis erwachte zum Leben. »Mein Partner versuchte, Cabrerra zu überreden, sich in Schutzhaft nehmen zu lassen, aber Cabrerra traute dem System nicht.«

Ellis hielt ein Stück Papier hoch. »Er gab meinem Partner das hier, sagte, hier hätte er das Geld versteckt, und verschwand. Das war das letzte Mal, dass wir ihn sahen.«

Ich beugte mich zum Bildschirm vor, aber Ellis legte das Dokument hin und sagte: »Mein Partner war spät dran für seinen Termin und machte sich auf zum Flughafen.«

»Steve parkte das Auto und ging ins Terminal. Der Informant schickte eine SMS, dass er sich verspäten würde, und Steve ging zur Bar. Er trank ein paar Drinks und rief mich an. Er war schon ziemlich angetrunken. Ich sagte ihm, er solle einen Gang runterschalten, aber er wurde sauer und legte auf. So konnte Stevie sein.«

Ellis schüttelte den Kopf. »Ich hätte sofort hinfahren sollen, aber ich musste dem Commissioner über eine Operation Bericht erstatten. Zwei Stunden später rief Stevie an und war völlig aufgelöst. Er war betrunken und sagte, er könne sein Auto nicht finden. Er machte sich Sorgen wegen der vertraulichen Unterlagen, die er dabeihatte. Er glaubte, das Auto sei gestohlen worden.«

»Stevie sagte immer wieder, er würde in Ungnade fallen und gefeuert werden. Ich sagte ihm, er solle dort warten, und sprang ins Auto.«

Ellis atmete aus. »Ich kam am Terminal an, und beim Food-Court hatte ein Sicherheitsmann die Toiletten abgesperrt. Ich zeigte meinen Ausweis und fragte, was los sei. Er sagte, ein Polizist habe sich erschossen. Mir sank das Herz in die Hose. Ich ging rein … und da war er. Er hatte sich eine Kugel durch den Kopf gejagt.«

»Er war tot. Und ich habe einfach nur reagiert. Ich wollte nicht, dass sein Ruf noch mehr in den Schmutz gezogen wurde, als es ohnehin schon der Fall sein würde, also durchsuchte ich seine Taschen nach den Autoschlüsseln, um an die vertraulichen Papiere zu kommen. Das Erste, was ich fand, war das hier.« Er hob das Papier auf, das er zuvor erwähnt hatte.

»Ich stopfte es in meine Tasche und fand die Schlüssel. Ich fand sein Fahrzeug, lud die geheimen Dokumente in mein Auto um und brachte sie ins Büro. Es war das Einzige, was ich tun konnte. Stevie war tot.«

Er befeuchtete seine Lippen. »Ich saß auf dem, was Cabrerra Stevie gegeben hatte, und dachte mir, Cabrerra oder seine Frau würden sich schon melden. Zwei Tage vergingen, und wir bekamen einen Anruf; sie hatten Cabrerra, seine Frau und seine beiden kleinen Söhne in einem Lagerhaus in Little Haiti gefunden.«

Er schloss die Augen. »Sie waren enthauptet worden, ihre Körper in Fässer gestopft. Ich sehe die Kinder immer noch vor mir. Der Sohn erinnerte mich an Stevies Jungen vor dem Unfall.« Er atmete tief ein. »Ich habe ernsthaft darüber nachgedacht, auszusteigen, genau da und dann. Obwohl ich nur noch etwa fünf Jahre bis zur vollen Rente hatte.«

»Es war hart, ohne Stevie zu arbeiten. Ich meine, er war anstrengend und das Trinken war ein großes Problem, aber er hat viel durchgemacht und er hätte für mich dasselbe getan, wenn es umgekehrt gewesen wäre. Und ich will ehrlich sein, das Geld war auch ein Faktor. Ich wusste, dass es die Runde machen würde, dass Cabrerra einen Haufen Bargeld hatte, und tatsächlich bekamen wir mit, dass das Kartell danach suchte.«

»Ich kopierte die Koordinaten, verbrannte das Papier, das Cabrerra Stevie gegeben hatte, und hielt den Ball flach. Mein Plan war, zehn Jahre zu warten. Fünf Jahre würde ich arbeiten und die Ohren offen halten, und dann, nach weiteren fünf Jahren, dachte ich, würde ich mir das Geld holen. Mein Plan war, ein unauffälliges Leben zu führen und durch Europa zu reisen. Ich brauche nicht viel, nichts Protziges.«

»Aber ich würde dafür sorgen, dass für Stevies Kind gesorgt war, und zwei anonyme Spenden tätigen, eine an die Nationale Nierenstiftung, ein Geschenk des Himmels, als meine Frau, möge sie in Frieden ruhen, eine Transplantation brauchte. Und die andere an Youth Haven of Southwest Florida. Die leisten erstaunliche Arbeit, indem sie traumatisierten und obdachlosen Kindern ein sicheres Umfeld bieten. Beide brauchen jede Hilfe, die sie bekommen können, und ich wollte meinen Teil beitragen.«

Ellis zuckte mit den Schultern. »Dann wurde ich krank. Aus heiterem Himmel, ich schwöre, es ist, als hätte Gott etwas gegen mich. Es ist ja nicht so, als hätte ich mir ein Haus am Strand kaufen wollen oder so. Ich habe versucht, das Richtige zu tun, und was hat es mir eingebracht? Ich wäre besser dran gewesen, wenn ich mir das Geld sofort geschnappt und in Saus und Braus gelebt hätte, bis das Kartell mich zur Strecke gebracht hätte.«

Er schüttelte den Kopf. »Es stimmt, was man sagt: Nichts ist wichtiger als die Gesundheit. Ich habe es akzeptiert, will aber nicht, dass das Geld verrottet. Es kann so viel Gutes bewirken. Ich will die Dinge nicht aus dem Grab heraus steuern, aber ich hoffe, Sie würden etwas für die Dinge tun, an die ich glaube. Aber wenn nicht, ist das auch in Ordnung.« Er nahm das Papier. »Ich will das hier nur weitergeben und es mir aus dem Kopf schaffen.«

Das Video endete und Coburn klappte den Laptop zu. »Was denkst du jetzt?«

»Das ist eine verdammt krasse Geschichte.«

»Sie ist wahr. Ich habe es überprüft, und ich bin sicher, das wirst du auch tun.«

»Hat er jemals das Kartell oder irgendjemanden erwähnt, der nach dem Geld sucht?«

»Er sagte, sie hätten gesucht, weil sie dachten, Cabrerra hätte das Geld an seine Familie in Kolumbien geschickt. Anscheinend haben sie sie unter Druck gesetzt, konnten aber keine Beweise finden, dass sie das Geld hatten. Sie blieben eine Weile dran, aber nach zwei Jahren verloren sie das Interesse.«

»Zwei Jahre, nachdem Cabrerra getötet wurde?«

»Ja.«

Das war vor etwa sieben oder acht Jahren. Ich würde wetten, dass sie sie länger als zwei Jahre im Auge behalten haben, aber inzwischen wohl dachten, das Geld sei verloren.

»Es scheint, als wäre eine ganze Weile vergangen.«

»Das glaube ich auch. Außerdem, wer weiß, wie viele von den Leuten, die davon wussten, noch am Leben sind.«

»Vielleicht.« Die Schwundrate im Drogengeschäft war hundertmal höher als im Dachdeckergeschäft.

»Also, hat das deine Fragen beantwortet?«

»Ich glaube die Geschichte. Willst du mir die Koordinaten geben?«

Coburn lächelte. »Gut, aber bevor ich irgendetwas übergebe, müssen wir uns einig werden.«

10

DER FERNSEHER LIEF. MARY ANN SAß MIT DEM iPAD IN DER Hand auf der Couch. »Wie ist es gelaufen?«

»Sieht so aus, als könnte die Sache echt sein.«

Sie sprang von der Couch auf. »Das Geld?«

»Japp.«

»Wie viel?«

»Er wusste es nicht genau, aber irgendwas über hundert Millionen.«

Sie hüpfte auf den Zehenspitzen. »Oh mein Gott. Ich kann mir gar nicht vorstellen, wie viel das ist.«

»Ich auch nicht. Das ist weit mehr als lebensverändernd.«

»Siehst du? Wer Gutes tut, dem widerfährt Gutes.«

Die Karma-Sache widersprach komplett meinen Erfahrungen, bei denen ich gesehen hatte, wie heiligengleiche Menschen für zwanzig Dollar umgebracht wurden. »Wenn … wir es finden, würden wir nur ein Stück vom Kuchen abbekommen.«

»Wie viel will er denn bezahlen, damit wir es finden?«

»Das müssen wir noch aushandeln.«

»Weißt du, bei so viel Geld muss doch irgendjemand danach suchen.«

Das war eine gängige Befürchtung. »Es ist schon sehr lange versteckt. Fast zehn Jahre.«

»Sei lieber vorsichtig, das könnte gefährlich sein.«

Es war keine Zeit, die Details darüber zu erzählen, was mit der Familie Cabrerra passiert war. »Mach dir keine Sorgen, ich habe noch eine Menge Arbeit vor mir, bevor wir überhaupt daran denken können, danach zu suchen.«

Sie zog einen Schmollmund. »Soll das heißen, ich kann es noch nicht ausgeben?«

»Träum weiter.«

Ich holte mein Handy raus und gab Derricks Nummer ein. Doch bevor ich auf Wählen drückte, brach ich den Anruf ab. So sehr ich das auch mit ihm durchkauen wollte, ich musste zuerst selbst darüber nachdenken.

Obwohl eine beträchtliche Zeit vergangen war, war es immer noch riskant. Die Art von Leuten, die da involviert waren, würden einem für tausend Dollar die Kehle aufschlitzen. Sie wussten nicht, wo das Geld war, sonst hätten sie es sich geholt. Oder etwa doch?

Hatte Ellis es jemand anderem erzählt? Wenn er die Information ein Jahrzehnt lang für sich behalten hatte, würde das der menschlichen Natur widersprechen. Ein Geheimnis zu teilen war ein gemeinsames Gen, das jeder auf dem Planeten besaß. War es wirklich möglich, dass Coburn der Einzige war, dem er es erzählt hatte?

Und Coburn – es war schwer zu glauben, dass ich die einzige Person war, an die er sich gewandt hatte. Hätte er sich ohne die Hochzeit an mich gewandt?

Ich wählte eine Nummer. »Hey, Doc. Hast du eine Minute?«

»Klar, Frank. Was liegt dir auf dem Herzen?«

»Dein Freund Coburn.«

»Was ist mit ihm?«

»Wann hat er angefangen, nach mir zu fragen?«

»Stimmt etwas nicht?«

»Nein. Ich kann jetzt nicht näher darauf eingehen. Es ist ein Schuss ins Blaue, aber du kennst mich, ich muss jeden Stein umdrehen.«

»Deshalb bist du so ein guter Detective.«

»Danke.«

»Was das Wann angeht, ich erinnere mich nicht mehr genau, aber wenn die Jungs zusammenkommen, reden wir unweigerlich über die Arbeit. Sie interessieren sich immer für die Verbrechen, mit denen wir uns befassen, und ich habe immer wieder erzählt, wie du Mörder jagst und was für ein guter Mensch du bist.«

»Du machst mich ja ganz verlegen, Doc.«

Er lachte. »Es ist wahr. Du hast ausgezeichnete Werte und einen guten moralischen Kompass.«

»Danke. Aber gib mir eine ungefähre Vorstellung, wie lange das her ist.«

»Ich habe dich Coburn gegenüber wahrscheinlich schon vor Jahren erwähnt, nicht direkt, aber im Laufe eines Gesprächs. Du hast die Mörder bei jedem Tötungsdelikt aufgespürt, das ich jemals obduziert habe. Ich habe ihm gesagt, dass du ein Pitbull bist und deine Entschlossenheit nicht zu bremsen ist.«

»Willst du meinen Fanclub leiten?«

»Es ist wahr. Du lässt dich nie ablenken.«

Das zu verbergen, fiel mir leicht. »Das ist mein Job, aber

vertrau mir, ich bin kein Superman. Ich muss los, Doc. Mary Ann ruft mich.«

————

»GUTEN MORGEN, Derrick.« Ich trank den letzten Schluck meines Kaffees, warf den Becher in den Müll und nahm den, den er mir mitgebracht hatte.

»Hey, Frank. Habe gerade die Telefonaufzeichnungen reinbekommen. Du wirst nie erraten, mit wem Beas in dieser Nacht gesprochen hat.«

Obwohl es für Spielchen noch früh war, sagte ich: »Mit wem?«

»Rate mal.«

Wenn wir auf die Jagd nach dem vermissten Geld gingen, würde er im siebten Himmel sein. »Mickey Mouse?«

Er verdrehte die Augen. »Barry Schwartz und Will Sanchez.«

»Sanchez ist wahrscheinlich arbeitsbedingt, aber Schwartz ist interessant. Den müssen wir uns sowieso ansehen.«

»Ja, und wir können Beas' Bewegungen anhand der Mobilfunkmasten nachverfolgen. Der letzte Ping ist in der Nähe von Lowdermilk. Wer auch immer ihn getötet hat, hat sein Handy wahrscheinlich in den Golf von Mexiko geworfen.«

»Ja. Haben wir etwas über Schwartz?«

»Zwei Meldungen wegen Schlägereien, aber keine Verhaftungen.«

»Er ist aggressiv. Wo arbeitet er?«

»Bei Steinway.«

»Dem Klavierladen?«

»Ja.«

Mir schoss der Gedanke an eine um Beas' Hals gewickelte Klaviersaite durch den Kopf. Ich stand auf. »Lass uns sofort zu ihm fahren.«

———

WIR MACHTEN bei Trader Joe's eine Kehrtwende und bogen drei Blocks später rechts in die 104th Street ein. Derrick sagte: »Steinway war doch früher in Bonita, oder?«

»Ja, sie sind schon vor einer Weile umgezogen.«

Wir stiegen aus dem Auto und Derrick sagte: »Ich kann nicht glauben, dass man mit dem Verkauf von Klavieren Geld verdienen kann.«

»Wart es erst mal ab, bis du die Preise siehst. Als Jessie ungefähr neun war, hatte sie eine Zeit lang Unterricht, und wir haben überlegt, eins zu kaufen, aber das war absolut nicht unsere Kragenweite. Wir haben ihr ein billiges Keyboard besorgt, um zu sehen, ob sie dabeibleibt, aber die Klavierphase dauerte weniger als ein Jahr.«

Als er durch die Tür trat, sagte er: »Sieh dir das hier an. Wow, wunderschön.«

Ich konnte nicht sagen, ob das glänzend weiße Instrument ein Flügel oder ein Stutzflügel war. »Allerdings. Ich wette, er kostet über zehntausend.«

Derrick steuerte geradewegs auf den Flügel zu und hob das Preisschild an. »Ernsthaft? Achtzigtausend? Für ein Klavier? Willst du mich verarschen?«

Ich wollte ihm gerade sagen, er solle es nicht anfassen, als Schwartz herüberschlenderte. Obwohl er gebaut war wie ein Fels, bewegte er sich wie ein Tänzer. Sein ordentlich getrimmter Spitzbart war auf seinem Führerscheinfoto nicht zu sehen. »Meine Herren. Dieses Modell A ist eines meiner Lieblingsstücke. Es liefert den Klang eines Konzertflügels in einem mittelgroßen Instrument.«

Mittelgroß? Es würde ein Viertel unseres Wohnzimmers einnehmen. »Es ist wunderschön.«

Schwartz' Gesicht war von Aknenarben übersät. »Wer von Ihnen spielt?«

»Keiner von uns.«

Er glitt auf die Klavierbank. »Ist es ein Geschenk?«

Es war kaum zu glauben, dass die klassische Musik von dem muskelbepackten Mann kam. Er drehte sich um. »Lieben Sie diesen vollen Klang nicht auch?«

Während Derrick sagte: »Es ist wunderschön«, holte ich meine Dienstmarke heraus.

»Worum geht es hier?«

»Um David Beas. Wollen Sie mit nach draußen kommen?«

»Nicht nötig. Morgens haben wir nicht viel Betrieb.«

»Wir gehen davon aus, dass Sie und Mr. Beas eine Beziehung hatten.«

»Die ist seit Monaten vorbei.«

»Wir haben gehört, dass es nicht einvernehmlich war.«

»Welche Trennung ist das schon?«

»Warum ging sie zu Ende?«

»Es gibt nie nur einen Grund, oder?«

Er hatte recht. »Nennen Sie mir ein paar.«

»Er war monogam und daran glaube ich nicht. Das Leben ist zu kurz.«

»Mögen Sie Ihre sexuellen Interaktionen rau?«

»Wir haben alle unsere Fetische.«

»Wir hören, Sie legen Ihren, äh, Partnern gerne ein Halsband an.«

Er lächelte. »Steht ihr Jungs auf BDSM?«

»Nein. Sie sind bereits gewalttätig geworden.«

»Ich würde es nicht gewalttätig nennen. Es ist alles nur Spaß.«

»Einschließlich der Schlägereien? Wir mussten zu zwei Schlägereien ausrücken, in die Sie in der Bambusa Bar and Grill verwickelt waren.«

»Einige der Dragqueens, die dort rumhängen, sind Unruhestifter.«

»Wo waren Sie in der Nacht des ersten Oktobers, zwischen einundzwanzig Uhr und ein Uhr morgens?«

»Zuhause.«

»War jemand bei Ihnen?«

»Nein.«

»Sie haben Mr. Beas in jener Nacht, am ersten Oktober um neunzehn Uhr fünfundvierzig, angerufen. Was war der Grund für den Anruf?«

»Ich habe nach Gesellschaft gesucht. Er sagte, er sei beschäftigt, und das war's.«

»Sie haben elf Minuten lang telefoniert. Worüber haben Sie gesprochen?«

»Wir haben uns nur unterhalten, das ist alles.«

»Okay. Danke für Ihre Zeit.«

»Gern geschehen.«

»Ich muss sagen, das ist ein schöner Laden. Wie läuft das Geschäft an diesem Standort?«

»Gut. In dieser Stadt gibt es eine Menge Geld. Die Hälfte der Käufer von Flügeln sucht eigentlich nach einem Möbelstück, das ein Statement setzt, und wir haben einen ganzen

Ausstellungsraum voll davon. Die andere Hälfte kauft für ihre Enkelkinder.«

»Das glaube ich. Führen Sie auch Reparaturen durch, wissen Sie, wenn bei diesen Klavieren eine Saite reißt oder so?«

»Ja, wir bieten eine ganze Palette an Service, Reparaturen und Ersatzteilen an. Ich habe mit Reparaturen angefangen und bin vor weniger als einem Jahr in den Verkauf gewechselt.«

War eine Klaviersaite die Mordwaffe?

11

WIEDER IM AUTO, SAGTE DERRICK: »NA, WENN DAS MAL nicht selbstgefällig war.«

Das traf es genau. »Ich frage mich, ob, sagen wir mal, eine der dicken Saiten von einem Klavier …«

»Wie die in der tiefen Oktave.«

»Hast du gespielt?«

»Nein. Ich habe vor Jahren Gitarre gespielt; die dickeren Saiten haben kräftigere, dunklere Töne erzeugt.«

»Cool. Wir müssen herausfinden, an was für Saiten Schwartz rankommt. Bilotti könnte uns sagen, ob sie die Tatwaffe gewesen sein könnten.«

»Glaubst du, Schwartz ist so dumm?«

»Nein. Er ist gerissen, aber jeder macht Fehler. Wenn er es war und eine Klaviersaite benutzt hat, war es mit Vorsatz.«

»Stimmt, aber wenn diese Domina-Sexnummer außer Kontrolle geraten wäre, dann wäre es bei ihm zu Hause passiert.«

»Aber vielleicht leidet Schwartz ja an Russen-Alzheimer.«

»Was zum Teufel ist das denn?«

»Er vergisst alles, nur keinen Groll.«

Er boxte mir gegen die Schulter. »Sehr witzig.«

»Fand ich auch. Hab's in irgendeiner Late-Night-Show von einem Comedian gehört.«

»Ein alter Knacker wie du bleibt wach, um sich Late-Night-Shows anzusehen?«

»Niemals. Ich schaue mir die Clips auf YouTube an.«

»Auf YouTube gibt's einfach alles.«

»Allerdings. Zurück zu Schwartz: Er könnte so ein nachtragender Typ sein, der Beas ausgeschaltet hat. Es ist weit hergeholt, aber er ist ein Ex-Freund mit einer gewalttätigen Vergangenheit und steht auf BDSM.«

»Könnte eine Tat aus Leidenschaft sein. Wenn wir zurück sind, checke ich die sozialen Medien und grabe ein bisschen. Mal sehen, was ich über ihn herausfinden kann.«

»Okay. Ich will mir diese neue Geschäftsangelegenheit mit Astra Development ansehen. Ich fahre da mal hin, nachdem ich dich abgesetzt habe.«

»In Ordnung.«

»Hey, ich war gestern Abend bei Coburn und diese Sache mit dem versteckten Geld scheint echt zu sein.«

»Heilige Scheiße. Ernsthaft?«

Ich erzählte ihm von dem Video.

»Ich fass es nicht. Wie viel soll da sein, hat er gesagt?«

»Er ist sich nicht sicher, aber es könnten hundert Millionen sein.«

»Spinnst du?«

»Das hat er gesagt.«

»Mann, das ist eine Menge, die man verstecken muss. Das würde viel Platz brauchen …«

»Ich hab's nachgeschlagen; wenn es in Hunderterscheinen ist, würde es etwas über neunhundert Kilo wiegen.«

»Wie viel Platz würde das einnehmen?«

»Einen normalen Aktenkoffer. Du erinnerst dich doch an die Dinger, oder?«

Er lachte. »Nicht wirklich.«

»Na ja, in einen von denen passt etwa eine Million. Wenn es also stimmt, hätten wir es mit hundert von denen zu tun.«

»Wahrscheinlich haben sie Edelstahlkoffer benutzt. Die gibt es auch wasserdicht.«

»Wenn ich es gewesen wäre, hätte ich sie dreifach verpackt.«

»Kannst du dir vorstellen, so viel Kohle zu haben und gezwungen zu sein, sie zu verstecken?«

»Wir reden hier von Drogendealern; Bargeld ist ein Riesenproblem für die.«

»Das und am Leben zu bleiben. Also, was ist der nächste Schritt?«

»Eine Vereinbarung treffen, wie wir das Geld aufteilen, falls wir es finden.«

»Wir sollten mindestens die Hälfte bekommen.«

»Werd nicht gierig …«

»Bin ich nicht. Er braucht uns, um es zu finden. Im Moment hat er gar nichts.«

»Und wir auch nicht. Das ist komplizierter, als es scheint. Ich habe Coburn gesagt, dass ich es nicht ohne einen Deal mit der Regierung machen werde …«

Mein Telefon klingelte, als Derrick sagte: »Das müssen wir nicht; die werden uns übers Ohr hauen. Wir sollten alles behalten und uns einfach bedeckt halten, still und leise sein.«

Ich meldete mich: »Detective Luca.«

»Hallo, hier ist Mario Vigo, der Mann, der die Leiche bei Lowdermilk gefunden hat.«

»Hallo, Mr. Vigo. Was kann ich für Sie tun?«

»Nun, Sie sagten, ich solle Sie informieren, falls mir noch etwas einfallen sollte.«

»Natürlich, worum geht es?«

»Na ja, wissen Sie, ich gehe jeden Tag spazieren, und die meisten Leute stellen ihre Schuhe an den Gehweg, Sie wissen schon, damit kein Sand reinkommt.«

»Okay.«

»Seit dem Tag, an dem ich diese Leiche gefunden habe, steht dort ein Paar Turnschuhe. Sie stehen an genau derselben Stelle. Ich weiß, der Tote hatte Schuhe an, aber vielleicht gehören sie dem Mörder.«

»Sind es Männerschuhe?«

»Ja, aus Leinenstoff. Ich kenne die Marke nicht, aber es sind keine Converse.«

»Haben Sie sie angefasst?«

»Nein. Warum sollte ich das tun?«

Es hatte zwei Nächte hintereinander geregnet. »Leinenstoff oder Leder?«

»Definitiv Stoff.«

»Können Sie mich dort treffen?«

»Klar. Ich bin gleich auf der anderen Straßenseite.«

»Danke. Wenn es Ihnen keine zu großen Umstände macht, könnten Sie dann jetzt hingehen und ein Auge darauf haben, bis wir ankommen?«

»Ich gehe sofort los.«

Ich legte auf. »Das war der Typ, der die Leiche gefunden hat. Er sagt, seit der Tat steht ein Paar Turnschuhe am Gehweg.«

»Vielleicht hat der Mörder sie zurückgelassen?«

»Könnte sein, aber das wäre ziemlich schlampig für jemanden, der keine Spuren hinterlassen hat.«

»Wie du schon sagtest, jeder macht Fehler.«

»Man lässt seine Schuhe nicht zurück, es sei denn, man musste schnell weg.«

»Auf jeden Fall. Er erdrosselt Beas und wirft dann sein Handy weg. Vielleicht hat er jemanden gesehen, als er sich dem Wasser näherte.«

»Könnte sein. Ich setze dich ab und fahre dann vorbei, um die Turnschuhe zu holen. Vielleicht kann das Labor etwas damit anfangen.«

»Die letzten paar Nächte hat es wie aus Eimern geschüttet.«

»Ich weiß, aber wenn es mit dem Mord zusammenhängt, kriegen wir zumindest die Schuhgröße raus und wer weiß, was noch.«

12

NACHDEM ICH DIE TURNSCHUHE IM LABOR ABGELIEFERT hatte, machte ich mich auf den Weg zu Astra Development. Da sie neue Kunden von Beas' Kanzlei waren, war ich mir nicht sicher, was für Informationen sie über Beas hatten.

Geld war bei den meisten Tötungsdelikten das Hauptmotiv. Vielleicht lag es an dem Deal, den ich mit Coburn auszuhandeln versuchte, aber ich interessierte mich für die Viertelmillion Dollar, die für Damien vorgesehen war. Vielleicht konnte man daraus eine Lehre ziehen.

Astra befand sich in einem Industriepark zwischen Livingston und Airport Pulling. Gerade als ich in die Progress Avenue einbiegen wollte, klingelte mein Handy.

»Detective Luca.«

»Äh, Mr., äh, Detective Luca. Hier ist Marjorie von CVS.«

»Hallo. Geht es um Richard Chen?«

»Ja, ich habe gerade gehört, dass er heute Morgen angerufen hat. Er kommt zur Spätschicht.«

»Wann beginnt die?«

»In fünfzehn Minuten.«

»Okay. Tun Sie mir einen Gefallen und erwähnen Sie diesen Anruf ihm gegenüber nicht.«

»Sicher. Ist mit ihm alles in Ordnung?«

»Ja. Keine Sorge, wir müssen nur wegen eines seiner Nachbarn mit ihm reden.«

Ich machte eine Kehrtwende und fuhr nach North Naples los.

Ich fuhr an CVS vorbei, parkte bei Publix und ging zur Apotheke. Ich schlüpfte in den Laden und ging den Gang mit den Kosmetika entlang. Chen stand hinter der Plexiglasscheibe und unterhielt sich mit einem Kollegen. Er konnte nicht weg.

Ich ging direkt auf den Tresen zu. Chen runzelte die Stirn, als er mich sah. Ich zeigte auf ihn und deutete mit dem Daumen zum Eingang. Chen kam hinter dem Tresen hervor und folgte mir nach draußen.

»Wo waren Sie?«

»Ich war bei meiner Schwester in Jacksonville. Sie hatte einen schlimmen Autounfall.«

»Geht es ihr gut?«

»Beide Beine gebrochen und eine Gehirnerschütterung.«

»Das tut mir leid für sie, aber ich würde mich viel besser fühlen, wenn ich wüsste, dass Sie ihretwegen nicht lügen.«

»Lügen? Warum sollte ich wegen ihres Unfalls lügen?«

»Vielleicht aus demselben Grund, aus dem Sie gelogen haben, als Sie sagten, Sie wären in der Nacht des ersten Oktobers nach Hause gegangen.«

Er kramte sein Handy hervor. »Sehen Sie, hier. Sehen Sie die SMS von meinem Neffen? Was steht da?«

Sie sah echt aus. »Okay, aber was ist damit, dass Sie mir erzählt haben, Sie wären in jener Nacht gegen zehn zu Hause gewesen, nachdem Sie im Franklin Social waren?«

»Ich war in dem Club. Sie können das überprüfen. Es waren dreißig, vierzig Leute da.«

»Mich interessiert die Zeit danach. Nach zehn Uhr an diesem Abend.«

»Ich bin nach Hause gefahren.«

»In Ihrem Audi?«

»Ja.«

»Kann der fliegen?«

»Was?«

»Die Kameras von Mediterra haben keine Aufzeichnungen davon, dass Sie durch eines der beiden Tore gefahren sind.«

Er senkte seine Stimme. »Hören Sie, ich war mit einer Frau zusammen. Ich habe nichts gesagt, weil sie mit meinem Boss verheiratet ist.«

Chen hatte gegen die Regel verstoßen, niemals dorthin zu scheißen, wo man isst.

»Wann war das?«

»Wir haben uns gegen halb elf getroffen.«

»Wie lange waren Sie zusammen?«

»Bis etwa ein Uhr oder etwas später.«

»Wie heißt diese Frau?«

»Bitte, müssen Sie mit ihr reden?«

»Ja. Wir werden diskret sein.«

»Ich könnte meinen Job verlieren.«

Das hätte er sich früher überlegen sollen. »Geben Sie mir ihre Kontaktdaten.«

»Ihr Name ist Jenny. Jenny Morrow. Kann ich sie zuerst

anrufen, um ihr Bescheid zu geben, dass Sie mit ihr reden wollen?«

»Nein. Arbeitet sie?«

»Ja. Sie arbeitet in diesem Audioladen, Epic Sound, an der Pine Ridge und der 41.«

»Arbeitet sie jetzt?«

»Nein, sie und mein Boss sind für ein paar Tage nach Sanibel gefahren.«

»Wann ist sie wieder da?«

»Übermorgen.«

»Wenn ich herausfinde, und das werde ich, dass Sie Ms. Morrow angerufen haben, verhafte ich Sie wegen Behinderung der Justiz.«

»Werde ich nicht. Keine Sorge.«

Ich nahm Jenny Morrows Kontaktdaten und ging.

————

Ein Maschendrahtzaun umgab das Grundstück, auf dem Astra Development untergebracht war. Nichts an dem Ort stach hervor. Er war die reinste Untertreibung. Keines der Autos auf dem Parkplatz passte zu der Sorte Mensch, die man mit Naples in Verbindung brachte.

Ich klingelte und hielt meine Dienstmarke gegen die Glastür. Ein Summer ertönte, bevor sich die Tür entriegelte. Ein Mittzwanziger in Jeans und einem Golfshirt begrüßte mich.

»Wie kann ich Ihnen helfen, Sir?«

»Ich würde gerne mit einem der Evans-Brüder sprechen.«

»Gene ist hier. Ich hole ihn kurz.«

Ein großer Mann mit sandfarbenem Haar und Brille

kam auf mich zu. »Hallo, ich bin Eugene Evans. Gibt es ein Problem, Sir?«

»Ich bin Detective Luca. Ich ermittle im Mordfall David Beas.«

Evans runzelte die Stirn. »Wir waren alle schockiert. Er hatte eine Menge guter Ideen, und wir hatten uns auf die Zusammenarbeit mit ihm gefreut.«

»Wie lange kannten Sie ihn schon?«

»Ungefähr zehn Jahre. Die Baubranche ist nicht so groß, obwohl sie natürlich gewachsen ist. Vor Jahren haben wir nicht einmal mit Designern gearbeitet. Ich meine, wir hatten Dekorateure, aber keine Designer. Jedenfalls hat sich das dann weiterentwickelt. David hat uns etwa alle sechs Monate seine Ideen vorgestellt. Aber wir hatten eine langjährige Beziehung zu der Firma, mit der unsere Architekten zusammenarbeiten.«

»Warum haben Sie dann gewechselt?«

»Unser Projektmanager, Damien Roth, meinte, es sei Zeit für eine Veränderung, und mein Bruder und ich stimmten zu. Wissen Sie, heutzutage gibt es eine Menge regionaler und sogar nationaler Akteure auf unserem Markt. Das ist ein teurer Weg, aber wir hoffen, unsere Margen halten zu können, indem wir etwas gehobener werden.«

»Sie haben einen großen Vertrag mit Magnet Design unterschrieben.«

»Es ist eine beträchtliche Geldsumme, und wie gesagt, wir planen, die, äh, Investition wieder hereinzuholen, indem wir unser Profil schärfen, um an Projekten teilzunehmen, für die wir bisher nicht in Betracht gezogen wurden.«

»Was können Sie mir über Will Sanchez erzählen?«

»Sie denken … Nein, das kann nicht sein –«

»Es dient nur der Hintergrundüberprüfung, und da er der Partner von Mr. Beas war, müssen wir prüfen, ob es etwas mit dem Unternehmen zu tun hatte, das sie besaßen.«

»Oh. Will ist ein guter Kerl, fleißig und hartnäckig. Ich glaube, er ist eigentlich der operative Kopf von Magnet. David war mehr die kreative Kraft, und Will war ein Zahlenmensch, der den Laden geschmissen hat.«

»Kamen sie miteinander aus?«

Er verzog das Gesicht. »Sehen Sie, wenn Bobby nicht mein Bruder wäre, hätten wir uns wahrscheinlich schon vor Jahren getrennt.«

»Sie wollen damit sagen, dass Sanchez und Beas nicht immer einer Meinung waren?«

»Sie sind grundverschieden. Die Zusammenarbeit mit kreativen Typen kann für jeden anstrengend sein.«

»Inwiefern?«

Evans lächelte. »Will hat mir ein paarmal gesagt, er müsse David auf dem Boden der Tatsachen halten, sonst würde der noch die Toiletten vergolden.«

»Das kann ich mir vorstellen.«

»Das hat Will frustriert. Er hat sogar darüber nachgedacht, sich von David zu trennen.«

»Tatsächlich?«

»Ja, er hat mich gefragt, ob wir bei Magnet bleiben würden, wenn er und David getrennte Wege gingen.«

»Was haben Sie ihm geantwortet?«

»Dass wir einen Vertrag mit Magnet haben und ihn einhalten würden. Ich habe aber klargemacht, dass er sicherstellen müsse, dass die kreative Seite der Dinge geregelt ist.«

»Wann war das?«

»Vor etwa einem Monat. Ich war etwas besorgt, weil es nicht lange her war, dass wir bei ihnen unterschrieben hatten.«

13

DIE SONNE VERSCHWAND HINTER EINER WOLKE, ALS ICH ÜBER den Büroparkplatz ging. Ich sprang in mein Auto und schaltete die Klimaanlage ein. Ich atmete tief durch und rief das FBI-Büro in Fort Myers an. »Ich würde gerne mit Agent Haines sprechen.«

»Wen darf ich melden?«

»Frank Luca.«

»Einen Moment, Sir.«

»Frank, wie geht es Ihnen?«

»Gut, und Ihnen?«

»Alles bestens. Wie geht es Mary Ann?«

»Ihr geht es gut.«

»Und ihre MS?«

»Ziemlich gut. Sie hat ab und zu einen Schub, aber wir haben Glück.«

»Das freut mich zu hören. Worum geht's?«

»Ich weiß, dass Sie in Washington gearbeitet und mit dem Außenministerium zu tun hatten.«

»Nach zehn Jahren bin ich diesem Drecksloch entkommen. Was brauchen Sie?«

»Wenn es Ihnen nichts ausmacht, kann ich im Moment nichts Genaueres sagen, aber ich suche einen Kontakt im Außenministerium. Jemanden, der sich mit Programmen auskennt, um Drogenhändler vor Gericht zu bringen.«

»Klingt gefährlich, Frank. Sind Sie sicher, dass Sie keine Einzelheiten verraten wollen?«

»Noch nicht, aber ich wollte mit jemandem reden und sehen, ob an dem, was mir ein Freund eines Freundes erzählt hat, etwas dran ist.«

»Verstehe. Es gibt da eine Frau, Carla Jefferson, mit der ich zusammengearbeitet habe; sie könnte Sie vielleicht in die richtige Richtung weisen. Sie können meinen Namen erwähnen, aber ich muss Sie warnen, sie ist nicht gerade die Freundlichste.«

»Das ist in Ordnung. Ich weiß das zu schätzen.«

»Das ist ihre Durchwahl. Sind Sie bereit?«

Ich notierte sie mir und legte auf.

Während ich auf den Kontakt starrte, klingelte mein Handy. Es war Derrick. »Sie haben nicht viel aus dem Paar Turnschuhe herausholen können, das in Lowdermilk zurückgelassen wurde. Sie sagten, es seien teure Allbirds, Größe zehn.«

»Irgendeine Ahnung, wo die verkauft werden?«

»Ich habe online nachgesehen, die kann man überall bekommen.«

»Klar. Wir müssen herausfinden, welche Schuhgröße Chen und Schwartz tragen.«

»Da müssen wir kreativ werden.«

»Kein Problem. Hör zu, ich bin gleich wieder da.«

Ich wählte die Nummer, die Haines mir gegeben hatte. Es klingelte fünfmal: »Carla Jefferson.«

»Hallo, Ms. Jefferson. Mein Name ist Frank Luca.«

»Es heißt Mrs. Jefferson.«

»Entschuldigen Sie, Ma'am. Mr. Haines vom FBI meinte, Sie wären eine gute Anlaufstelle bezüglich einer Belohnung für Informationen in einer Drogenangelegenheit. Mit wem sollte ich Ihrer Meinung nach sprechen?«

»Angelegenheit? Wenn Sie Hilfe erwarten, brauche ich Details.«

»Einer meiner Kontakte glaubt, ein großes Versteck mit Drogengeldern gefunden zu haben.«

»Und wo befindet sich das?«

»Südlich von Atlanta.«

»Dafür ist die DEA zuständig.«

»Die haben kein Programm, um den Finder zu belohnen.«

»Unser Programm ist darauf ausgelegt, ausländische Drogenhändler vor Gericht zu bringen. Wir können Ihnen nicht helfen.«

»Wir reden hier von ein paar hundert Millionen Dollar.«

Sie hielt inne. »Geben Sie mir Ihre Daten. Ich werde sehen, ob Interesse besteht.«

Nachdem ich ihr meine Nummer gegeben hatte, ging ich wieder hinein. Derrick hackte in seine Tastatur. Ich schloss die Tür.

»Was gibt's?«

»Ich habe mich wegen ihres Belohnungsprogramms an das Außenministerium gewandt.«

»Was haben die gesagt?«

»Ich glaube nicht, dass das funktionieren wird.«

»Wieso nicht?«

»Sie sagten, es ginge darum, Drogenhändler dingfest zu machen.«

»Hast du ihnen gesagt, von wie viel wir hier reden?«

»Ja, aber ein paar hundert Millionen sind ein Tropfen auf den heißen Stein. Die Bundesregierung gibt jede Stunde achthundert Millionen aus.«

»So viel?«

»Jep.«

»Echt krank. Was machen wir jetzt?«

»Warten wir mal ab, ob sie sich bei mir melden, aber in der Zwischenzeit solltest du anfangen, über Alternativen nachzudenken.«

»Ich werde ein paar Jungs kontaktieren, die ich aus Baltimore kannte. Vielleicht können die helfen.«

»Gib nicht zu viele Informationen preis.«

»Ich weiß ja sowieso kaum was. Du hast mir nie die Koordinaten gegeben.«

»Ich habe sie nicht. Coburn behält sie, bis wir eine Einigung erzielen.«

Das war zum Teil wahr. Er wollte, dass ich sie nehme, aber ich wollte keine Verbindung dazu haben, bis ein klarer Weg in Sicht war.

»Ich dachte, du hättest sie gesehen.«

»Er hat sie mir kurz gezeigt, aber ich habe sie mir nicht eingeprägt.«

»Oh.«

»Wir haben Zeit. Vielleicht ergibt sich ja was für uns. In der Zwischenzeit schnappen wir uns den Mistkerl, der Beas getötet hat. Ich denke, wir müssen sehen, was wir aus den Telefondaten herausholen können.«

»Willst du einen Geofencing-Durchsuchungsbefehl beantragen?«

»Ja, versuchen wir, Googles Sensorvault zu bekommen. Wenn wir das Zielgebiet auf Lowdermilk beschränken, wird ein Richter ihn wahrscheinlich genehmigen, und wir werden alle Handys kennen, die sich zu der Zeit in der Gegend befanden.«

»Ich setze den Antrag auf. Wir kreisen das Gebiet um die Leiche ein, sagen wir, hundert Meter?«

»Nimm zweihundert. Der Täter könnte sein Handy im Auto gelassen haben, das an der Straße geparkt war.«

»Okay.«

»Und zentriere den Kreis nicht, sonst bekommen wir den Strand und das Wasser mit rein. Nimm den Fundort der Leiche als unteren Rand des Kreises.«

»Ich bin dran.«

»Danke. Ich fahre zu Will Sanchez.«

———

Sanchez unterhielt sich mit der Frau, die mich beim ersten Mal begrüßt hatte. Er erstarrte, als er mich sah, setzte ein Lächeln auf und hob einen Finger.

In einer anthrazitfarbenen Hose und einem frischen, cremeweißen Hemd kam Sanchez auf mich zu. »Detective Luca. Haben Sie schon herausgefunden, wer verantwortlich ist?«

»Noch nicht. Haben Sie ein paar Minuten Zeit?«

»Sicher.« Ich folgte ihm in einen Konferenzraum mit Glaswänden. Er setzte sich an das Kopfende eines Tisches mit Steinplatte und ich nahm einen Stuhl ihm gegenüber.

»Soweit ich weiß, haben Sie darüber nachgedacht, die Partnerschaft mit Mr. Beas aufzulösen.«

»Um erfolgreich zu sein, muss man sich alle Optionen offenhalten.«

»Gab es einen bestimmten Grund, der Sie zu dieser Überlegung bewogen hat?«

»David war ein guter Designer, aber die besten greifen nicht jedes Mal standardmäßig zu den teuersten Optionen. Wir haben wegen der Preisgestaltung zu viele Ausschreibungen verloren.«

»Aber er war maßgeblich daran beteiligt, den Auftrag von Astra Development an Land zu ziehen.«

»Das war eine Teamleistung.«

»Man hat mir gesagt, der Vertrag mit Astra sei äußerst profitabel.«

»Nicht mehr als unsere anderen Arbeiten auch.«

»Aber er ist viel größer.«

»Er ist schon ansehnlich, aber ich sehe nicht, was das mit Davids Tod zu tun hat.«

»Wir müssen jedes mögliche Motiv untersuchen.«

»Nun, mit Magnet Design hat es jedenfalls nichts zu tun.«

»Wer ist Damien Roth?«

Er blinzelte. »Damien ist ein Projektmanager bei Astra.«

»Er hatte entscheidenden Einfluss darauf, dass Sie den Auftrag bekommen haben.«

»Damien mag unsere Arbeit, aber ich würde nicht sagen, dass er großen Einfluss hatte. Als man ihn fragte, hat er uns den Evans-Brüdern empfohlen.«

»Sie hatten Zeit, darüber nachzudenken, wer Mr. Beas getötet haben könnte. Gibt es jemanden, den wir uns ansehen sollten?«

»Niemanden im Besonderen, aber es muss etwas mit seinem Privatleben zu tun haben. Er schien mit einigen der

Dating-Seiten, die er nutzte, Risiken einzugehen. Er hat mir ein paarmal von den Verrückten erzählt, denen er begegnet ist.«

»Bestimmte Seiten?«

»Ich habe nie gefragt. Sie können sein Handy überprüfen. Ich bin sicher, die Apps sind darauf.«

Ich dankte ihm und ging. Social Media war Derricks Gebiet; er würde sich die Apps ansehen, während wir prüften, wie es bei Chen und Schwartz aussah. Ich würde Sanchez genauer unter die Lupe nehmen. Der Widerspruch zwischen Sanchez' Aussage, sich von Beas trennen zu wollen, und seinen Kommentaren, dass er ohne Beas verloren wäre, als ich ihn über dessen Tod informierte, passte nicht zusammen.

Das war der Grund, warum ich die Zahlung von zweihundertfünfzigtausend Dollar an Damien Roth zurückgehalten hatte.

Wenn wir bei Schwartz und Chen in einer Sackgasse landeten, würden wir mit ein oder zwei anderen Angestellten sprechen, um ein Gefühl für das Geschäft und die Beziehung zwischen Sanchez und Beas zu bekommen.

14

ICH STÜRMTE INS BÜRO. DERRICK SAGTE: »DER RICHTER HAT den Geofence-Durchsuchungsbefehl unterzeichnet. Ich habe ihn an Google geschickt.«

»Großartig. Ich hoffe, die kriegen ihren Hintern hoch.«

»Normalerweise brauchen die eine Weile, um das von ihren Anwälten prüfen zu lassen.«

»Ugh, Anwälte. Die regieren die Welt. Fast jeder Politiker ist Anwalt.«

»Deshalb geht in Washington nichts voran.«

Mein Handy vibrierte. »Es ist widerlich. Fang gar nicht erst davon an.« Ich zog es aus der Tasche. Es kam aus der Vorwahl 202, Washington, D.C.

Ich stand von meinem Stuhl auf und meldete mich: »Hallo.«

»Spreche ich mit Frank Luca?«

Ich schwang die Bürotür zu. »Ja. Wer ist am Apparat?«

»Einen Moment für Mr. Davis.«

»Wer?«

»Byron Davis. Der stellvertretende Außenminister für internationale Drogenbekämpfung.«

»Sicher.« Ich winkte Derrick zu und zeigte ihm einen Daumen nach oben.

»Hier ist Byron Davis.«

»Hallo, danke für Ihren Anruf.«

»Ich habe gehört, Sie sind an einem unkonventionellen Zugang zu unserem Belohnungsprogramm interessiert.«

»Ja, Sir. Vor über zehn Jahren wurde eine große Geldsumme von einem Kartellhändler versteckt, der getötet wurde.«

»Welches Kartell?«

Das preiszugeben, könnte uns in Gefahr bringen. »Ein mediterranes, das von Marseille aus operiert.«

»Marseille? Vor zehn Jahren haben die noch keine große Rolle gespielt. Wie hoch ist der Betrag?«

»Mindestens zweihundert Millionen.«

»Und woher wissen Sie das?«

Derrick folgte mir, während ich im Zimmer auf und ab ging. »Von der Person, die das Geld versteckt hat.«

»Und woher hat sie das Geld?«

»Er hat mit dem Drogenhändler zusammengearbeitet.«

»Das passt nicht zu den Parametern unseres Programms, aber wir können vielleicht eine Ausnahme machen und es anpassen.«

»Das ist gut zu hören. Was würden wir dafür bekommen, wenn wir das Geld beschaffen?«

»Wir müssten das ausarbeiten, aber ich denke, wir können eine Belohnung von einer Million, vielleicht zwei, arrangieren.«

»Das ist nicht interessant.«

»Was hatten Sie sich vorgestellt?«

»Fünfzig Millionen.«

Davis spottete. »Das wird nicht passieren.«

»Was ist Ihr bestes Angebot?«

»Fünf Millionen.«

»Das ist bei Weitem nicht gut genug. Damit blieben jedem von uns zwei Millionen.«

»Es ist steuerfrei.«

»Davon bin ich ausgegangen.«

»Das ist alles, was wir tun können.«

»Sie wollen mir sagen, wir bringen Ihnen zwei- bis dreihundert Millionen Dollar und wir bekommen lausige fünf Millionen? Das sind etwa zwei Prozent.«

»Zwei Millionen pro Person verändern ein Leben–«

»Wir haben mit der Person, die uns gebeten hat, einen Teil des Geldes an Wohltätigkeitsorganisationen zu spenden, die sie unterstützen möchte, eine Vereinbarung getroffen. Das würde keinen Unterschied machen.«

»Sagen Sie ihr, dass Sie es nicht tun können.«

»Ich werde mein Wort nicht brechen.«

»Wir könnten das Angebot vielleicht um eine Million versüßen; sagen wir sechs Millionen. Einverstanden?«

»Nein. Das ist das Risiko nicht wert. Da können wir es auch gleich dort lassen.«

»Denken Sie darüber nach. Es ist ein großzügiges Angebot.«

»Das muss ich nicht. Danke für Ihre Zeit.«

Ich legte wütend auf.

»War das jemand aus D.C.? Was haben die gesagt?«

Ich brachte ihn auf den neuesten Stand, und er sagte: »Fünf Millionen? Warum zum Teufel sind die so gierig?«

»Ich verstehe es auch nicht. Soweit ich weiß, dürfen sie

das Geld in der Abteilung behalten, wenn sie Geld oder Vermögenswerte beschlagnahmen.«

»Eine verdammte Schattenkasse für die.«

Das war der Grund, warum Beschlagnahmungen in alarmierender Geschwindigkeit stattfanden, manchmal mit spärlichen oder gar keinen Beweisen. »Die haben vielleicht Nerven. Das zeigt, wie wenig ihnen Geld bedeutet.«

»Was machen wir jetzt?«

»Wir sitzen es aus. Denken über unsere Möglichkeiten nach.«

»Wir sollten einen anderen Kontakt im Außenministerium finden.«

»Dieser Typ war der Unterstaatssekretär ihres Drogenprogramms.«

»Mistkerl, hat wahrscheinlich noch nie in der realen Welt gearbeitet.«

Mein Telefon klingelte, als ich sagte: »Wahrscheinlich. Aber lass uns zu unserer realen Welt zurückkehren und herausfinden, wer David Beas getötet hat.«

»Mordkommission, Detective Luca.«

»Hi, äh, Sie kennen mich nicht, aber ich habe Sie zweimal gesehen, als Sie zu Magnet Design kamen. Ich war diejenige, die Will für Sie geholt hat.«

»Sicher. Was kann ich für Sie tun?«

»Nun, es könnte nichts sein, aber David und Will haben in den letzten zwei Monaten oder so viel gestritten.«

»Wegen des Geschäfts?«

»Ja. Und eines Abends war ich die Letzte, die ging. Die beiden waren noch da, und ich ging runter zu meinem Auto. Sobald ich auf der 41 war, merkte ich, dass ich mein Handy vergessen hatte. Also drehte ich um und fuhr zurück.«

»Zurück ins Büro?«

»Ja, und die beiden haben sich angeschrien. Ich wusste nicht, was ich tun sollte. Ich ging zu meinem Schreibtisch und sah, wie Will ein Granitmuster nach David warf. Es hat ihn nur knapp verfehlt. Will sagte so etwas wie: ›Nächstes Mal hast du nicht so viel Glück. Ich werde mich endgültig um deinen Arsch kümmern.‹« Sie betonte die Worte »sich kümmern«.

»Glauben Sie, es war eine Morddrohung gegen Mr. Beas?«

»Ich war verwirrt und wusste nicht, was ich davon halten sollte. Ich meine, das war der schlimmste Streit, den die beiden je hatten, aber ich hätte nicht gedacht, dass etwas Schlimmes daraus entstehen würde.«

»Und jetzt schon?«

»Ich weiß nicht, aber möglich wär's.«

»Was hat Sie dazu bewogen, anzurufen?«

»Nun, nachdem David gestorben war, musste ich immer wieder an den Streit denken. Ich wollte nichts melden, denn wenn ich falschliegen würde, würde ich meinen Job verlieren.«

Wenn es Sanchez war und er verhaftet würde, würde sie wahrscheinlich ihren Job verlieren, falls die Firma schließt. »Was hat Ihre Meinung geändert?«

»Will verhält sich seltsam. Er ist nicht er selbst.«

Jemanden zu verlieren, der einem nahestand, besonders wenn man sich mit ihm gestritten hatte, forderte seinen Tribut. »Etwas Bestimmtes?«

»Nun, an dem Tag, als Sie das erste Mal hier waren, ging er in Davids Büro und fing an, es auszuräumen. Wir fragten ihn, ob mit der Firma alles in Ordnung sei und ob er einen neuen Partner bekommen würde – wissen Sie, um Davids

Anteil zu kaufen – und er sagte nein. Ihre Partnerschafts-
vereinbarung gab dem überlebenden Partner hundert
Prozent der Firma.«

Das reichte aus, um das Kästchen für das Motiv abzuha-
ken. Aber hatte Sanchez die Mittel und die Gelegenheit,
einen Mord zu begehen? Hatte er jemanden dafür
angeheuert?

15

ICH FUHR AN EINER AUTOSCHLANGE VORBEI, DIE DIE PINE Ridge Road verstopfte, und bog von der Route 41 ab. Der einzige freie Parkplatz war vor Charles Schwab. Als ich aus dem Wagen stieg, fiel mein Blick auf ein Laufband im Inneren des Discount-Brokers. Börsenkürzel und die neuesten Kurse liefen über den Bildschirm.

Ich fragte mich, wie es um meine Altersvorsorge stand. Das Geld, das wir hatten, steckte komplett in dem Vorsorgeprogramm, das das Sheriff's Office eingerichtet hatte. Auf dem Weg zu Epic Sound war ich dankbar, dass ich mir jede Woche Geld vom Gehalt hatte abziehen lassen.

Der Laden für Audio- und Videotechnik hatte eine doppelte Ladenfront. Obwohl Naples der richtige Ort für ein solches High-End-Geschäft war, musste die Frustration mit der Technik Leute aus allen Gesellschaftsschichten in Läden wie diesen treiben.

An einer Rückwand hing ein Fernseher von der Größe eines Bettlakens, auf dem Unterwasseraufnahmen zu sehen waren. Ich war versucht, mich in einem der Sessel zu entspannen und den tropischen Fischen beim Umherschwirren zuzusehen, als die Frau, die eine Affäre mit Richard Chen hatte, auf mich zukam.

»Ms. Morrow?«

Sie trug einen grauen Bleistiftrock und legte den Kopf schief. »Ja?«

Ich zeigte unauffällig meine Dienstmarke. »Ich muss kurz mit Ihnen reden. Können wir nach draußen gehen?«

»Ist mit Ben alles in Ordnung?«

»Ja. Es ist nichts passiert.«

Ich hielt ihr die Tür auf, und wir traten in den Sonnenschein.

»Worum geht es?«

»Um Richard Chen.«

Sie blickte auf ihre Stilettos hinab. »Arbeiten Sie für meinen Mann?«

»Nein. Aber ich muss Sie warnen: Wenn Sie lügen oder versuchen, Mr. Chen zu decken, werde ich dafür sorgen, dass Sie wegen Behinderung der Justiz angeklagt werden und die Details Ihrer Beziehung ans Licht kommen.«

»Steckt Richard in Schwierigkeiten?«

»Mich interessiert die Nacht des ersten Oktober. Wo waren Sie?«

Sie runzelte die Stirn. »Mit Richard.«

»Ab wann?«

»Ich glaube, es war gegen zehn Uhr abends. Ich war mit meinen Freundinnen aus und dann haben wir uns getroffen.«

»Wie lange waren Sie zusammen?«

Sie errötete. »Gegen Mitternacht war ich zu Hause.«

Ein schnelles Stelldichein. »Sind Sie sicher?«

»Ja. Wenn ich später nach Hause komme, stellt Ben Fragen.«

»Wo waren Sie und Mr. Chen?«

»Richard hatte eine Ferienwohnung über Airbnb gemietet.«

»Wo?«

»Im Bahama Club.«

»Das sagt mir nichts. Wo befindet der sich?«

»Am Gulf Shore Boulevard, quasi da, wo die Crayton Road endet. Er ist am Wasser, aber ziemlich heruntergekommen.«

Das war in der Nähe des Leichenfundorts. »Wie weit wohnen Sie von dort entfernt?«

»Fünfundzwanzig Minuten.«

»Und Sie waren um Mitternacht zu Hause?«

»Ja, kurz davor.«

»Ist Mr. Chen gleichzeitig mit Ihnen gegangen?«

»Nein. Er hat ferngesehen, als ich ging.«

»Danke für Ihre Zeit. Ich wäre Ihnen dankbar, wenn dieses Gespräch unter uns bliebe, und ich verspreche Ihnen, es ebenfalls für mich zu behalten. Sie müssen sich keine Sorgen machen, dass etwas durchsickert. Wenn Mr. Chen fragt, ob wir gesprochen haben, schlage ich vor, Sie sagen ihm, ich hätte mich nie bei Ihnen gemeldet.«

»Wirklich? Sie werden nichts sagen?«

»Solange Sie kein Wort darüber verlieren, werde auch ich schweigen.«

Noch bevor ich wieder in den Wagen stieg, drückte ich auf die Kurzwahltaste. »Derrick, Chen könnte unser Mann sein.«

»Was ist passiert?«

Ich erzählte ihm, was ich von Morrow erfahren hatte. Er

sagte: »Er holt sich ein schnelles Nummerchen und legt Beas um? Mann, ist das schräg.«

»Es ist verrückt, aber die meisten Mörder sind Soziopathen. Die Frage ist, wie er Beas nach Lowdermilk bekommen hat. Oder falls Beas schon dort war, woher hätte er das wissen sollen?«

»Sie sind Nachbarn.«

»Ja, aber sie verstanden sich nicht.«

»Allem Anschein nach war Beas ein netter Kerl. Vielleicht hat Chen ihn angerufen, gesagt, er stecke in Schwierigkeiten, und ihn gebeten, sich mit ihm zu treffen.«

»Ich weiß nicht. Wenn Beas wusste, dass er ein Schwulenhasser ist, wäre er niemals gekommen. Es könnte sein, dass Chen ihn irgendwie reingelegt und sich vielleicht als ein Freund von Beas ausgegeben hat.«

»Chen könnte Hilfe gehabt haben, ihn dorthin zu locken. Es gibt genug Leute, die Schwule hassen.«

Spekulationen waren wichtig, aber wir übertrieben es gerade. »Ich schließe es nicht aus, aber sich wie ein Arschloch zu benehmen und jemanden umzubringen, sind zwei Paar Stiefel. Besonders bei einer vorsätzlichen Verschwörung.«

»Da wäre ich mir nicht so sicher.«

»Das werden wir herausfinden. Ich fahre zu Chen.«

»Viel Glück.«

»Prüfen Sie das mal bei Google mit dem Sensorvault. Wir werden es brauchen.«

―――――

DREI LEUTE STANDEN AM APOTHEKENSCHALTER AN. Ich marschierte direkt darauf zu.

»Hey, Kumpel, wir stehen hier an.«

Ich nickte und zückte meine Dienstmarke. »Ist Richard Chen da?«

»Ja. Er ist hinten.«

»Holen Sie ihn, aber sagen Sie ihm nicht, dass ich hier bin.«

»Stimmt etwas nicht?«

»Bitte tun Sie einfach, was ich sage.«

Ich trat vom Schalter zurück und behielt den Ausgang im Auge. Mit einer um den Hals baumelnden Brille musterte Chen den Bereich. Ich trat vor und sagte: »Mr. Chen, ich brauche eine Minute.«

Noch bevor sich die Ausgangstüren schlossen, baute ich mich vor Chen auf. »In der Nacht, in der Beas getötet wurde, waren Sie nur ein paar Straßen entfernt.«

Chen runzelte die Stirn. »Ich weiß.«

»Warum haben Sie nichts gesagt?«

»Ist das nicht offensichtlich? Sie würden denken, ich hätte etwas damit zu tun.«

»Wollen Sie damit sagen, Sie hatten nichts damit zu tun?«

»Ja. Natürlich nicht.«

»Um wie viel Uhr haben Sie die Airbnb-Wohnung verlassen?«

»Als Jenny gegangen ist, habe ich ferngesehen und bin eingeschlafen. Ich bin gegen ein Uhr aufgewacht, habe aufgeräumt und bin dann gegangen.«

»Um wie viel Uhr?«

»Ein paar Minuten, nachdem ich aufgewacht war, so gegen viertel nach eins.«

»Welche Schuhgröße haben Sie?«

»Was? Meine Schuhgröße?«

»Ja.«

»Zehn.«

»Wo sind Ihre Sneaker?«

Er trat einen Schritt zurück. »Ich muss zurück zur Arbeit.«

»Beantworten Sie die Frage.«

»Ohne einen Anwalt sage ich gar nichts mehr.«

»Das ist Ihr gutes Recht. Nehmen Sie sich sofort einen und lassen Sie mich wissen, wer Ihr Anwalt ist.«

»Das werde ich.«

»Versuchen Sie in der Zwischenzeit nicht abzuhauen; wir haben Sie im Auge.«

»Das ist lächerlich.« Er drehte sich um und ging in die Apotheke zurück.

Ich rief im Büro an und organisierte eine Rund-um-die-Uhr-Überwachung für Chen. Er würde auf der Hut sein, aber wir konnten nicht riskieren, dass er abhaute.

Als ich auf den Fahrersitz sprang, klingelte mein Handy. Es war wieder eine Nummer mit der 202-Vorwahl. »Hallo.«

»Mr. Luca. Hier spricht Byron Davis.«

»Hallo, Mr. Davis.«

»Sie haben nicht erwähnt, dass Sie ein Polizeibeamter sind.«

»Das ist nicht relevant.«

»Darüber lässt sich streiten.«

»Nichts, was ich getan habe, geschah während der Dienstzeit.«

»Kein Grund, in die Defensive zu gehen. Ich wollte nur sehen, ob Sie für ein Treffen verfügbar wären.«

»In DC?«

»Nein. Ich fahre nach Atlanta und würde danach zu Ihnen nach Naples kommen.«

»Sicher. Sagen Sie mir einfach, wann. Aber es sollte abends sein.«

»Perfekt. Morgen Abend um sechs. Ich werde einen Tisch zum Abendessen im Capital Grille reservieren.«

»Das Lokal ist teuer.«

»Machen Sie sich keine Sorgen. Ich setze es als Spesen ab.«

16

NOCH BEVOR ICH DEN ANRUF VERARBEITEN KONNTE, SCHOSS mir das Bild von Davis durch den Kopf, wie er im Capital Grille an einem Ecktisch saß. Es passte zum Klischee von Regierungsbeamten, die in dunklen, holzgetäfelten Räumen bei hundert Dollar teuren Steaks ihre Deals aushandelten.

Ich zwang mich, die Wut darüber zu verdrängen, dass die Regierung unsere Steuergelder zum Fenster hinauswarf, und konzentrierte mich auf den Grund des Anrufs. Davis hatte versucht, uns übers Ohr zu hauen. Er hatte Nachforschungen über mich angestellt. War es die Tatsache, dass ich ein Detective war, die ihn zum Einlenken bewogen hatte, oder hatte er die Datenbank der DEA angezapft? Es war zehn Jahre her, aber Cabrera war nicht der einzige Dealer, der Geld beiseitegeschafft hatte.

Zu diesem Zeitpunkt gab es für ihn keine Möglichkeit, die Verbindung zwischen Withers, Ellis und Coburn herzustellen. Oder doch? Hatte Coburn sich in der Vergangenheit an das Außenministerium gewandt?

Coburn war ein gerissener Mann. Es lag im Bereich des

Möglichen. Er würde jede Möglichkeit ausschöpfen, bevor er jemanden wie mich hinzuzog. Das würde jeder so machen. Ob Davis es nun zusammengereimt hatte oder nicht, er hatte seine Meinung geändert. Falls er es überprüft hatte, bestätigte das, dass das Geld echt war.

Das ursprüngliche Angebot war lächerlich. Er kam her, um es aufzubessern. Die Tatsache, dass er so schnell etwas über mich herausgefunden hatte, war beunruhigend, aber seine Reise war etwas Positives. Außerdem würde ich eine Mahlzeit in einem noblen Steakhouse bekommen.

Während ich darüber nachdachte, was Davis wohl anbieten würde, betrat ich das Büro. Derrick starrte auf das Whiteboard. »Hey, was hat Chen gesagt?«

»Er besorgt sich einen Anwalt.«

»Der Mistkerl braucht auch einen.«

»Gesso arrangiert eine Überwachung für ihn.«

»Wir brauchen was Handfestes gegen ihn. Hoffentlich helfen die Google-Daten weiter.«

»Ich glaube nicht, wir wissen ja schon, dass er in der Gegend war.«

»Vielleicht können wir seinen Standort am Tatort genau bestimmen.«

»Ich denke nicht, dass das so genau sein wird. Wir brauchen einen Zeugen oder ein vernichtendes Beweisstück.«

Derrick stach mit dem Finger auf das Foto von Chen. »Wir kriegen dich.«

»Wir müssen uns Sanchez ansehen.«

»Warum?«

Nachdem ich ihm von dem Anruf eines Mitarbeiters erzählt hatte, sagte Derrick: »Lass mich mal sehen, ob ich mit ein oder zwei anderen Mitarbeitern reden kann. Vielleicht bekommen wir einen Beweis, dass es zwischen den beiden zu Handgreiflichkeiten kam.«

»Danke.« Ich schloss die Tür. »Hör zu, der Typ vom Außenministerium hat zurückgerufen. Er sagte, er sei in der Gegend und würde sich gern treffen.«

»Ich wusste es! Die haben versucht, uns übers Ohr zu hauen, und als wir nicht angebissen haben, wollen sie das Angebot erhöhen.«

»Wahrscheinlich.«

»Wann soll das sein?«

Mir wurde eng um die Brust, aber ich konnte es nicht riskieren, eine weitere Person bei einem Treffen dabeizuhaben. »Nicht sicher. Er ist jetzt in Atlanta und war auf dem Weg nach Florida. Sagte, er würde anrufen, wenn er Zeit hat.«

»Okay, ich weiß, dass du einen fairen Deal für uns rausholen wirst.«

»Du willst nicht dabei sein?«

»Sicher, aber ich denke, es ist am besten, das unter vier Augen zu machen.«

Kein Wunder, dass ich den Kerl so mochte. »Wenn es kein gutes Angebot ist, steige ich aus.«

»Scheiß auf die.«

»Hör zu, Davis hat herausgefunden, dass ich ein Detective bin.«

»Wie zum Teufel?«

»Die haben unbegrenzte Ressourcen. Das überrascht mich nicht.«

»Ich würde fünfzig Millionen verlangen.«

»Darauf werden sie sich wahrscheinlich nicht einlassen.«

»Warum nicht? Wenn es zweihundert Millionen sind,

kriegen sie anderthalb Hundert. Wenn es drei sind, wie Coburn sagte, kriegen sie eine Viertelmilliarde.«

»Ich kann diese Zahlen nicht glauben; warten wir einfach ab, wie es läuft. Ich mache das nicht, wenn es sich nicht lohnt. Es ist nicht so sauber, wie wir alle denken.«

»Schon klar. Ich habe mir auch schon gedacht, dass es unmöglich ist, dass nicht irgendjemand danach sucht.«

»Hoffen wir, dass du dich irrst. Denn wenn nicht, sind wir in ernsthafter Gefahr.«

»Uns wird schon nichts passieren.«

»Ich werde Sanchez mal ein bisschen auf den Zahn fühlen. Bis später. Wenn du was von einem Mitarbeiter erfährst, ruf mich an.«

———

ICH KAM aus dem Treppenhaus und wurde von einer eingängigen Jazzmelodie empfangen. Die Empfangsdame lächelte und drehte die Musik leiser. »Guten Tag. Wie kann ich Ihnen helfen?«

»Ich würde gerne mit Mr. Sanchez sprechen.«

»Oh, das tut mir leid. Er arbeitet heute von außerhalb.«

»Von zu Hause aus?«

»Ich glaube schon.«

»Okay. Einen schönen Tag noch.«

Sanchez wohnte ein paar Blocks entfernt im Eleven Eleven Central. Die luxuriöse Wohnanlage hatte sich an den Erfolg des Naples Square angehängt und ich hatte gehört, sie sei noch teurer.

Dass Leute zwei Millionen für eine Eigentumswohnung zahlten, die nicht am Wasser lag, war schwieriger zu verstehen als ein Zauberwürfel. Sie priesen damit, dass man die Fifth Avenue zu Fuß erreichen konnte, aber wozu besaß man einen Bentley, wenn man ihn nicht fahren konnte?

Vier Gebäude umschlossen den Gemeinschaftsbereich. Er war schön, aber es war schwer, die roten *Ausverkauft*-Schilder auf der Hälfte des Lageplans zu rechtfertigen. Naples veränderte sich. Ob zum Besseren, blieb eine offene Frage.

Der Concierge rief in Sanchez' Wohnung im zweiten Stock an und ich machte mich auf den Weg zu Gebäude drei. Sanchez schwang, in einem blauen Hemd und einer Stoffhose, die Tür auf. »Detective Luca. Willkommen. Kommen Sie nur herein.«

»Ich war im Büro, und man sagte mir, Sie würden von zu Hause aus arbeiten.« Seine Augen verengten sich. Ich fügte hinzu: »Genau genommen sagte man ›von außerhalb‹, und ich habe daraus geschlossen, dass es Ihr Zuhause sein müsse.«

Sein Gesicht entspannte sich. »Ich nehme an, deshalb sind Sie Detective.«

Ich lächelte, und er schloss die Tür hinter mir. Auf einer Matte neben der Tür standen drei Paar Schuhe. Mein Blick fiel auf seine Pantoffeln. Das war der einzige Hinweis darauf, dass er sich nicht in einem Büro befand. Ein Esstisch war mit Mustern von Holz, Fliesen und Stoff bedeckt.

»Das ist mein erstes Mal im Eleven Eleven. Es ist schön. Es erinnert ein wenig an den Naples Square, aber hier ist es wirklich offen.«

»Ja, der Square ist einfach zu vollgestopft. Man hätte mehr Freiflächen einplanen sollen. Das habe ich zumindest vorgeschlagen.«

»Haben Sie versucht, den Auftrag zu bekommen?«

Ich folgte ihm zu den Schiebetüren. »Ich habe mich zusammen mit dreißig anderen Firmen darum beworben.«

Der Ausblick ging auf eine große Grünfläche. Zwei Frauen unterhielten sich, während ihre kleinen Hunde in einem eingezäunten Bereich spielten. Schön, aber nichts für mich, selbst wenn ich es mir leisten könnte – und das würde ich, wenn wir das versteckte Geld fänden.

»Bei unserem ersten Gespräch sagten Sie, David sei ein wichtiger Teil der Firma gewesen und Sie wüssten nicht, wie Sie ohne ihn weitermachen sollten. Und doch wollten Sie sich von ihm trennen.«

»Er hatte seine guten Seiten.«

»Rein geschäftlich betrachtet, scheinen Sie ja schnell zur Tagesordnung übergegangen zu sein.«

»Wenn man in diesem Geschäft überleben will, muss man das. Das Mitgefühl hält etwa einen Tag an, und wenn man dann nicht liefert, ist man raus.«

Stimmt, bis zu einem gewissen Grad. »Wo wir gerade beim Geschäftlichen sind, Sie sagten, Damien Roth habe Ihre Firma bei Astra empfohlen.«

»Das hat er.«

»Hat diese Empfehlung Sie zweihundertfünfzigtausend Dollar gekostet?«

»Wovon reden Sie?«

»Haben Sie Mr. Roth eine Viertelmillion Dollar gezahlt, um den Vertrag zu sichern?«

»Das ist lächerlich.«

»Ich kann einen Gerichtsbeschluss erwirken, um Ihre Finanzunterlagen zu prüfen.«

»Das war Davids Idee. Ich war dagegen, und ehrlich gesagt war das der Hauptgrund, warum ich mich von ihm trennen wollte.«

»Haben Sie sich deshalb mit ihm gestritten?«

»Gestritten? Wir haben vielleicht diskutiert, aber das einen Streit zu nennen, ist ein wenig dramatisch.«

»Haben Sie nicht ein Stück Granit nach ihm geworfen?«

»Ob ich bei David die Beherrschung verloren habe? Ja, aber zu behaupten, ich hätte ihn verletzen wollen, ist fantastisch.«

Ein gutes Wort, das man bei Derrick verwenden konnte. »War es Ihre Fantasie, der alleinige Eigentümer von Magnet Design zu sein?«

»Ich weiß diese Unterstellung nicht zu schätzen, Detective. Ich habe morgen eine wichtige Präsentation und keine Zeit, dieses Gespräch fortzusetzen.«

17

ICH FUHR AN DER PARKSERVICE-STATION VORBEI UND umrundete den Parkplatz. Obwohl es bei diesem Treffen um Millionen von Dollar ging, brachte ich es nicht über mich, fünf Dollar für Trinkgeld zu verschwenden.

Man führte mich in einen mit edlem Holz getäfelten Raum. Mit dem Rücken zur Wand saß Davis an einem Ecktisch und blätterte auf einem iPad. Er blickte auf und lächelte. Er streckte eine Hand aus, machte aber keine Anstalten aufzustehen. »Mr. Luca, schön, Sie kennenzulernen.«

»Gleichfalls, Mr. Davis.«

»Byron, nennen Sie mich Byron.«

Er hatte gut fünfzehn Kilo zu viel auf den Rippen. »Klar, ich bin Frank.«

»Lust auf einen Cocktail?«

»Nein, ich bin eher der Weintrinker.«

»Ich auch. Roten?«

»Ja.«

Er winkte dem Kellner. »Eine Flasche vom Vineyard 29 Cabernet.«

Ich fragte mich, was der wohl kostete. Dem Lokal nach zu urteilen, musste er über hundert Dollar kosten. »Klingt gut.«

»Ich bin sicher, das wird er auch sein.« Er griff nach einem Stück Brot. »So, lass uns jetzt über das Geldversteck reden, das wir zuvor besprochen haben.«

»Sicher.«

»Wir sind der Meinung, dass du einen Finderlohn verdienst, und ich kann verstehen, warum du ihn, relativ gesehen, für zu niedrig gehalten hast.«

»Ich will das nicht breittreten, aber wer hat das Außenministerium zum Schiedsrichter darüber gemacht, was verdient ist?«

»Bedenke, dass du ein Polizeibeamter bist.«

»Na und?«

»Du hast eine Verpflichtung …«

»Meine Verpflichtung gilt meinem Job und meiner Familie, und wie du noch herausfinden wirst, falls du es nicht schon getan hast, mache ich einen verdammt guten Job.«

»Kein Grund, sich aufzuregen. Wie man so schön sagt, das ist nur Geschäftliches.«

Der Kellner kam mit dem Wein und zeigte ihn Davis, bevor er ihn öffnete. Er schenkte einen kleinen Schluck ein und Davis nickte zustimmend. Während er meinen Wein einschenkte, sagte Davis: »Bringen Sie uns für den Anfang ein Dutzend Austern und ein Tatar.«

Davis hob sein Glas. »Auf eine Partnerschaft.«

Ich nickte und steckte meine Nase ins Glas. War das ein Lakritzaroma? »Er ist gut.«

»Nicht schlecht.«

Ich nahm noch einen Schluck und fragte: »Wie stellst du dir eine Partnerschaft vor? Fünfzig-fünfzig?«

Er schnaubte verächtlich. »Du weißt, dass das nicht möglich ist.«

»Was ist in deiner Welt denn möglich?«

»Zehn Millionen. Das ist das Doppelte des ursprünglichen Angebots.«

Ich schüttelte den Kopf. »Nicht gut genug.«

»Werd nicht gierig.«

»Gierig? Wenn hier jemand gierig ist, dann ist das deine Seite. Vor ein paar Tagen wusstet ihr nicht mal, dass das Geld existiert.«

»Sei dir da mal nicht so sicher.«

Es war ein Bluff. »Tja, wenn ihr davon wusstet, warum habt ihr es euch dann nicht geholt?«

Der Kellner stellte ein Tablett mit Austern auf Eis und einen Teller mit Tatar ab. Davis griff nach einer Schale, bevor der Kellner gegangen war. Er schlürfte die Auster hinunter. »Nimm dir welche.«

»Ich bin kein großer Fan davon. Aber eine werde ich probieren.«

»Sie sind von Capers Island, South Carolina.«

Sie war schleimig und salzig. »Ziemlich gut.«

Er legte eine weitere leere Schale ab. »Ich kann nicht glauben, dass du zehn Millionen ablehnst. Das ist eine beträchtliche Menge Geld für einen Detective.«

»Aber unbedeutend im Verhältnis zu dem Geldbetrag, den wir bergen würden.«

Der Kellner kam herüber. »Wie schmecken die Vorspeisen?«

»Gut. Ich nehme das mit Steinpilzen eingeriebene Rib-

Eye-Steak am Knochen, medium well, mit einer Ofen-kartoffel.«

»Ich mache es mir einfach und nehme dasselbe.«

»Ausgezeichnete Wahl, meine Herren.«

Ich schwenkte meinen Wein und sagte: »Ich muss unsere Position nicht verteidigen, aber nur fürs Protokoll, wir haben vereinbart, mit einem Teil des Geldes, das wir bekommen würden, ein paar Spenden zu tätigen. So sehr ich ein Abendessen an einem Ort wie diesem auch genieße, ich werde nicht weiter verhandeln. Wenn wir nicht bekommen, was wir wollen, steigen wir aus.«

»Und lasst das Geld dort? Du könntest nicht widerstehen, es dir zu holen.«

»Wart's nur ab. Ich bin sehr diszipliniert, etwas, das in Washington meiner Meinung nach selten ist.«

Er nahm eine Gabel voll Tatar in den Mund und spülte es mit dem Cabernet hinunter. »Wir brauchen vielleicht eine zweite Flasche.«

»Ich fahre, für mich nur noch ein Glas.«

»Was hältst du für einen fairen Deal?«

»Fair wäre es, zu teilen. Aber wir würden uns mit mindestens zwanzig Millionen gegen fünfundzwanzig Prozent des gesamten Fundes zufriedengeben.«

»Also, wenn ihr dreihundert findet, wollt ihr insgesamt fünfundsiebzig Millionen?«

»Deine Rechnung stimmt.«

»Das ist eine Menge Geld.«

»Und es muss steuerfrei sein.«

»Das liegt nicht in unserer Hand. Das Finanzministerium ...«

»Euer Belohnungsprogramm ist steuerfrei, also welche

Ausnahmen ihr auch immer dafür machen müsst, schließt den Steuerfrei-Aspekt mit ein.«

»Du bist ein zäher Verhandlungsführer.«

»Wir bringen eurer Behörde eine riesige Menge Geld ein.« Ich wollte hinzufügen: »Damit ihr es euch leisten könnt, Abendessen wie dieses abzuschreiben«, sagte aber: »Ich hoffe, ihr werdet es gut gebrauchen.«

»Glaub mir, das werden wir.«

Einem Beamten der Bundesregierung zu vertrauen, war ein Risiko, das ich zu vermeiden gelernt hatte. »Tja, dann sollten Sie kein Problem mit unseren Bedingungen haben.«

»Wenn es nach mir ginge, würde ich zustimmen, aber ich treffe nicht die endgültige Entscheidung.«

»Aber Sie sind doch der Unterstaatssekretär.«

»Wir alle haben unsere Vorgesetzten. Und man hat mir Grenzen gesetzt. Ihre Zahlen werden für uns nicht funktionieren.«

Ich nahm einen Schluck Wein und er sagte: »Können wir uns auf zwanzig Millionen Minimum bei zwanzig Prozent einigen?«

»Steuerfrei?«

»Das wird nicht einfach, aber ich denke, ich kriege das durch.«

»Abgemacht.«

Er streckte seine Hand aus und wir schüttelten sie.

»Großartig. Wie sieht Ihr Zeitplan aus?«

»Wir legen los, sobald wir es schriftlich haben.«

Davis spottete. »Sie vertrauen mir nicht?«

»Das hat nichts mit Ihnen zu tun. Ich habe schon zu viele Leute wegen Geld sterben sehen.«

»Und Sie glauben, ein Stück Papier wird Sie schützen?«

»Nicht vor allem, aber es ist das Mindeste, was wir verlangen können.«

18

ALS ICH ZU MEINEM AUTO GING, ZOG ICH MEIN HANDY heraus. »Derrick, ich bin gerade mit Davis fertig. Sieht so aus, als hätten wir einen Deal.«

»Was für einen Deal?«

»Mindestens zwanzig Millionen gegen zwanzig Prozent von dem, was wir finden.«

»Coburn meinte, es wären ein paar Hundert Millionen, richtig?«

»Das ist, was er glaubt. Wenn es also dreihundert sind, beträgt unser Anteil sechzig Millionen.«

»Oh, mein Gott! Das wäre ja der absolute Hammer.«

»Wir können erledigen, was wir erledigen müssen, und haben immer noch einen Haufen Geld übrig.«

»Dreißig für jeden, okay?«

»Mal sehen.«

»Das ist steuerfrei, richtig?«

»Ja. Vater Staat ist ja bereits der Hauptgesellschafter.«

»Gute Arbeit, Mann. Was ist er für ein Typ?«

»So gierig und selbstsüchtig, wie man nur sein kann.«

»Können wir ihm vertrauen?«

»Auf keinen Fall. Er arbeitet für die Bundesbehörden. Ich habe es schriftlich verlangt. Wenn sie versuchen, uns übers Ohr zu hauen, gehen wir an die Öffentlichkeit.«

»Ich hoffe, es kommt nicht so weit.«

»Könnte sein. Es geht um eine Menge Geld, da kann alles passieren. Aber wir müssen sicherstellen, dass wir während des Dienstes nichts unternehmen. Wir müssen das nach Feierabend machen.«

»Gute Idee.«

»Wir sehen uns morgen.«

»Ich werde heute Nacht kein Auge zubekommen.«

»Wem sagst du das? Hör zu, Remin will gleich morgen früh einen aktuellen Stand, also sehen wir uns danach.«

———

Der Sheriff tunkte einen Teebeutel in eine Tasse. »Morgen, Frank.«

»Guten Morgen, Sir. Fangen Sie sich eine Erkältung ein?«

»Nein, meine Frau lässt mich grünen Tee trinken; sie sagt, er sei voller Antioxidantien. Er schmeckt furchtbar.«

»Warum schmeckt alles, was gut für einen ist, schlecht?«

»Da ist was Wahres dran.« Er räusperte sich. »Wir bekommen Druck von der alten Garde in den Moorings.«

»Ich verstehe, Sir.«

»Wo stehen wir im Fall Beas?«

»Wir? Hatte ich eine Maus in der Tasche?«

»Nennen Sie mir die Details.«

»Eine Person von Interesse ist Beas' Nachbar. Er ist

schwulenfeindlich und hatte ein ständiges Problem mit Beas.«

»Alibi?«

»Er war zur Zeit des Mordes in der Gegend.«

»Sie sagten mehrere.«

»Ein Ex-Freund von Beas steht auf BDSM und hat eine Vorgeschichte von Aggressionen. Es könnte etwas gewesen sein, das zu weit ging. Er ist –«

»Verschonen Sie mich mit den Einzelheiten.«

»Wir überprüfen auch seinen Geschäftspartner. Sie haben sich gestritten und es scheint ein zwielichtiges Geschäft gegeben zu haben.«

»Der Homophobe könnte der Mörder sein. Es ist bekannt, dass diese Leute Gewalt gegen diese Gemeinschaft ausüben.«

»Wir klemmen uns dahinter, Sir.«

»Konzentrieren Sie sich auf ihn. Er passt ins Profil.«

»Ob man die notwendigen Informationen hatte oder nicht, spielte keine Rolle; jeder hatte eine Meinung.«

»Benötigen Sie irgendwelche Mittel?«

»Im Moment sind wir gut versorgt.«

»Lassen Sie es mich wissen, was auch immer Sie brauchen.«

Das Treffen war vorbei. »Danke.«

Als ich aufstand, sagte er: »Halten Sie mich auf jeden Fall auf dem Laufenden.«

Derrick wühlte in einem Aktenschrank. »Wie lief's bei Remin?«

»Nicht schlecht, aber in einer Woche wird er den Druck erhöhen.«

»Hast du gesehen, dass die Eigentümergemeinschaft der Moorings einen privaten Sicherheitsdienst einsetzen will?«

»Mary Ann hat es mir erzählt. Ich habe nichts dagegen, wenn sie sich dadurch sicherer fühlen.«

»Wie du immer sagst: mehr Sicherheitstheater.«

»Es ist wahr. All diese Wohnanlagen haben Patrouillen, aber sie greifen nicht ein, wenn es ein Problem gibt. Sie steigen nicht einmal aus ihren Autos aus – sie rufen uns.«

»Sie werden ihr Leben nicht für zwanzig Dollar die Stunde riskieren.«

»Wir verdienen nicht viel mehr. Unser Einstiegsgehalt liegt bei etwas über dreißig Dollar pro Stunde.«

»Plus Sozialleistungen.«

»Stimmt. Und dass du mit mir arbeiten darfst, ist sowieso unbezahlbar.«

»Ich sollte eine Gefahrenzulage bekommen.«

»Okay, du Witzbold. Schauen wir uns Will Sanchez mal an. Irgendetwas an ihm stört mich.«

»Was denn?«

»Er ist zu cool, hat auf alles eine Antwort.«

»Ich habe mit zwei aktuellen Mitarbeitern gesprochen, die sagten, dass es nichts Ungewöhnliches im Umgang zwischen Sanchez und Beas gab. Ab und zu stritten sie über Projektdetails, aber nur normale Meinungsverschiedenheiten. Ich habe bei ein paar Leuten angerufen, die früher dort gearbeitet haben. Mal sehen, was die sagen.«

»Wenn ihr Job nicht auf dem Spiel steht, sind sie eher bereit, etwas zu sagen.«

»Darauf hoffe ich.«

Ich sagte: »Chen hält sich bedeckt. Fährt zur Arbeit und direkt wieder nach Hause. Er hat sein Verhalten geändert, was ein Alarmsignal ist.«

»Sein Anwalt hat ihm das vielleicht geraten. Warum beantragen wir keinen Durchsuchungsbefehl?«

»Ich würde ja gerne, aber er ist schlau. Ich kann mir nicht vorstellen, was er dort haben sollte.«

»Du sagst doch immer, es ist überraschend, was man findet, wenn man nur sucht.«

»Du hast recht. Er hatte eine Vorgeschichte mit Beas, kommt mit Schwulen nicht klar und war zwei Blocks entfernt.«

»Vergiss nicht, dass er wegen seines Alibis gelogen hat.«

»Versuchen wir, einen Durchsuchungsbefehl zu bekommen. Schließ sein Auto mit ein. Vielleicht hat er die Mordwaffe in den Kofferraum geworfen.«

Derrick sagte: »Was ist mit seinem Arbeitsplatz? Er hat da wahrscheinlich einen Spind.«

»Hmmm. Wir bräuchten einen guten Grund, sonst sieht es aus, als würden wir im Trüben fischen, und der Antrag wird abgelehnt.«

»Er könnte dort etwas verstecken.«

»Ja, aber warum dort und nicht in einem Lagerraum?«

»Das Gleiche könntest du auch über sein Haus und sein Auto sagen.«

»Nicht wirklich. Sein Haus und sein Fahrzeug hat er voll unter seiner Kontrolle. Deshalb wird dort üblicherweise gesucht. Wenn ihm der Laden gehören würde, wäre es vielleicht eine andere Situation, aber bei CVS haben auch andere Zugang.«

»Ich setze einen Durchsuchungsbefehl für seine Wohnung und sein Auto auf.«

»Mach das.«

Während Derrick auf seiner Tastatur tippte, ging ich meine E-Mails durch. Gerade als ich eine Einladung zu einer Konferenz für Haussicherheit in Sarasota in den

Papierkorb verschob, piepte mein Handy. Es war eine Nachricht von Byron Davis:

»Frank, ich wollte Sie nur wissen lassen, dass die Rechtsabteilung die Vereinbarung aufgesetzt hat. Schicken Sie mir Ihre E-Mail-Adresse.«

Er würde meine private bekommen. Ich gehörte zu den Dinosauriern, die immer noch einen AOL-Account hatten: »Danke, ich antworte nach fünf.«

Als ich eine weitere E-Mail öffnete, kam schon die nächste Nachricht von Davis. In der Erwartung, dass nur ›Okay‹ darin stehen würde, öffnete ich sie. Er hatte ein Foto von dem Brief gemacht. Als ich es mit den Fingern vergrößerte, begann mein Herz zu rasen. Ein Adler, der in der einen Kralle Pfeile und in der anderen einen Olivenzweig hielt, erschien im Blickfeld: das Logo des Außenministeriums.

Auf dem Handydisplay war es unmöglich zu lesen. Ich wollte es ausdrucken, hatte aber Bedenken, eine Papierspur zu hinterlassen.

»Derrick.«

»Was?«

»Vergiss es. Mir ist gerade etwas eingefallen.«

19

ICH SCHLOSS DAS GARAGENTOR, TRAT INS HAUS UND RANNTE ins Arbeitszimmer. »Mary Ann!«

»Frank? Was ist los?«

Ich klappte meinen Laptop auf und loggte mich in meinen AOL-Account ein. »Komm her!«

Mit einem Geschirrtuch in der Hand fragte sie: »Was ist denn los?«

Ich öffnete den Anhang. »Wir haben den Brief bekommen, die Vereinbarung mit dem Außenministerium.«

Sie kam hinter den Schreibtisch. »Was steht drin?«

Meine Augen überflogen den zweiten Absatz. »Es ist das, was wir vereinbart haben. Zwanzig Prozent von allem, was wir finden. Oh, warte mal. Es gibt keinen Mindestbetrag.«

»Oh mein Gott. Wir werden reich.«

»Moment mal.« Ich lehnte mich zurück und schloss die Augen. Es ergab Sinn. Wenn wir das Geld fänden und es wären nur zehn Millionen, dann könnten sie uns keinen

Mindestbetrag von zwanzig Millionen zahlen. Wie konnte ich das nur übersehen?

»Frank, geht es dir gut?«

»Ja. Ich wollte einen Mindestbetrag, aber ich sehe ein, dass das nicht möglich war.«

»Das ist in Ordnung. Du hast gesagt, es sind mindestens hundert Millionen, richtig?«

»Das hat Coburn gesagt.«

»Dann würden wir zwanzig Millionen bekommen. Oh mein Gott. Ich kann nicht fassen, dass ich das überhaupt ausspreche.«

»Nicht so viel. Wir bekommen mindestens acht, vielleicht neun Millionen, wenn hundert Millionen da sind und wir es aufteilen und unsere Verpflichtungen erfüllen.«

»Welche Verpflichtungen?«

»Ich hab es dir doch gesagt. Es gibt Wohltätigkeitsorganisationen, denen wir helfen. Werd nicht gierig.«

»Das bin ich nicht. Ich versuche nur, das alles zu verstehen. Es ist überwältigend bei dem Gedanken, dass wir so viel Geld haben werden.«

»Wir müssen es erst mal finden, und es muss genug da sein.«

»Ich werde davon drei Kopien ausdrucken. Wir müssen sie verstecken. Du darfst niemandem davon erzählen, nicht mal Jessie.«

»Wir können es Jessica nicht erzählen?«

Ich klickte auf das Drucksymbol und sagte: »Nein. Es darf nichts durchsickern. Ich sage nicht, dass sie etwas sagen würde, aber sie wäre aufgeregt und ich bin sicher, dass es auf den Wohnheimpartys reichlich Alkohol gibt. Wir können nicht riskieren, dass es ihr rausrutscht.«

»Okay.«

»Ich meine es ernst. Wir dürfen kein Wort darüber verlieren. Ich habe noch nicht einmal Derrick gesagt, dass ich den Brief bekommen habe.«

»Okay, keine Sorge. Ich tue alles, um es zu bekommen.«

»Morgen musst du zur Bank gehen und ein Schließfach anmieten.«

»Warum?«

»Wenn wir das Original bekommen, will ich es dort deponieren.«

»In Ordnung. Ich gehe gleich morgen früh hin.«

»Er schickt es per FedEx. Wenn es morgen ankommt, vergleiche es mit dieser Kopie, und wenn es exakt übereinstimmt, mach eine Kopie und leg das Original ins Schließfach.«

»Okay.«

»Ich muss zu Coburn, um ihm mitzuteilen, dass die Sache durchgeht.«

»Kannst du ihn nicht anrufen?«

»Ich will es nicht riskieren.«

»Du tust ja so, als wäre das eine Spionageaktion.«

»Wir können nicht vorsichtig genug sein, wenn es um so viel Geld geht. Außerdem will ich die Koordinaten holen.«

─────

Ich spähte die Straße ab, dann ging ich Coburns Einfahrt hinunter zu meinem Auto. Sobald ich eingestiegen war, zog ich mein Handy und das Papier, das Coburn mir gegeben hatte, heraus. Ich machte drei Fotos und schickte zwei Bilder per E-Mail an meinen AOL-Account und das dritte an einen E-Mail-Account bei Yahoo, den ich noch hatte, aber nie benutzte.

Ich googelte die GPS-Koordinaten für Naples und eine Reihe von Zahlen erschien. Der Breitengrad lag bei sechsundzwanzig Grad und der Längengrad bei einundachtzig. Aber Naples erstreckte sich über eine kilometerweite Fläche.

Als ich vom Bordstein losfuhr, fiel mir wieder ein, dass man für einen exakten Standort drei Untergruppen jeder Zahl benötigte. Der Globus war in Nord-Süd-Scheiben, ausgedrückt in Längengraden, und Ost-West-Scheiben, ausgedrückt in Breitengraden, unterteilt. Die Grade allein würden nur einen großen geografischen Block identifizieren. Um etwas genau zu bestimmen, mussten die Grade durch Minuten und Sekunden verfeinert werden.

Mary Ann wartete an der Garagentür. »Hast du sie?«

»Ja. Mal sehen, wo zum Teufel das sein soll.«

»Er hat es dir nie gesagt?«

Ich navigierte zu Google Earth. »Nein. Coburn kann ein Geheimnis für sich behalten.«

»Ich weiß nicht, wie er so lange daran festhalten konnte, ohne sich das Geld zu holen.«

Eine Satellitenansicht des Hauses eines Verdächtigen aus einem früheren Fall erschien auf dem Bildschirm. »Ganz einfach: Er sagte, er hätte genug.«

»Wir haben auch genug, aber es wäre verdammt schön, auf die Sonnenseite des Lebens zu wechseln.«

»Ich sage es dir nur ungern: Die Sonnenseite gibt es nicht. Geld bringt Probleme mit sich.«

»Keins zu haben aber auch.«

Ich gab die Koordinaten in die Suchleiste ein. »Verdammt! Google kann Russisch ins Chinesische übersetzen, aber keine GPS-Koordinaten finden?«

»Du suchst wahrscheinlich nicht richtig.«

Ich zeigte auf den unteren rechten Teil des Bildschirms. »Hier werden die Koordinaten angezeigt.«

Als ich die Maus nach Norden bewegte, stieg der Wert des Längengrads an. »Das wird im Nordosten sein, bei Estero oder so was.«

»Früher war da draußen tote Hose, besonders östlich der 75.«

»Nein, es ist näher dran. Es ist im Big Corkscrew Island Park, weiter östlich.«

»Das ist ein guter Ort, um etwas zu verstecken.«

»Ich weiß nicht, es ist in der Nähe des Messegeländes des Countys. Dort ist viel mehr los als noch vor zehn Jahren. Die bauen da draußen wie die Wilden.«

»Aber nicht im Park.«

»Und vor zehn Jahren hätte es dort auch keine Kameras gegeben.«

»Gehst du heute Abend hin?«

Ich rief die Webseite der Collier County Parks auf. »Auf keinen Fall. Ich werde den genauen Ort bestimmen und darüber nachdenken. Oh, der Park ist sieben Tage die Woche von acht bis zehn Uhr geöffnet.«

»Es wäre gut, nachts hinzugehen.«

Ich nickte, während mein Magen knurrte. »Ich muss etwas essen.«

»Ich habe Erbsen mit Makkaroni gemacht. Ich mache sie dir warm.«

Pasta e piselli galt als Arme-Leute-Essen. Aber es würde wöchentlich auf den Tisch kommen, egal, wie viel Geld ich hätte.

Ich hantierte mit der Maus, zoomte heran und glich die Zahlen auf dem Bildschirm mit denen ab, die Coburn mir geliefert hatte. Ich schaltete die Karte auf die Ebenenansicht um und das Bild wurde real.

Ich zoomte weiter hinein. Auf der östlichen Seite befand sich eine Baumgruppe und im Westen ein langer, schmaler See. Wenn die Information stimmte, war das Geld nur wenige Meter von etwas entfernt vergraben, das wie Südeichen aussah.

Ich wischte mir eine Schweißperle von der Lippe und machte ein Foto mit meinem Handy. Nachdem ich das Bild ausgedruckt hatte, löschte ich es von meinem Handy und navigierte auf meinem Laptop vom Corkscrew Park zu einem Gebiet in der Nähe von Ave Maria.

»Frank, das Essen ist fertig.«

Auf dem Weg in die Küche schaute ich aus dem vorderen Fenster. Mit ausgeschalteten Lichtern parkte ein Auto auf der gegenüberliegenden Straßenseite. Ein Mann saß auf dem Fahrersitz.

Ich eilte in die Garage und drückte den Türöffner. Als das Tor halb oben war, huschte ich darunter durch, genau in dem Moment, als das Auto wegfuhr. Wer war das?

20

Derricks Jacke hing über der Lehne seines Stuhls. Ich nahm den Kaffee, den er mir mitgebracht hatte, und trank einen Schluck. Was war es nur am Kaffee, das ihn morgens so lecker machte?

Ich zog meine Pistole aus dem Holster und ließ sie in meiner Schreibtischschublade verschwinden. Die Schublade, in der ich sie aufbewahrte, war nicht abgeschlossen. Derrick fegte ins Büro. »Hey, Frank, wie läuft's?«

»Gut. Hast du meine Schreibtischschublade aufgemacht?«

»Ich? Warum sollte ich das tun?«

»Ich frage ja nur. Ich schließe sie immer ab.«

»Vielleicht hast du es vergessen.«

»Auf keinen Fall. War hier jemand drin?«

»Nicht, dass ich wüsste.«

Ich senkte meine Stimme. »Neulich Nacht, in derselben Nacht, in der ich die Koordinaten bekommen habe, stand ein Auto vor meinem Haus. Es ist abgehauen, als ich nachsehen wollte, wer es war.«

»Das ist wahrscheinlich nichts.«

»Da bin ich mir nicht so sicher.«

»Du schiebst Paranoia.«

»Wir reden hier von einer wahnsinnigen Geldsumme.«

»Ich weiß, aber wer könnte es sein? Das Kartell? Die werden nicht in deinem Schreibtisch herumschnüffeln.«

»Es könnten die Bundesagenten sein.«

»Remin würde es ihnen nicht erlauben, dich auszuspionieren.«

»Sei dir da mal nicht so sicher. Er würde seine eigene Mutter für einen größeren Job in DC verkaufen.«

»Frank, sagst du nicht immer, der einzige Weg, ein Geheimnis zwischen zwei Leuten zu bewahren, ist, wenn einer von ihnen tot ist?«

Mein Pipi-Alarm ging los. »Genau. Vielleicht hat Coburn gegenüber jemand anderem sein Maul aufgemacht oder Davis macht sein eigenes Ding.«

»Warum sollten sie das tun?«

»Die einfache Antwort ist, sie können nicht anders. Das liegt in der menschlichen Natur. Wir sind gierig und können kein Geheimnis für uns behalten.«

Derrick ging ans Telefon. »Detective Dickson, Mordkommission.«

»Ich geh mal pissen.«

Während ich auf dem Thron saß, versuchte ich, mich zu beruhigen. Das Urinieren war schon schwer genug ohne die Nervenenden, die die Ärzte entfernt hatten. Anspannung machte es nur noch schlimmer. Ich schloss die Augen und stellte mir die Niagarafälle vor. Als ich mir das tosende Donnern des Wasserfalls ausmalte, begann ein Rinnsal Urin zu fließen.

Auf dem Rückweg steckte ich meinen Kopf in die Cafeteria. Keine fremden Gesichter. Machte ich aus einer Mücke einen Elefanten? Derrick sagte, ich sei paranoid. Das war eine Neigung von mir, aber sie hatte mich zwanzig Jahre lang auf der Straße beschützt.

Derrick schritt auf und ab. »Das war Carolyn Tevo. Sie hat bei Magnet gearbeitet. Du glaubst nicht, was sie mir erzählt hat.«

»Was? Was hat sie gesagt?«

»Dass Sanchez Beas bedroht und ihn während eines Streits geschubst hat. Und jetzt kommt's: Er war so wütend auf Beas, dass er ein Rollladenmuster so heftig auf seinen Schreibtisch schlug, dass er einen neuen Schreibtisch brauchte.«

»Wann war das?«

»Vor weniger als einem Jahr.«

»Was war ihre Position?«

»Sie war in der Buchhaltung, hat Rechnungen bezahlt und dafür gesorgt, dass die Kunden pünktlich zahlen.«

»Erzähl mir genau, was sie behauptet.«

Derrick hob einen gelben Notizblock auf. »Sie sagte, irgendwann im Sommer 2021 waren Sanchez und Beas im Konferenzraum. Tevo sagte, das Büro sei leer gewesen nur eine weitere Person, eine Frau namens Sandy, war da. Sie fingen an zu streiten, und Tevo sah, wie Sanchez Beas schubste.«

»Ist sie sich sicher?«

»Ja, sie sagte, Beas stolperte zurück und fing sich wieder. Er sagte, er würde gehen, und Sanchez schrie ihm nach, er solle zurückkommen, aber er haute ab.«

»Hat die andere Frau das miterlebt?«

»Nein, aber sie hat das Geschrei gehört.«

»Was ist mit der Drohung? Was für eine Drohung?«

»Ende 2021 musste Tevo eine Rechnung von Sanchez abzeichnen lassen, weil sie über zehntausend lag, und sie brachte sie ihm. Als er sie sah, flippte er aus und schrie nach Beas. Als Beas hereinkam, sagte er, er habe ihm ausdrücklich verboten, irgendein Feuerelement für den Garten zu bestellen, und Beas meinte, es sei sein Projekt und damit basta. Sanchez schnappte sich ein Rollladenmuster aus Metall und schlug es auf den Schreibtisch, wobei er sagte, er würde ihn verdammt noch mal umbringen, wenn er ihm noch einmal nicht gehorchen würde.«

»Er sagte ›nicht gehorchen‹?«

»Das hat Tevo gesagt.«

»Sie sind gleichberechtigte Partner, was denkt er denn, wer er ist, ein Kaiser?«

»Sicher eine seltsame Wortwahl, aber was willst du tun?«

»Können wir das bestätigen?«

»Ich kann die andere Frau ausfindig machen, aber warum gehen wir nicht zu Sanchez und schauen, was er sagt?«

»Machen wir.«

———

Derrick bog auf den Parkplatz ein, und ich sagte: »Da ist er. Steigt in das blaue Auto.«

»Das ist ein neues. Ein Maserati.«

»Fahr hinter ihn.«

Derrick hupte und blockierte Sanchez. Wir stiegen aus,

und Sanchez öffnete seine Tür. »Ich komme zu spät zu einer Besprechung.«

Ich sagte: »Wir müssen mit Ihnen reden.«

»Aber–«

Derrick sagte: »Wir können Sie auch mit aufs Revier nehmen.«

»Was wollen Sie?«

»Sie sind Mr. Beas gegenüber schon früher handgreiflich geworden.«

»Das ist Quatsch.«

»Im Sommer 2021 hatten Sie einen Streit mit ihm und haben ihn geschubst.«

»Wer hat das gesagt? Ach, das war bestimmt Carolyn, da bin ich mir sicher.«

»Was ist passiert?«

»Nichts. Wir hatten eine Meinungsverschiedenheit und er ist über ein paar Muster gestolpert. Genau genommen habe ich ihn gerettet. Er hätte sich den Kopf aufschlagen können, wenn ich ihn nicht gepackt hätte.«

»Das ist nicht, was Ms. Tevo gesagt hat.«

»Sie versucht, mich schlechtzumachen, weil ich ihr keine Gehaltserhöhung geben wollte.«

»Und was ist mit dem Vorfall, als Sie eine Ausgabe absegnen mussten, die Sie Beas verboten hatten?«

»Ich kann nicht mehr zählen, wie oft er das gemacht hat. Das ist in der Branche üblich. David hatte keinen Respekt vor Budgets oder Gewinnspannen. Aber man muss ja auch von etwas leben.«

»Oder sich einen neuen Maserati kaufen«, sagte Derrick.

Sanchez runzelte die Stirn, und ich sagte: »Sie haben gedroht, Mr. Beas umzubringen.«

»Ach, kommen Sie. Das sagt man doch nur so: *Ich bring dich um, wenn du das noch mal machst.* Das war nicht wörtlich gemeint.«

Ich habe wörtlich und im übertragenen Sinne schon immer verwechselt. »Wenn Sie es nicht so gemeint haben, warum haben Sie dann so fest auf Ihren Schreibtisch geschlagen, dass Sie ihn ersetzen mussten?«

»So war das nicht.«

»Erzählen Sie uns Ihre Version«, sagte Derrick.

»Ich gebe zu, ich war wütend, aber mehr war da nicht. Der Schreibtisch wurde beschädigt, als ich ein Stück Quarz darauf fallen ließ. Hätte es nicht die Kante getroffen, wäre er nicht kaputtgegangen.«

»Sie haben nicht auf den Schreibtisch geschlagen?«

»Nicht, dass ich mich erinnern könnte. Wie gesagt, ich war verärgert, dass er ignoriert hatte, was ich ihm sagte. Er war ein toller Kerl, aber stur und hatte nicht viel für die geschäftliche Seite der Dinge übrig.«

Wir stiegen wieder ins Auto. Ich sagte: »Siehst du, was ich meine? Er hat auf alles eine Antwort.«

»Er spielt alles runter, windet sich wie ein Politiker.«

»Amen. Aber jetzt haben wir zwei Leute, die einen Streit und Sanchez' Drohungen bezeugt haben.«

»Ich glaube immer noch, dass es Chen war.«

»Wahrscheinlich. Hey, war das nicht der Lincoln, der auf dem Hinweg hinter uns war?«

»Der beigefarbene?«

»Ja, ich schwöre, er war hinter uns.«

»In Collier gibt es bestimmt ein paar Hundert beigefarbene Lincolns.«

»Aber der Fahrer sieht gleich aus. Er ist bullig und die Sonnenblende ist heruntergeklappt.«

»Das ist Florida, die Sonne scheint immer.«

Sah ich Gespenster, wo keine waren? »Lass uns heute Nacht besonders vorsichtig sein. Wir treffen uns um acht auf dem Parkplatz vom Off the Hook Comedy.«

21

DER COMEDY-CLUB BUCHTE ERSTKLASSIGE KÜNSTLER. ES war keine Überraschung, dass der Parkplatz gerammelt voll war. Als ich auf der Suche nach einer Lücke im Kreis fuhr, bemerkte ich, dass drei Viertel der Fahrzeuge SUVs waren. Ging es den Limousinen bald so wie den Videotheken? Ich schickte Derrick eine SMS, und eine Sekunde später verriet mir ein kurzes Aufblitzen der Scheinwerfer, dass er angekommen war.

Er stieg in meinen Wagen und sagte: »Die müssen heute Abend einen guten Komiker haben, der Laden ist ja proppenvoll.«

»Wahrscheinlich, aber die Leute hier unten gehen einfach gerne aus.«

»Das ist auch gut so. Letzten Sonntag waren wir in der Stadt zum Mittagessen und hörten Musik aus Cambier kommen. Die Naples Big Band hat gespielt. Die war richtig gut. Nächstes Mal bringen wir unsere Stühle mit.«

Ich bog auf die Airport Pulling Road ab. »Im Cambier gibt es oft gute Musik, und das umsonst.«

»Was etwas kostet, wird keine Rolle mehr spielen, wenn wir das Geld erst einmal gefunden haben.«

»Wir lassen uns Zeit und sondieren erst mal die Lage. Ich will sichergehen, dass wir nicht gesehen werden.«

»Das ist egal, sobald wir es haben.«

Ich bog links auf die Immokalee Road ab. »Vielleicht brauchen wir ein paar Versuche, um es zu finden. Wir verlassen uns auf GPS-Koordinaten, die Cabrerra vor zehn Jahren benutzt hat.«

»Die haben sich nicht geändert.«

»Das nicht, aber wer weiß, wie er sie ermittelt hat.«

»Wahrscheinlich mit einer App.«

»Vor einem Jahrzehnt?«

»Warum nicht?«

Als ich am NCH Hospital vorbeifuhr, sagte ich: »Dreh dich nicht um. Ich glaube, uns verfolgt jemand.«

Derrick spottete. »Dieses Geld macht dich echt fertig.«

»Ich sag's dir, dieses Auto ist aus dem Publix-Parkplatz rausgefahren, kurz bevor wir an der Ampel halten mussten, und es ist immer noch hinter uns.«

»Wir sind nur einmal abgebogen.«

»Aber egal, ob ich langsamer oder schneller fahre, er hält den gleichen Abstand.«

»Mal sehen, was passiert, wenn du zur 41 kommst.«

Anstatt rechts abzubiegen, fuhr ich geradeaus durch die Kreuzung. »Er folgt uns immer noch.«

»Fahr auf den Friedhof, mal sehen, was passiert.«

Wir fuhren an der Kirche Saint John the Evangelist vorbei und bogen in die Naples Memorial Gardens ein. Das Auto hinter uns fuhr weiter und bog rechts auf den Vanderbilt Drive ab.

Derrick sagte: »Falscher Alarm, Kumpel.«

»Vielleicht, vielleicht auch nicht.«

»Lass uns weiterfahren.«

Ich fuhr den Weg zurück, bog links auf die 41 ab und dann nach Norden. Als wir uns der Old 41 näherten, sagte ich: »Er ist wieder da.«

»Wer?«

»Das Auto. Er muss die Wiggins Pass Road genommen und uns wiedergefunden haben.«

»Willst du ihn anhalten?«

»Nein. Lass uns ein bisschen Spaß mit ihm haben.«

Wir fuhren am Einkaufszentrum Coconut Point vorbei, und das Auto hielt seinen Abstand von einer Viertelmeile. Ich bog links auf die Corkscrew Road ab. »Wo fährst du hin?«

»Zum Koreshan Park.«

»Der wird geschlossen sein.«

»Das ist sogar noch besser. Wir parken und gehen zu Fuß rein.«

———

EIN MOSKITO SUMMTE um meinen Kopf, als wir auf einem Pfad gingen, der mehr aus Erde als aus Schotter bestand.

Derrick sagte: »Mann, ist das dunkel hier drin.«

»Weißt du, es geht das Gerücht, dass die Geister einiger Koreshaner hier herumspuken.«

»Hör auf mit dem Quatsch.«

»Kein Witz. Sie veranstalten einmal im Jahr eine Geisterwanderung. Ich glaube, im Januar.«

»An so einen Kram glaube ich nicht. Das ist doch nur Geldmacherei.«

»Wir hätten eine Schaufel mitnehmen sollen. Damit sie denken, es sei hier vergraben.«

»Du glaubst wirklich, dass uns jemand verfolgt.«

»Wir können kein Risiko eingehen. Lass uns auf die Stufen von dem Gebäude da setzen. Ich bin mir ziemlich sicher, dass das ihre Musikhalle war. Weißt du, Thomas Edison ist früher hierhergekommen und hat sich die Konzerte angehört, die hier stattfanden.«

»Persönlich oder sein Geist?«

Ich schüttelte den Kopf und setzte mich. »Wir warten fünfzehn Minuten.«

Derrick schlug sich auf den Unterarm. »Bis dahin haben mich diese verdammten Moskitos leer gesaugt.«

Ich flüsterte: »Pscht. Schau. Da drüben. Das ist der Strahl einer Taschenlampe.«

»Heilige Scheiße. Du hattest recht. Sollen wir ihn zur Rede stellen?«

Ich stand auf. »Nein. Lass uns verstecken. Wer auch immer es ist, er muss denken, dass das Geld hier ist.«

Wir gingen hinter das Gebäude und sahen zu, wie der Mann mit der Lampe in eine der ursprünglichen Hütten leuchtete.

»Ich kann's nicht fassen.«

»Glaub es ruhig, Kumpel. Es ist echt. Was ich wissen will, ist, wie er wusste, dass wir uns beim Comedy-Club treffen.«

»Er ist einem von uns von zu Hause aus gefolgt.«

»Mir nicht. Hast du jemanden gesehen, der dich verfolgt hat?«

»Nein. Nachdem ich damals in den Hinterhalt geraten bin, bin ich immer auf der Hut.«

Ein Schuldgefühl überkam mich. Es fühlte sich immer

noch wie meine Schuld an. »Vielleicht benutzen sie eine Drohne.«

»Nachts würden wir das Licht sehen.«

»Wenn es das Außenministerium ist, haben die wahrscheinlich welche mit Nachtsicht. Verdammt, wenn es das Kartell ist, und ich hoffe es nicht, haben die auch genug Geld, um sich die beste Ausrüstung zu kaufen.«

»Zuerst müssen wir herausfinden, wer zum Teufel das ist.«

»Ja. Schau, lass uns sehen, ob wir es zum Kajak-Verleih schaffen. Sie vermieten hier Kajaks, und wenn wir eines finden, das nicht abgeschlossen ist, lassen wir es so aussehen, als wären wir aufs Wasser hinausgefahren.«

Derrick packte meinen Unterarm und flüsterte: »Nein. Wenn wir es ihnen zu schwer machen, haben sie keine andere Wahl, als uns zu folgen.«

»Guter Punkt.«

»Lass uns tief in den Wald gehen und ein paar Markierungen anbringen. Nichts allzu Offensichtliches, aber genug, damit sie wissen, dass wir da waren.«

————

Ich fuhr in die Werkstatt, in der die Fahrzeuge der Dienststelle gewartet wurden. Ein Mechaniker in einem Overall kam auf mich zu. »Hey, was ist los damit?«

»Er läuft eigentlich okay. Ich möchte, dass Sie ihn absuchen.«

»Wegen eines Peilsenders?«

»Ja. Können Sie das jetzt machen? Ich trete gleich meinen Dienst an.«

Er deutete mit dem Finger. »Fahren Sie ihn da drüben in die Box.«

Der Mechaniker hielt ein Gerät in der Hand und ging um den SUV herum. Er bückte sich und langte unter den Kofferraum. Er richtete sich wieder auf und schwenkte ein schwarzes Viereck, das halb so groß wie eine Zigarettenschachtel war. »Woher wussten Sie das?«

»Nach zwanzig Jahren hat man das im Gefühl.«

Er reichte mir die kleine Box. »Es geht doch nichts über das Bauchgefühl.«

Ich untersuchte sie und fragte: »Wie raffiniert ist das Ding?«

»Das ist kein Amateurgerät, aber heutzutage werden die schon viel kleiner gebaut.«

»Danke.«

Als ich auf dem Parkplatz des Büros parkte, schrieb ich Derrick eine SMS, dass er mich draußen treffen solle. Mit einem Becher Kaffee in der Hand schlenderte mein Partner herüber. Er stieg ein und ich reichte ihm den Peilsender.

»Wo hast du den her?«

»Der war am Auto.«

»Heilige Scheiße. Was meinst du, wer das war?«

»Ich weiß es nicht.«

»Wir sollten nachsehen, wer diese Art von Dingern benutzt.«

»Frag niemanden. Was sollen wir denn sonst sagen? Wir bearbeiten keinen solchen Fall.«

»Wenn es das Kartell ist, sollten wir es vielleicht einfach vergessen.«

»Können wir, aber wenn sie denken, wir wüssten, wo das Geld ist, werden sie uns nicht vergessen.«

Er nickte. »Scheiße. Es ist nie einfach, oder?«

»Na ja, den Koreshan Park auszuwählen war ein echter Glücksgriff.«

»Meinst du?«

»Ja, ich habe mich gestern Abend, als ich nach Hause kam, darüber informiert. Ob du es glaubst oder nicht, die haben da so etwas, das sich Geo-Seeking nennt. Leute suchen nach Krimskrams und Schätzen, die Geocacher auf dem Gelände verstecken.«

»Willst du mich verarschen?«

»Nein. Das ist echt und eine perfekte Tarnung.«

22

WIR GINGEN INS BÜRO. DERRICK LIEß SICH HINTER SEINEN Schreibtisch gleiten und ich sah mir die Verhaftungen des Vortages an. Das war eine Gewohnheit, die mich auf dem Laufenden hielt und sich in ein paar Fällen als nützlich erwiesen hatte. Würde sie im Fall Beas eine entscheidende Rolle spielen?

Mein Partner stand auf. »Wir haben den Google-Sensorvault-Bericht.«

»Hoffentlich bringt er was.«

»Ich drucke ihn gerade aus.«

»Leite mir die E-Mail weiter.«

Während der Drucker summte, griff ich nach dem Papier, das herauskam. »Wir müssen diese Positionen im Verhältnis zum Fundort von Beas' Leiche kartieren.«

»Japp.«

Das Dokument war warm, aber die Informationen waren brandheiß. »Chens Nummer ist hier, genauso wie die von Schwartz. Verdammt, ein beschissenes Wegwerfhandy war auch in der Gegend.«

»Davon gibt es heutzutage eine Menge. Wir wissen, dass Chen ein paar Blocks entfernt untergekommen war, also sollten wir uns auf Schwartz konzentrieren. Er hat gesagt, er war zu Hause, oder?«

»Hat er. Aber einschließlich des nicht Zurückverfolgbaren gibt es nur zwei andere. Wir sollten sie überprüfen, bevor wir mit Schwartz reden.«

»Warum willst du das tun?«

»Wenn wir alle anderen in der Gegend ausschließen, können wir ihn in die Mangel nehmen.«

»Das bedeutet, wir verlassen uns darauf, dass der Mörder sein Handy dabeigehabt hat.«

»Das ist eine solide Annahme, besonders wenn er sich mit Beas getroffen hat. Er oder sie hat es vielleicht im Auto gelassen, aber solange sie nicht ein paar Blocks entfernt geparkt haben, haben wir die Daten.«

»Ich finde nur, wir sollten uns Schwartz sofort vorknöpfen.«

»Es wird nicht lange dauern, um zu sehen, ob einer von ihnen eine Verbindung zu Beas hat.«

»Na gut. Überprüfen wir sie.«

»Okay. Robert Walkers Handy war um dreiundzwanzig Uhr siebenundvierzig auf dem Gulf Shore Boulevard.«

»Adresse?«

»Nine-oh-one Spindrift Drive, Einheit 112.«

»Laut seiner Akte bei der Zulassungsbehörde ist er neunundvierzig. Fünf Fuß elf, einhundertachtzig Pfund.«

Ich tippte seinen Namen in die Suchleiste der Beschäftigungsregister von Florida. »Groß genug, um Beas zu überwältigen.«

»Er ist nicht vorbestraft.«

»Er arbeitet bei Imperial Home Builders. Da könnte es eine Verbindung geben.«

»Wenn du mit diesem Vorgehen recht hast, solltest du das NYPD leiten.«

»Da oben kann man nichts bewirken; die Politiker haben kein Rückgrat.«

»Schauen wir uns die anderen an. Greg Grossman, 333 Twenty-Ninth Avenue North. Dieser Kerl ist interessant. Er war zwischen dreiundzwanzig Uhr und dreiundzwanzig Uhr vierzig viermal in der Gegend.«

Derrick tippte auf seiner Tastatur herum. »Hmmm. Siebenundzwanzig. Sechs Fuß groß und zweihundert Pfund.«

»Er ist vorbestraft. Das war vor ein paar Jahren, wegen Drogenbesitzes.«

»Wir haben keine Beweise, dass Beas Drogen genommen hat.«

»Stimmt. Aber Grossman ist zurzeit nicht angestellt.«

»Vielleicht ist er ein Dealer.«

»Wir müssen mit ihm reden.«

»Vielleicht gehörte das Wegwerfhandy einem anderen Dealer. Beas könnte einen von ihnen verärgert haben und sie haben ihn umgebracht.«

»Wir müssen die Nummer überprüfen, sehen, ob sie Teil irgendeiner anderen Ermittlung ist. Das ist zwar weit hergeholt, aber man weiß ja nie. Wenn da nichts ist, sehen wir weiter.«

»Na gut. Reden wir mit den beiden.«

———

WIR FUHREN auf dem Gulf Shore Boulevard nach Süden. Der Spindrift Club lag auf der Buchtseite, nahe der Sackgasse, an der die Hauptstraße endete. Wenn man auf Bootfahren stand, war das gelbe, fünfstöckige Gebäude genau das Richtige.

Robert Walker wohnte im zweiten Stock, in einer Eckwohnung. Ein Hund begann zu bellen, bevor wir klingelten. Eine Frauenstimme sagte: »Ruhig, Rusty.« Und es funktionierte.

Eine Frau in einem weißen Tennisrock öffnete die Tür. Sie lächelte. »Hallo.«

Derrick zeigte seine Dienstmarke. »Wir würden gerne mit Robert Walker sprechen.«

»Mit meinem Mann? Sind Sie sicher, dass Sie den richtigen Robert Walker haben?«

»Ja, Ma'am.«

Sie drehte sich um. »Bob! Die Polizei ist hier. Sie sagen, sie wollen mit dir reden. Ich verstehe nicht. Was ist los?«

»Machen Sie sich keine Sorgen, Ma'am. Das ist nur Routine.«

Ihr Mann erschien mit einer Zeitung in der Hand. »Ich bin Robert Walker. Worum geht es?«

»Dürfen wir hereinkommen?«

»Sicher, sicher.«

Die Eigentumswohnung war winzig. Höchstens zwei Schlafzimmer und veraltet.

»Mr. Walker. Am ersten Oktober wurde Ihr Handy in der Nähe des Lowdermilk Park geortet …«

»Natürlich. Wir wohnen am Gulf Shore.«

»Genauer gesagt, um Mitternacht am Ersten. Was haben Sie um diese Zeit gemacht?«

Er lächelte. »Ich weiß nicht, worum es hier geht, aber ich

war auf dem Weg ins Krankenhaus. Wenn meine Frau nicht gewesen wäre, wäre ich vielleicht nicht mehr hier.«

»Was ist passiert?«

Die Ehefrau ergriff das Wort. »Wir waren im Bett; wir gehen gegen halb elf ins Bett, und durch Gottes Gnade standen wir beide gegen halb zwölf auf, um, äh, auf die Toilette zu gehen. Bob war zuerst drin und ich hörte ihn herumstolpern. Ich fragte, ob alles in Ordnung sei, und er sagte Ja. Aber ich machte das Licht an und sein Gesicht hing herunter.«

»Ich dachte, es wäre nichts, aber sie ließ nicht locker, bat mich zu lächeln, und ich konnte es nicht.«

»Ich habe gesagt, wir fahren ins Krankenhaus, und tatsächlich hatte er eine TIA, einen leichten Schlaganfall.«

»Wenn der Neurochirurg nicht darauf bestanden hätte, dass ich ein MRT mit Kontrastmittel bekomme, wäre ich entlassen worden. Sie haben ein Blutgerinnsel in meinem Gehirn gefunden und es durch einen Eingriff über die Leiste entfernt.«

Ich sagte: »Sie hatten großes Glück, Sir.«

»Ich hatte schon vor dreißig Jahren Glück, als sie Ja gesagt hat.«

»Ich bin froh, dass alles gut ausgegangen ist. Übrigens, in welchem Krankenhaus waren Sie?«

»Im NCH Baker. Ich sag Ihnen, die Leute dort sind die Besten.«

Wir stiegen wieder ins Auto. Derrick sagte: »Das war eine knappe Kiste für ihn. Er hat Glück gehabt.«

Der Krebs hatte die Nervenenden zerstört, die mir den Harndrang signalisierten. Es war ein beunruhigender Gedanke, dass er zu einem Pflegefall geworden wäre, wenn er das Signal ignoriert hätte. »Dein Leben kann sich in einer Sekunde ändern.«

»Ich möchte nicht in seiner Haut stecken. Ich meine, danach muss er sich doch ständig Sorgen machen, dass es wieder passiert. Ich könnte auf keinen Fall schlafen.«

»Nachdem ich die Krebsdiagnose bekommen hatte, fiel mir das Schlafen auch nicht leicht. Selbst nachdem man mir gesagt hatte, dass sie alles erwischt hätten, hatte ich immer im Hinterkopf, dass er zurückkommen würde.«

»Das tut mir leid, Mann.«

»Schon gut. Nach ein paar Jahren hat sich der Gedanke verflüchtigt und heute denke ich kaum noch darüber nach.«

»Ich kann es mir nicht vorstellen. Inwiefern hat es dich verändert?«

»Anfangs hat es mich wirklich sehr beeinflusst und ich war, weißt du, präsenter, aber mit der Zeit wurde ich wieder ganz der Alte.«

»Das ist doch gut.«

Ich war mir da nicht so sicher. Mir meiner Sterblichkeit bewusst zu sein war beängstigend, aber es brachte eine tiefere Wertschätzung für das Leben mit sich, die ich hatte schleifen lassen. »Genug von dem deprimierenden Gerede, lass uns zu Grossman fahren.«

23

EIN ZAUN UMGAB GREG GROSSMANS MEDITERRANES HAUS. Ich drückte den Rufknopf an der Einfahrt mit dem Tor. Ein Krächzen antwortete: »Hey, wer ist da?«

»Detective Luca vom Sheriff's Office.«

Eine fünfsekündige Pause. »Worum geht es?«

»Wir würden Ihnen gerne ein paar Fragen stellen.«

»Ich bin echt beschäftigt.«

Derrick und ich wechselten einen Blick. »Es dauert nur eine Minute.«

Der Motor des Tors begann zu summen. Derrick sagte: »Warum hat der Kerl ein Tor? Dealt er?«

»Gute Fragen. Mal sehen, was wir herausfinden.«

Als ich durch das Fenster eines Audi-SUVs in der Einfahrt blickte, hörte ich, wie sich die Haustür öffnete.

Das schlafende Kleinkind auf Grossmans Hüfte wirkte wie ein Accessoire. Er fragte: »Was ist los?«

»Dürfen wir reinkommen?«

Grossman runzelte die Stirn, trat aber mit seiner großen Gestalt zur Seite. Die Einrichtung war elegant und neu.

Eine mit Spielzeug beladene Decke lag unter einem Fernseher.

Das Baby regte sich. Grossman säuselte ihm etwas zu, während er es auf die Decke legte.

Derrick fragte: »Wie alt ist sie?«

»Sechs Monate, am Dienstag. Wollen Sie mir jetzt sagen, was los ist?«

»Sie waren am ersten Oktober gegen Mitternacht auf dem Gulf Shore Boulevard, in der Nähe des Lowdermilk Parks. Was haben Sie dort gemacht?«

»Uh, sind Sie sich sicher? Welcher Tag war das?«

»Montag.«

»Oh, ja. Olivia wollte sich nicht beruhigen. Sie hat geweint und war ganz aufgedreht. Wenn das passiert, kann ich sie nur beruhigen, indem ich mit ihr eine Runde fahre. Sie schläft sofort ein.«

»Sie fahren mit ihr in Ihrem Audi eine Runde?«

»Ja, das ist das Einzige, was hilft.«

Im Fahrzeug gab es keinen Kindersitz.

»Und das haben Sie in dieser Nacht getan?«

»Ja, wie von Zauberhand war sie in einer Minute weg.«

Sein Handy war innerhalb von vierzig Minuten viermal in der Nähe des Parks gewesen. »Na ja, wenigstens wissen Sie, was funktioniert.«

»Sie ist ein braves Kind, aber sie hat ihre Launen.«

»Die haben wir alle.« Ich lächelte und er erwiderte es. »Wie oft müssen Sie mit ihr los?«

»Nicht allzu oft, vielleicht einmal pro Woche.«

»Haben Sie am ersten Oktober, als Sie unterwegs waren, etwas Ungewöhnliches gesehen?«

»Nein, nichts, woran ich mich erinnere.«

»Haben Sie jemanden gesehen?«

»Nicht, dass ich wüsste. Ich meine, um diese Zeit ist niemand auf der Straße.«

»Okay, danke.«

»Jederzeit.«

»Das ist ein schönes Haus. Was machen Sie beruflich?«

»Ich? Ich bin Hausmann. Meine Frau hat einen guten Job.«

»Was haben Sie gemacht, bevor Sie das Baby bekamen?«

»Von allem ein bisschen. Sie wissen schon, auf dem Bau, ich habe es mal mit einem Bürojob versucht, aber ich mochte es nicht, den ganzen Tag drinnen zu sein.«

»Kennen Sie einen David Beas?«

»Beas? Hm, der Name kommt mir bekannt vor, aber ich kann ihn nicht zuordnen.«

»Okay, danke für Ihre Zeit, und passen Sie gut auf Ihr kleines Mädchen auf. Sie ist eine Schönheit.«

Zurück im SUV sagte ich: »Der Audi hat keinen Kindersitz.«

»Ja, und er meinte, sie sei sofort eingeschlafen. Wenn das stimmte, warum ist er dann vierzig Minuten lang herumgefahren?«

»Wir müssen uns den Kerl vornehmen.«

»Wo wir gerade von Graben reden, welche Zeit heute Abend?«

»Ich fahre mit meinem Wagen nach Koreshan und lasse ihn dort stehen. So denken sie, wir wären im Park. Triff mich um acht bei der TD Bank auf der anderen Straßenseite.«

»Okay. Ich fahre bei der Werkstatt vorbei und stelle sicher, dass mein Wagen nicht mit einem Peilsender versehen ist.«

»Gut. So oder so, sieh zu, dass du nicht verfolgt wirst.«

———

MIT DER BASEBALLKAPPE auf dem Kopf sprang ich in Derricks Wagen und fragte: »Alles gut?«

»Jep. Sie haben den Wagen durchgecheckt; er war sauber, und niemand hängt an mir dran.«

»Gut.«

»Wo hast du geparkt?«

»An der gleichen Stelle wie letztes Mal.«

»Jemanden gesehen?«

»Nein. Lass uns los. Nimm die Corkscrew zum Three Oaks Parkway.«

Derrick bog zweimal schnell rechts ab und wir fuhren Richtung Osten. Eine Minute später wurde ein Auto, das in die entgegengesetzte Richtung fuhr, langsamer. Als es vorbeifuhr, drehte ich mich um. Es machte eine Kehrtwende.

»Brems ab. Jemand hat gerade eine Kehrtwende gemacht.«

»Werd nicht paranoid.«

»Bin ich nicht, und das war ich neulich Nacht auch nicht, oder?«

»Du hast recht.«

»Fahr auf den Parkplatz von Lowe's.«

Wir umrundeten den Parkplatz, und das Auto hielt Abstand. Derrick sagte: »Er ist immer noch hinter uns.«

»Geh auf Nummer sicher. Fahr zurück auf die Corkscrew. Wenn er folgt, wissen wir, dass wir beschattet werden.«

Derrick fuhr auf der Corkscrew nach Osten und das Auto folgte ihm. »Verdammt. Also gut, äh, fahr ganz nach Osten. An der Alico Road gibt es eine Wasseraufbereitungsanlage. Wir halten an und steigen aus. Wenn sie uns da rumschnüffeln sehen, wird sie das erst recht verwirren.«

———

MIT EINEM KAFFEE in der Hand schlenderte Derrick ins Büro. »Morgen, Frank, was machst du denn schon so früh hier?«

»Ab und zu muss ich einfach mal vor dir da sein.«

Er schnaubte verächtlich und stellte einen Becher auf meinen Schreibtisch. »Ich konnte auch nicht schlafen.«

Ich löschte eine E-Mail und senkte die Stimme. »Ich besorge uns ein paar Wegwerfhandys.«

»Wirklich?«

»Wir müssen unsere Handys zurücklassen, wenn wir auf die Suche gehen.«

»Glaubst du, die orten unsere Handys?«

»Das ist das Einzige, was Sinn ergibt.«

»Wenn ja, dann müssen es die vom Bund sein.«

»Das denke ich auch. Ich werde mir David vorknöpfen und sehen, wie er reagiert.«

»Mistkerle.«

»Die glauben wohl, sie haben es hier mit ein paar Provinzclowns zu tun.«

»Denen werden wir es zeigen. Wir sollten ihnen nicht das ganze Geld geben.«

»Sie haben es nicht verdient.«

»Ein paar Millionen werden die nicht vermissen. Was meinst du?«

»Ach du Scheiße!«

»Was?«

Ich benutzte einen von Derricks Sprüchen: »Rate mal, wer letzte Nacht verhaftet wurde.«

»Keine Ahnung, wer?«

»Schwartz.«

»Weswegen?«

»Handel mit Steroiden.«

»Kein Wunder, dass er so ein Schrank ist.«

Seine Aknenarben waren ein verräterisches Zeichen für Steroidmissbrauch. »Er könnte Beas in einem Wutanfall getötet haben, ausgelöst durch Steroide.«

»Das Zeug schlägt einem auf die Stimmung, wenn man es überdosiert.«

»Man muss es nicht missbrauchen, um durchzudrehen.«

»Wie sollen wir herausfinden, ob das passiert ist?«

»Ich weiß nicht, ob wir so etwas beweisen können. Aber er war schon früher aggressiv und wurde wegen Schlägereien verhaftet.«

Derrick lächelte.

Ich fragte: »Was ist so lustig?«

»Ich weiß nicht. Nur der Gedanke, dass jemand hochwertige Klaviere verkauft und jemanden tätlich angreift, ist wie aus einem Film oder so.«

24

ICH BEHIELT DIE UHR IM AUGE. ALS ES MITTAG SCHLUG, stand ich auf und ging zum Parkplatz. Die Sonne vertrieb die Kühle, die mir die Klimaanlage des Büros verpasst hatte. Ich setzte meine Sonnenbrille auf und ging zu einer Bank im Schatten einer ausladenden Eiche.

Ich rief Bryon Davis auf seinem Handy an. »Frank, wie geht es uns heute?«

»Nicht gut, Bryon.«

»Tut mir leid, das zu hören. Wie kann ich helfen?«

»Pfeifen Sie die Kläffer zurück, die Sie auf mich angesetzt haben.«

»Tut mir leid, ich verstehe nicht.«

Ich stand auf und sagte: »Lassen Sie den Blödsinn, Bryon. Wir wissen, dass Sie uns beschatten lassen.«

»Glauben Sie mir, Frank. Ich habe nichts mit dem zu tun, was da vor sich geht.«

»Verarschen Sie mich nicht.«

»Das tue ich nicht.«

»Wenn Sie es nicht sind, dann ist es jemand, dem Sie es erzählt haben.«

»Das kann ich nicht glauben. Aber ich nehme an, es ist möglich, dass ein abtrünniger Agent hinter dem steckt, was Sie da sehen.«

»Wer auch immer es ist, ich kann Ihnen sagen, dass sie ihre Zeit verschwenden. Ich lasse das Geld lieber genau da verrotten, wo es ist.«

»Seien Sie nicht nachtragend, Frank. Wenn etwas im Gange ist, werden wir herausfinden, wer es ist, und es beenden. Wir wollen Ihnen helfen.«

»Wir wollen Ihre Hilfe nicht. Halten Sie sich da raus, sonst sehen Sie nie auch nur einen Cent.«

»Immer mit der Ruhe, Frank. Ich weiß nicht, warum Sie denken, dass ich etwas mit dem zu tun habe, was da vor sich geht. Es könnte das Kartell sein.«

»Woher sollte das davon wissen, wenn Sie es ihm nicht gesteckt haben?«

»Ich kann Ihnen versichern, dass ich nichts dergleichen getan habe. Tatsächlich wissen nur diejenigen von dieser Operation, die es wissen müssen.«

»In Ihrer Welt sind das wahrscheinlich hundert Leute.«

»Nein, so ist es nicht. Nur drei Personen haben Kenntnis davon.«

»Und wie vielen haben diese drei es erzählt?«

»Das sind vertrauenswürdige Mitarbeiter –«

Ich schnaubte. »Vertrauen und Washington ist ein Widerspruch in sich.«

»Wir sind nicht so, Frank.«

»Ja, genau. Hören Sie, halten Sie Ihre Schläger von uns fern, oder die Sache ist gegessen.« Ich legte auf, bevor er etwas erwidern konnte.

Während ich zum Büro zurückging, fragte ich mich, ob es das Kartell war. Es schien weit hergeholt, aber ich konnte es nicht ausschließen. Wenn sich das als wahr herausstellen sollte, wäre ich wahrscheinlich tot, bevor ich es herausfinden würde.

Ein Schweißtropfen lief mir an der Schläfe herunter. Ob es die Nerven oder die Sonne war, stand zur Debatte. Ich drehte mich um und ging wieder ins Büro.

Derrick tippte gerade. Ich beugte mich zu ihm und flüsterte: »Ich habe mit Davis gesprochen.«

»Was hat er gesagt?«

»Er hat es geleugnet wie Petrus.«

»War er überzeugend?«

»Nein. Er sagte, er war es nicht, und hat auf das Kartell gezeigt.«

»Was meinst du dazu?«

»So oder so müssen wir auf der Hut sein, auf den äußersten Zehenspitzen.«

Er nickte.

Ich setzte mich hinter meinen Schreibtisch. »Ich werde mal Bilotti anrufen und sehen, was er uns über die Auswirkungen von Steroiden sagen kann.«

»Wir hatten in D.C. einen Fall mit einem Gewichtheber. Er hat sich mit Steroiden vollgepumpt und zwei Teenager in der Umkleidekabine getötet.«

»Es ist nichts anderes als eine weitere Droge. Diese Athleten, die auf der Jagd nach einem Vorteil sind, handeln sich für wer weiß was einen Haufen Elend ein.«

»Ja, das ist noch so eine Sache, über die niemand die Kinder aufklärt.«

»Das ist die Aufgabe der Eltern. Nenn mich verrückt, aber wenn jeder mit seinen Kindern über Drogen reden würde, gäbe es weniger Gruppenzwang und weniger Missbrauch.«

»Alles, was wir tun können, sollten wir auch tun. Es gibt keine Patentlösung.«

Ich wählte Bilottis Nummer. »Hey, Doc. Wie geht's?«

»Ziemlich gut. Was kann ich für Sie tun?«

»Was wissen Sie über Steroide?«

»Das ist eine weit gefasste Frage. Was versuchen Sie zu verstehen?«

»Steroidkonsum, der zu Raserei führt.«

»Es ist keine exakte Wissenschaft per se, aber der Gebrauch von anabol-androgenen Steroiden wurde mit gewalttätigem Verhalten in Verbindung gebracht.«

»Welche Art von Steroiden sind das?«

»Typischerweise Testosteron – sowohl natürliche als auch synthetische Verbindungen, die strukturell mit Testosteron verwandt sind.«

Schwartz hatte mit der synthetischen Version des männlichen Hormons gehandelt, das den Aufbau von Muskel- und Knochenmasse fördert. »Wenn jemand sie missbraucht, wie wird er dann gewalttätig?«

»Das ist eine unbeantwortete Frage. Obwohl es erhebliche Beweise dafür gibt, dass der Steroidkonsum die Stimmung eines Konsumenten beeinflusst, wurde noch nicht identifiziert, was die Aggression auslöst.«

»Ich brauche etwas, womit ich arbeiten kann. Gibt es irgendetwas, das Sie mir über einen Konsumenten sagen können, der in den Angriffsmodus übergeht?«

»Nur, dass eine interessante Gemeinsamkeit der sogenannten ›Roid Rage‹ darin besteht, dass sie durch eine Überreaktion auf ein Ereignis ausgelöst wird, das den Konsumenten normalerweise nicht stören würde.«

»Sie flippen wegen nichts aus?«

»Im Wesentlichen.«

»Wir können also nicht von einem Streit ausgehen, der gewalttätig wurde?«

»Ich würde es nicht ausschließen, aber oft ist der Auslöser nicht offensichtlich.«

»Sie machen es einem nicht gerade leicht, oder?«

Bilotti kicherte. »Tut mir leid, Frank.«

»Kein Problem, Doc. Danke für Ihre Hilfe.«

Ich legte auf und sagte: »Derrick, Bilotti meint, wir können nicht zwangsläufig davon ausgehen, dass ein Streit Schwartz in Rage versetzt hat.«

»Ich hab schon mitbekommen, worum es ging, durch das, was du gesagt hast. Unterm Strich ist es so, dass wir sein Handy in der Nähe des Tatorts haben, und dafür wird er sich verantworten müssen.«

»Du hast recht.« Ich stand auf. »Fassen wir mal zusammen, wo wir stehen. Chen und Schwartz waren in der Gegend. Chen hatte einen Quickie, aber der Schwulenhasser hatte trotzdem noch Zeit, Beas umzubringen. Schwartz war ebenfalls da, aber wir wissen nicht, warum. Und dann ist da noch das Wegwerfhandy, aus dem wir herausholen müssen, was wir können.«

»Und vergiss Grossman nicht. Ich glaube seine Geschichte nicht, und hast du gesehen, wie er uns verarscht hat, als du ihn gefragt hast, ob er Beas kannte?«

Hatte ich etwas verpasst? »Wir werden ihn überprüfen. Ehefrauen neigen dazu, ihre Männer zu decken, aber wir fragen ein paar Nachbarn, und dann finden wir heraus, ob seine Geschichte Hand und Fuß hat.«

»Irgendwas ist mit dem. Ich frage mich, ob es eine

Verbindung zwischen ihm und Beas gibt, die wir übersehen.«

»Könnte sein. Wir haben ja gerade erst von ihm erfahren. Vielleicht hat es mit Drogen zu tun.«

»Warum gehst du nicht zu Schwartz und hörst dir an, was er zu sagen hat? Ich kümmere mich um Grossman.«

»Legen wir los.« Ich senkte die Stimme und sagte: »Das hier könnte unser letzter gelöster Fall sein.«

Derrick nickte. »Ich habe viel darüber nachgedacht. Wir finden die Knete, ob wir den Fall lösen oder nicht, ich bin hier raus. Sechzig Prozent meiner Pension sind mehr als genug.«

25

Der Verkehr in Richtung Osten auf der Radio Road ließ mich darüber nachdenken, wie die kommende Saison wohl aussehen würde. Eine stetig wachsende Zahl von Menschen, die hierherzogen, hatte begonnen, die Straßen zu verstopfen. Ich bog links auf den Santa Barbara Boulevard ab und fuhr nach Berkshire Lakes hinein.

Als ich zu einem Viertel namens Melrose Gardens fuhr, wurde mir klar, dass alle Namen in der Wohnsiedlung so ziemlich alles andere als typisch für Florida waren.

Schwartz wohnte in einem Reihenhaus am Ascot Court. Ich schätzte den Wert des Hauses grob auf vierhunderttausend. Schwartz spielte Klavier. Es erinnerte mich an Dave Brubeck. Ich lauschte eine Weile, bevor ich an der Tür klingelte.

Schwartz öffnete die Tür und zog die Stirn kraus. »Ich bin seit zwei Stunden raus und du hast schon wieder neue Fragen?«

»Ich bin nicht wegen der Verhaftung hier.«

»Worum geht es dann?«

»David Beas. Darf ich reinkommen?«

Er schnaubte. »Na gut.«

Außer der Vorstellung eines Trapezes oder eines Haufens Bullenpeitschen wusste ich nicht, was mich erwarten würde. Der Hauptraum hatte eine hohe Decke und einen Holzboden. Mein Blick fiel auf ein Klavier. »Ich habe dich spielen gehört. War das Brubeck?«

Er lächelte. »Du kennst dich mit Jazz aus.«

»Nicht wirklich, meine Mutter hat nur früher gerne seine Platten aufgelegt.«

»Sie hatte einen guten Geschmack.«

»Ja, sie fehlt mir immer noch.«

Er nickte. »Man hat nur eine Mutter.«

»Stimmt.« Ich zeigte auf seine Füße. »Die Schuhe gefallen mir. Wo hast du die her?«

»Nordstrom, online.«

»Nicht schlecht. Ich werde mal nach ihnen suchen, aber manchmal sehen sie in einer anderen Größe nicht so gut aus. Welche Größe hast du?«

Er setzte sich auf einen von zwei Küchenstühlen. »Zehn.«

Die gleiche Größe wie das Paar, das am Strand zurückgelassen wurde. »Ich auch.«

Schwartz schien den Bistrostuhl schier zu erdrücken. »Was wolltest du über David wissen?«

»In der Nacht, in der Herr Beas ermordet wurde, am ersten Oktober, hast du mit ihm telefoniert.«

»Ja, das habe ich dir gesagt.«

»Du hast auch gesagt, dass du in dieser Nacht zu Hause warst.«

»Das stimmt, war ich auch.«

»Die ganze Nacht?«

»Ja.«

»Du lügst.«

»Hör zu, ich versuche zu kooperieren.«

»Dann sag die Wahrheit. Wir haben deine Telefondaten. Du warst in dieser Nacht bei Lowdermilk.«

Der Stuhl knarrte, als er sein Gewicht verlagerte. »Ich war unterwegs, um, äh, meine Quelle zu treffen. Ich musste eine Lieferung abholen.«

»Steroide?«

Er nickte. »Deswegen wurde ich hochgenommen.«

»Wo ist dein Dealer zu finden?«

»Er hat eine Eigentumswohnung am Admiralty Point.«

Das war eine runde Wohnanlage am Ende des Gulf Shore Boulevard mit tollem Blick aufs Wasser. »Ich brauche seine Kontaktdaten.«

»Das kann ich nicht machen; die werden hinter mir her sein.«

Schwartz war muskulös, aber eine Kugel würde ihn genauso schnell zu Boden strecken wie jeden anderen auch. »Ich bin von der Mordkommission. Ich mische mich nicht in Drogengeschäfte ein, egal welcher Art.«

»Ach komm, du willst mir erzählen, dass du nicht mit den Leuten vom Drogendezernat sprichst?«

»Bei so was? Nein, tun wir nicht.«

»Ich kann nicht. Vergiss es.«

»Hör zu, entweder du sagst es mir oder ich verhafte dich. Wenn du nicht willst, dass man dir den Mord anhängt, musst du deinen Dealer von deinem Anwalt vorladen lassen —«

»Oh, komm schon, Mann. Du reitest mich da in einen Haufen Ärger.«

»Du bist derjenige, der mit Steroiden gedealt hat, also

schieb das nicht auf mich. Ich verspreche dir, dass ich dem Drogendezernat nichts sagen werde.«

Er schüttelte den Kopf.

Ich griff nach den Handschellen an meinem Gürtel. »Dreh dich um. Ich nehme dich mit –«

»Sein Name ist Michael Paul.«

»Adresse?«

»Ich bin mir nicht sicher. Ich glaube, er wohnt in der Erdgeschosswohnung ganz am Ende im ersten Gebäude auf der rechten Seite.«

»Du glaubst?«

»Er trifft mich auf dem Parkplatz.«

»Wie lautet seine Telefonnummer?«

Er stand auf und öffnete eine Küchenschublade. Sein Körper versperrte mir die Sicht, also stand ich auf und trat zur Seite. Er griff nicht nach einer Waffe. Es war ein Handy. Er legte einen Akku ein und schaltete es ein.

»Okay. Bereit?«

Ich notierte mir die Nummer und sagte: »Du steckst schon tief genug im Schlamassel. Wenn du mich auf eine falsche Fährte führst, wirst du es bereuen.«

———

WÄHREND ICH AN DER Ampel am Santa Barbara Boulevard wartete, rief ich Derrick an. »Hey, Schwartz behauptet, er hätte Steroide von seinem Dealer abgeholt, der am Gulf Shore Boulevard wohnt.«

»Glaubst du ihm?«

»Das tat ich, bis ich sah, wie er den Akku wieder in sein Handy einlegte.«

»Er hat den Akku rausgenommen?«

»Jep. Vielleicht hat er auch die SIM-Karte rausgenommen.«

»Könnte das Handy sein, das er für seine Deals benutzt.«

»Vielleicht, oder er ist schlauer, als wir denken.«

»Was meinst du?«

»Er lässt sein Handy an, holt seine Drogen ab. Das gibt ihm einen triftigen Grund, in der Nähe zu sein. Wer würde schon zugeben, dass er Drogen kauft?«

»Das ist raffiniert.«

»Aber er könnte nach dem Kauf untergetaucht sein. Er zerlegt sein Handy und bringt Beas um.«

»Aber wie hat er Beas dorthin bekommen?«

»Keine Ahnung. Ich versuche nur, über den Tellerrand zu schauen.«

»Das ist vielleicht etwas weit hergeholt, Kumpel.«

»Mag sein. Aber er hat zufällig Schuhgröße zehn.«

»Interessant.«

»Ich weiß. Wie lief es bei dir mit Grossman?«

»Ein paar Nachbarn haben gesagt, dass er wohl öfter spät das Haus verlässt. Aber sie wussten nicht, ob er das Baby bei sich hatte oder nicht.«

»Hmm, könnte ein Drogendeal oder so was sein. Hast du mit seiner Frau gesprochen?«

»Noch nicht. Ich habe ein paar Nachrichten hinterlassen.«

»Bleib an ihr dran. Ich bin auf dem Weg rein.«

»Ich bin selbst gerade erst zurück. Bis gleich.«

Während ich auf dem Davis Boulevard nach Westen fuhr, klappte ich die Sonnenblende herunter. Gerade als ich die Klimaanlage hochdrehen wollte, klingelte das Telefon. Es war Derrick. »Was ist los? Vermisst du mich?«

Er kicherte. »Das wirst du nie glauben.«

»Was? Verlässt du deine Frau für mich?«

»Nö. Versuch's noch mal.«

»Ich weiß nicht, was ist los?«

»Der Bericht über das Wegwerfhandy ist da. Rate mal, wo es aktiviert wurde.«

»In Disney World?«

»Nö. In unmittelbarer Nähe von Will Sanchez' Haus.«

»Bei Eleven Eleven Central?«

»Jep.«

»Wir müssen seine Wohnung durchsuchen. Wenn wir das Handy dort finden, hätten wir ihn.«

26

ICH JOGGTE INS BÜRO. »LASS MICH DEN TELEFONBERICHT sehen.«

Derrick reichte mir zwei Blätter Papier. Ich überflog das oberste Dokument, während er sagte: »Sanchez wohnt ganz in der Nähe des Funkmastes, bei dem es aktiviert wurde. Wirf mal einen Blick auf die Karte.«

Ich tauschte die Papiere. »In der Gegend gibt es eine Menge Wohnungen. Oder es könnte jemand gewesen sein, der auf der 41 unterwegs war und es aktiviert hat.«

»Das wäre ein verdammt großer Zufall.«

»Du hast recht. Wo zum Teufel ist das Handy?«

»Wahrscheinlich im Golf, zusammen mit Beas' Handy.«

»Mag sein, aber wir müssen trotzdem versuchen, es zu finden. Was haben wir für einen Durchsuchungsbefehl? Die Aktivierung des Wegwerfhandys, Streitigkeiten mit Beas …«

»Sanchez hat ihn mit einem Stein beworfen und gedroht, ihn umzubringen.«

Ich nickte. »Und er stand kurz davor, das Geschäft zu erben.«

»Ein Geschäft, dessen Größe sich mit Astra, dem neuen Kunden, mehr als verdoppelt hat.«

»Und was hatte es mit dieser Zahlung von zweihundertfünfzigtausend Dollar auf sich?«

»Meinst du, wir kriegen einen Durchsuchungsbefehl für die Bankunterlagen?«

»Wir müssten eine plausible Verbindung zwischen dem Geld und Beas' Tod nachweisen.«

»Wir haben nie mit Damien gesprochen. Wir sollten ihn wegen des Geldes in die Mangel nehmen. Vielleicht kommt dabei ja was raus.«

»Das sollten wir wohl.«

Derricks Bürotelefon klingelte. Er ging ran und legte schnell wieder auf. »Das war Grossmans Frau. Ich fahre zu ihr; willst du mitkommen?«

»Übernimm du das. Ich sehe mal, was Damien zu sagen hat.«

Als Derrick ging, rief ich bei Astra Development an, um zu fragen, wo Damien war.

DIE AMPEL an der Kreuzung von Orange Blossom und Airport Pulling Road wurde rot. Die Sonne glitzerte auf dem goldkuppelförmigen Dach der griechisch-orthodoxen Kirche St. Katharine. Während ich versuchte, mich zu erinnern, wann ihr nächstes Essensfest stattfinden würde, wurde die Ampel grün.

Aus wie vielen Gebäuden würde Siena Lakes am Ende bestehen? In zwei davon waren bereits Senioren eingezogen. Der Wachmann am Baustelleneingang schickte mich zu einem weißen Baucontainer.

Über das Brummen der Klimaanlage hinweg hörte ich zwei Männer reden. Ich klopfte. Ein Mann mit Schutzhelm öffnete die Tür. Er passte zu Damiens Führerscheinfoto.

Er bat mich herein und forderte den anderen Mann auf, zu gehen. Auf einem Tisch stapelten sich dicke Rollen mit Bauplänen. Damien nahm einen Kasten mit Wasserflaschen von einem Stuhl. »Setzen Sie sich.«

»Danke. Ich wollte mit Ihnen über David Beas sprechen.«

»Okay.«

»Was können Sie mir über ihn erzählen?«

»Ich kannte ihn nicht wirklich gut. Aber er war ein guter Designer.«

»Soweit ich weiß, haben Sie ihn den Evans-Brüdern empfohlen.«

»Ich dachte, eine Veränderung wäre nötig, wenn wir, äh, interessantere Projekte als Seniorenwohnanlagen machen wollten.«

»Wussten Sie von jemandem, der ihm schaden wollte?«

»Nein, wie gesagt, ich kannte ihn nicht gut.«

»Das widerspricht dem, was Mr. Sanchez gesagt hat.«

»Was hat er denn gesagt?«

»Dass Sie ein Befürworter von Mr. Beas und seiner Arbeit waren.«

»Ich wollte nicht, dass man uns für immer als Erbauer solcher Orte abstempelt. Das hatte nichts damit zu tun, dass ich mit ihm befreundet war.«

»Sie hätten also jede beliebige Firma genommen, die des Weges gekommen wäre?«

»Ach, kommen Sie, das ist doch lächerlich.«

»Wie gut kennen Sie und Mr. Sanchez sich?«

»Ich kannte ihn von seiner letzten Arbeitsstelle. Sie waren an ein paar der Projekte beteiligt, die wir in Estero gemacht haben.«

»Kommen Sie mit ihm aus?«

Er zuckte mit den Schultern. »Nichts Außergewöhnliches.«

»Was soll das heißen?«

»Es gibt Fristen und Budgets und einen höllischen Druck, ein Objekt fertigzustellen. Wenn ein Lieferant in Verzug gerät, hat das eine Kettenreaktion zur Folge und wirft unsere Pläne über den Haufen.«

»Hat Sanchez' Firma Ihre Pläne schon mal über den Haufen geworfen?«

Er nickte. »Ein paarmal. Einmal … Ach, vergessen Sie's. Das passiert jedem.«

»Hat Mr. Sanchez jemals versucht, es bei Ihnen wiedergutzumachen?«

»Was meinen Sie damit?«

»Hat er Ihnen jemals, äh, etwas geschenkt?«

Er schaute zur Tür. »Geschenkt? Nein, warum sollte er das tun?«

»Um sich bei Ihnen einzuschmeicheln. Um sich für eine verspätete Lieferung bei einem Auftrag zu entschuldigen.«

»Ich verstehe nicht, worauf Sie hinauswollen und was das alles mit dem zu tun hat, was David passiert ist.«

»Im Laufe unserer Ermittlungen haben wir ein Dokument entdeckt, das eine Zahlung an Sie in Höhe von zweihundertfünfzigtausend Dollar beschreibt.«

Er wurde leichenblass.

»Hat Mr. Beas Ihnen Geld für eine Empfehlung bei den Evans-Brüdern angeboten?«

Er runzelte die Stirn. »Es war nicht David. Es war Will, der zu mir kam.«

»Um es klar zu sagen: Bestechungsgelder interessieren mich nicht. Meine Aufgabe ist es, herauszufinden, wer Mr. Beas getötet hat.«

Er murmelte: »Ich habe kein Geld bekommen.«

Anstatt zu fragen, wann er bezahlt werden sollte, sagte ich: »Sind Sie sich sicher, dass es Mr. Sanchez war?«

»Ja. Ich habe ihn nicht auf die Idee gebracht. Ich habe nie um etwas gebeten.«

»Wenn Sie das Angebot nicht bekommen hätten, hätten Sie Magnet Design dann trotzdem empfohlen?«

»Natürlich. Geld hatte damit nichts zu tun.«

Ich unterdrückte ein Lachen und beendete mein Gespräch.

Als ich auf der 41 nach Norden fuhr, fiel mir ein Haus in A-Rahmen-Bauweise auf und ich zog rüber auf die rechte Spur. Wir wollten heute Nacht auf die Jagd nach dem Geld gehen. Das war eine gute Ausrede für einen kleinen Imbiss, um sicherzugehen, dass mir nicht die Energie ausging.

Ich fuhr auf den Parkplatz von Turco Taco. Hier konnte man sich seine Tacos selbst zusammenstellen. Ich bestellte zwei mit Mahi-Mahi und setzte mich an einen Tisch bei einer Hecke.

Während ich aß, dachte ich über das Geld nach, das Sanchez Damien angeboten hatte. Es war ein großer Anreiz, um einen Vertrag zu bekommen, und besiegelte den Deal wahrscheinlich. Aber spielte die Bestechung auch eine Rolle bei Beas' Ermordung?

Abgesehen davon, dass es das Geschäft, das Sanchez erben würde, profitabler machte, konnte ich keinen Zusammenhang erkennen. Hätte Astra Development das Geschäft an Sanchez übergeben, wenn Beas nicht am Leben gewesen wäre?

Als ich mir den letzten Bissen Taco in den Mund stopfte, schoss mir der Gedanke durch den Kopf: Sanchez wollte diesen Vertrag. Aber welchen Preis war er bereit zu zahlen? Eine Viertelmillion an Schmiergeld oder das Leben eines Mannes?

Als ich zu meinem Auto ging, rief Derrick an: »Hey, Frank, Grossmans Frau glaubt, ihr Mann habe eine Affäre.«

»Und deshalb macht er die nächtlichen Spritztouren?«

»Das glaubt sie jedenfalls.«

»Der Kerl ist den ganzen Tag zu Hause; warum sollte er warten, bis seine Frau da ist?«

»Ich weiß nicht. Vielleicht arbeitet die Frau, mit der er es treibt.«

»Das ist faul. Wir werden ihn zur Rede stellen müssen.«

»Ja, wie ist es bei dir mit Damien gelaufen?«

Nachdem ich ihm erzählt hatte, was vorgefallen war, sagte ich: »Wir müssen Sanchez unter Druck setzen.«

»Auf jeden Fall.«

»Ich mag ihn nicht, aber ob er ein Mörder ist, ist nicht klar. Eins kann ich dir sagen: Es wird nicht leicht sein, ihn zu knacken. Er wird uns das Leben schwer machen.«

»Nach heute Nacht müssen wir uns darüber keine Sorgen mehr machen. Jemand anderes wird sich damit befassen müssen.«

27

Im Seed to Table war wegen der Nachtschwärmer viel
los. Ganz in Schwarz gekleidet, drehte sich niemand nach
mir um, als ich hineinging. Live-Country-Musik lag in der
Luft. Ich hielt mich rechts, zupfte eine Plastiktüte von einer
Rolle und umrundete die Obst- und Gemüseabteilung.
Niemand schien mir zu folgen. Ich ging durch den anderen
Eingang wieder hinaus.

Ich schlüpfte um das Gebäude herum auf die Zufahrts-
straße zu Carlton Lakes. Derrick wartete mit ausgeschalteten Scheinwerfern. Er sagte: »Die Luft rein?«

»Ja.«

Als wir auf die Livingston Road abbogen, sagte Derrick:
»Das alles war wahrscheinlich gar nicht nötig.«

»Man kann nie vorsichtig genug sein.«

»Das hier wäre Stoff für eine gute Reality-TV-Show.«

»Ich kann diese Shows nicht ausstehen. Die sind so
aufgesetzt und unecht.«

Wir bogen rechts auf die Bonita Springs Road ab. »Aber
diese hier wäre eine gute.«

»Wer weiß, vielleicht schreiben wir eines Tages ein Buch daraus und es wird eine Netflix-Serie.«

»Oh Mann, das wäre cool. Dann wären wir berühmt.«

»Sei vorsichtig, was du dir wünschst.«

»Das sagt meine Mutter auch immer.«

»Ich wünschte, meine Mom wäre noch da. Wenn wir das Geld fänden, würde ich ihr eine schöne Eigentumswohnung in einer guten Wohnanlage kaufen.«

»Wir hätten uns ein Bodenradargerät besorgen sollen.«

Ich sagte: »Die sind zu teuer. Wenn wir sicher wüssten, dass das Geld dort ist, wäre es eine klare Sache, aber das wissen wir nicht.«

»Wie tief, glaubst du, ist es vergraben?«

»Ungefähr einen Meter.«

»Die Sonden sind anderthalb Meter lang. Wenn du recht hast, reicht das.«

»Ich glaube nicht, dass es tiefer als einen Meter ist. Um so viel Geld zu vergraben, bräuchtest du einen Bagger.«

»Was denkst du, wie viel Geld da sein wird?«

»Im einen Moment glaube ich die Geschichte, dass es ein paar Hundert Millionen sind, und im nächsten denke ich, es sind höchstens hunderttausend.«

»Es muss mehr als hunderttausend sein. Sonst hätte er sich nicht die ganze Mühe gemacht.«

Das war ein gutes Argument. »Wir werden es bald herausfinden.«

Wie geplant, fuhren wir am Eingang des Big Corkscrew Island Parks vorbei. Ich sagte: »Sieht nicht so aus, als wären da Autos auf dem Parkplatz.«

»Könnte jemand zu Fuß unterwegs sein.«

»Vielleicht, aber *ich* würde hier draußen nicht herumlaufen.«

»Teenager haben keine Angst im Dunkeln.«

»Mach 'ne Kehrtwende.«

Wir parkten. Derrick öffnete den Kofferraum. Die Lichter vom Sportplatz der Palmetto High School schnitten durch die Bäume. Kamen Highschool-Schüler in den Park, um rumzumachen oder Marihuana zu rauchen?

Er nahm zwei Schaufeln und ein paar Sonden heraus und schloss den Kofferraum. Er flüsterte: »Hast du den genauen Standort?«

Ich überprüfte die GPS-Koordinaten auf meinem Handy und zeigte in eine Richtung. »Folge mir.«

Als wir auf eine kleine Baumreihe zugingen, flüsterte ich: »Halte Ausschau. Ich konzentriere mich auf die Anzeige.«

Ein Hund bellte. Wir blieben stehen. Derrick sagte: »Es kam von da drüben. Aber es ist nicht nah.«

Das dachte ich auch nicht. Drei Footballfelder weiter wich ich nach rechts aus. »Wir kommen näher.«

»Wo? Wo ist es?«

Ich legte einen Finger auf meine Lippen und zeigte auf eine Gruppe von Eichen. Langsam ging ich weiter und überprüfte den Bildschirm. Ich trat einen Schritt nach links und zeigte auf den Boden. »Gib mir eine Sonde.«

Ich packte den Griff mit beiden Händen und stieß den Stab in den Boden. Ich trieb ihn so tief hinein, wie es ging, und schüttelte den Kopf. »Lass uns in einem Nord-Süd-Raster suchen. Überprüfe alle neunzig Zentimeter.«

Er zog seine Taschenlampe heraus. Ich flüsterte: »Nein. Kein Licht. Wir dürfen keine Aufmerksamkeit erregen.«

»Ich kann nichts sehen.«

»Das musst du auch nicht. Sondieren, einen Schritt machen und wiederholen.«

Nach dreißig Minuten Suche tat mir der Rücken weh. Wir hatten den Bereich der vorgeschlagenen Koordinaten und noch mehr abgedeckt. Ich ging zu Derrick. »Lass uns das Gebiet noch einmal absuchen. Wir könnten es übersehen haben.«

»Ich wüsste nicht, wie.«

»Vielleicht hat er sie senkrecht vergraben oder so.«

»Das ist einen Versuch wert.«

»Diesmal gehen wir von Ost nach West.«

Derrick stieß seine Sonde hinein, und ich machte einen Schritt links von ihm und tat dasselbe. Wir durchkämmten das Gebiet kreuz und quer und fanden nichts. Ich rieb mir eine Blase an der Hand und sagte: »Das war's.«

»Das kann ich nicht glauben.«

»Lass uns von hier verschwinden.«

Auf dem Weg zum Auto stach Derrick seine Sonde immer wieder in den Boden. Als ich die Sonde gegen das Auto lehnte, hörte ich Derrick sagen: »Frank. Komm her.«

Er war sechs Meter entfernt. Ich ging auf ihn zu. »Was?«

»Ich bin auf etwas gestoßen.«

Ich zog das GPS-Gerät heraus. »Das kann nicht das sein, was wir suchen. Die Zahlen sind nicht mal annähernd richtig.«

Er zog die Sonde heraus und stieß sie sechzig Zentimeter weiter rechts wieder hinein. »Na ja, da unten ist etwas. Wer weiß, ob dieser Kerl überhaupt Ahnung von GPS hatte.«

»Wahrscheinlich ein Stein.«

»Ich glaube nicht.« Er hob die Sonde einen Zentimeter an und drückte sie wieder nach unten. »Es gibt ein bisschen nach.«

Er hob eine Schaufel auf.

»Komm schon, Derrick. Es ist schon nach **zehn**.«

»Das dauert nur eine Minute.«

»Hör zu. Es gibt keinen Grund zu glauben, dass das unser Geld ist.«

»Bist du sicher?«, fragte er. »Es könnte **auch sein, dass** dein GPS ungenau ist.«

Ich schaute über meine rechte Schulter. »Wenn uns jemand in eine Falle lockt, wäre jetzt der Zeitpunkt.«

»Du machst dir zu viele Sorgen.« Er schob **einen Spaten** voll Erde beiseite.

»Ich kann ihm immer noch nicht vertrauen.«

»Wir sind mittendrin. Wir müssen es zu **Ende bringen**.« Er stieß die Schaufel tiefer in den Boden.

Einen Spatenstich nach dem anderen stieß **Derrick die** Schaufel in den Boden, bis das Loch einen **Fuß tief war**. »Es ist immer noch da.«

»Lass mich mal sehen.« Während ich **ihm das** Loch ausleuchtete, stach er weiter mit dem Spaten **hinein**.

»Da ist etwas.« Ich schaltete meine Taschenlampe aus. »Ich gehe zurück zum Auto. Sieh zu, dass du **unsere Spuren** verwischst.«

»Komm schon. Ich brauche deine Hilfe.«

Ich warf einen weiteren Blick über meine **Schulter**. »In Ordnung, aber beeil dich.«

Ich nahm die andere Schaufel und half **ihm**. »Das Loch ist fast sechzig Zentimeter tief. Wenn da etwas ist, solltest du es bald sehen.«

»Vielleicht ist es tiefer vergraben.«

Ich kletterte aus dem Loch. »Gib mir **die Sonde**.« Ich stach dreimal in den Boden hinein. »Was **auch immer du** getroffen hast, es ging nicht tiefer als **achtzig Zentimeter** und hatte einen Durchmesser von nicht mehr als ein paar Zentimetern.«

Derrick zog einen Schuh aus der Erde und entfernte mit der Schaufel die letzten zehn Zentimeter Erde. Ich hielt meine Taschenlampe auf den abgenutzten Tennisschuh. Er sagte: »Er muss ihn verloren haben. Da ist kein Fuß drin.«

Ich stieg aus dem Loch. »Ich sagte doch, es war nichts.«

»Es ist nur ungefähr einen Meter tief. Ich habe das gleich ausgegraben.«

Er stemmte den Fuß auf die Schaufel und trieb sie in die Erde.

»Lass mich dir helfen.«

Er warf eine zweite Schaufel voll Erde hinter sich. »Schon gut.«

Ein Zweig knackte. Ich erstarrte und flüsterte: »Warst du das?«

»Wovon redest du?«

»Ich habe etwas gehört.«

Derrick stach die Schaufel in die Erde. »Alter, du bist total paranoid.«

»Pscht, sei leise.«

Derrick schüttelte den Kopf und stieß die Schaufel in das Loch, das er gegraben hatte.

Wumm.

Wir sahen uns an. Ich griff nach meiner Schaufel und begann, das Loch zu erweitern. Ich verstärkte meinen Griff, damit meine Hände aufhörten zu zittern. Derrick sagte: »Das reicht.«

Er kniete sich hin und grub mit den Fingern in dem Loch. Ich legte meine Hand um die Taschenlampe und schaltete sie ein. Kniend richtete ich den Lichtstrahl in den Graben. »Was ist das?«

»Das ist ein Koffer!«

»Pscht.«

Derrick kratzte mit der Hand an dem Koffer. »Er ist in Plastik eingewickelt.«

»Ich kann es nicht fassen. Wir haben ihn gefunden.«

»Fass es ruhig, Alter. Wir haben den Jackpot geknackt!« Derrick sprang auf und begann, das Loch zu erweitern.

Ich packte ihn am Arm. »Warte mal.«

»Was?«

»Ich höre ständig etwas.«

Er schüttelte mich ab. »Entspann dich. Noch zwei Schaufeln, dann kriegen wir ihn raus.«

Ich spähte in das Loch. Der Koffer war groß und mit Plastik umwickelt, das bereits porös geworden war. Er war nicht groß genug für mehr als ein paar Millionen Dollar. Die anderen mussten darunterliegen.

Derrick schob die Schaufel darunter und hebelte ihn hoch. Ich packte eine schlammige Ecke und riss ihn frei. »Pack die andere Seite an.«

Er legte die Hände an eine Ecke. »Eins, zwei, drei.«

Wir hoben ihn heraus. Ich spähte in den Graben. »Siehst du noch andere?«

Derricks Augen weiteten sich.

Eine tiefe Stimme sagte aus der Dunkelheit: »Zurücktreten und Hände hoch.«

28

I<small>CH ERSTARRTE UND DREHTE MICH UM</small>. E<small>R HATTE SICH HINTER</small> einem Baum versteckt. Als der Zwei-Meter-Mann näher kam, sagte ich: »Ganz ruhig. Wir sind von der Polizei.«

Sein spanischer Akzent ließ mich überlegen, ob er mit Cabrerra oder einem Kartell in Verbindung stand. »Ist mir scheißegal, wer Sie sind. Weg von dem Koffer.«

Wir traten zwei Schritte zurück. Derrick sagte: »Wir wollen keinen Ärger. Stecken Sie Ihre Waffe weg, und wir tun so, als wäre das hier nie passiert.«

»Klappe halten! Und auf den Boden, mit dem Gesicht nach unten.«

War es dunkel genug, dass er nicht sehen würde, wie ich nach meiner Pistole griff? Ich kniete mich hin, und er sagte: »Hände hoch, verdammt noch mal!«

Das Blut pochte mir in den Ohren. »Ganz ruhig. Es ist nicht leicht, sich ohne Hände auf den Boden zu legen.«

»Hände auf den Rücken.«

Wir taten, was er sagte. »Tun Sie uns nichts. Wie gesagt, wir sind Polizisten.«

Er setzte sich rittlings auf mich, zog mir den Gürtel aus und fesselte mir damit die Hände. »Seien Sie still, dann wird niemandem etwas geschehen.«

Im Mondlicht sah ich sein Gesicht. Er hatte eine Glatze, und seine Haut war wie ein Fanghandschuh. Auf dem rechten Wangenknochen hatte er eine Narbe in Form der Ziffer Neun. Seine Augen wirkten glasig.

Nachdem er Derrick gefesselt hatte, filzte er uns und nahm uns die Waffen ab. Er warf sie beiseite und fragte: »Wer hat Ihnen gesagt, dass das Geld hier ist?«

»Welches Geld?«

»Verarschen Sie mich nicht. Wer hat es Ihnen gesagt?«

Derrick sagte: »Ein Typ namens Coburn.«

»Wer?«

»John Coburn.«

Ich sagte: »Nehmen Sie das Geld und lassen Sie uns bitte in Ruhe.«

Er grunzte, sagte etwas auf Spanisch und ging zum Koffer. Er kniete sich hin und riss die Plastikfolie ab. Die Schlösser klickten auf. Ich reckte den Hals und sah zu, wie er den Deckel anhob. Er sprang auf. »Was zum Teufel!«

Er stieß eine spanische Tirade aus, in der viele erkennbare Schimpfwörter vorkamen, während er auf und ab ging. Er blickte in das Loch, schüttelte den Kopf und rannte in das Waldstück.

Derrick fragte: »Was zum Teufel war das?«

Ich versuchte, den Gürtel um meine Handgelenke zu lockern. »Er muss entweder mit dem Kartell zu tun haben oder es ist wieder Davis.«

»Das war verdammt knapp.«

»Allerdings. Hast du sein Gesicht gesehen? Irgendetwas an ihm …«

»Versuch, dich aufzusetzen. Wir setzen uns Rücken an Rücken und machen die Dinger ab.«

Wir brauchten zehn Minuten, um uns zu befreien. Derrick sprang auf die Beine und streckte mir eine Hand entgegen. Ich stöhnte, als er mich hochzog. Wir holten unsere Waffen und gingen zum Koffer.

»Heilige Scheiße. Was zum Teufel?«

Ich blinzelte zweimal; es war ein Skelett ohne Schädel. Ich kramte meine Taschenlampe hervor und leuchtete es an. »Es ist klein. Könnte ein Kind sein.«

»Wo ist der Kopf?«

»Gute Frage.«

»Wie lange liegt das schon hier?«

Noch eine gute Frage. Ich richtete das Licht auf den Koffer. »Das ist ein altes Gepäckstück. Wir müssen die Spurensicherung hierherholen.«

»Wie erklären wir, dass wir es gefunden haben?«

»Wir müssen das gut durchdenken. Wenn wir gehen und es jemand anderen finden lassen, laufen wir Gefahr, dass uns jemand gesehen hat oder uns damit in Verbindung bringt.«

»Das wäre am einfachsten. Niemand hat uns gesehen.«

»Vielleicht. Aber wir haben unsere DNA überall an diesem Ort hinterlassen, und wer weiß, was noch. Das könnte zu uns führen.«

»Wir sind von der Mordkommission, wir können die Ermittlungen in jede Richtung lenken, die wir wollen.«

»Lass uns die Lage nicht noch komplizierter machen. Wir können sagen, wir hätten einen anonymen Tipp über eine hier vergrabene Leiche bekommen.«

»Das könnte klappen, aber wie rechtfertigen wir, dass wir um diese Uhrzeit hierhergefahren sind?«

Ich zuckte mit den Schultern und sah mich in der Gegend um. »Lass uns von hier verschwinden. Aber wir müssen nachsehen, ob wir irgendetwas zurückgelassen haben.«

Wir hoben unsere Gürtel und Werkzeuge auf, sahen uns noch einmal um und gingen zum Auto.

»Lass die Lichter aus und fahr nicht zu schnell.«

»Das ist ja wie im Film.«

»Wie in einem Horrorfilm.«

»Wer war dieser Typ?«

»Könnte einer von Davis' Männern sein.«

»Wäre besser als das Kartell.«

»Da wäre ich mir nicht so sicher. Mein Onkel hat immer gesagt, die Regierung sei die legale Mafia.«

»Ich kann nicht fassen, dass wir das Geld nicht gefunden haben.«

»Und jetzt haben wir das hier am Hals.«

»Wir werden herausfinden müssen, wer die Leiche ist.«

»Vielleicht findet sich was in den Akten ungelöster Fälle.«

»Könnte auch aus Lee County sein.«

»Nachdem wir den Anruf bekommen, fangen wir mit der Sache mit dem fehlenden Kopf an. Mal sehen, wohin uns die Enthauptung führt.«

»Seit ich hier bin, habe ich noch nie gehört, dass ein Schädel gefunden wurde.«

»Ich auch nicht, aber ob du es glaubst oder nicht, in New Jersey hatte ich zwei davon.«

»Ja, oben in D.C. hatte ich einen; das hing mit Drogen zusammen.«

»Weißt du, wir haben Glück, dass dieser Kerl uns nicht umgebracht hat.«

»Ich weiß. Ich lag da und habe überlegt, was ich tun soll.«

Ich habe gebetet. »Sag Lynn nichts davon. Ich werde Mary Ann nichts erzählen. Das können wir nicht riskieren.«

»Auf keinen Fall erzähle ich ihr das.«

»Gut. Wenn das rauskommt, haben wir nicht nur das Geld nicht, sondern wir würden auch unsere Jobs verlieren, und sie würden uns mit der vollen Härte des Gesetzes drankriegen.«

»Das wäre ein gefundenes Fressen für die Presse.«

»Und wie.«

Ich schlug mit der Faust aufs Lenkrad. »Das heißt dann wohl, dass wir das Geld nie finden werden.«

»Wahrscheinlich. Ich muss mit Coburn reden. Ich weiß nicht, ob ich ihn vor diesem Typen warnen oder ihm in den Arsch treten soll, weil er uns so verarscht hat.«

»Scheiß auf ihn. Sag nichts. Wegen des Bastards wären wir fast draufgegangen.«

»Ich weiß, aber die beste Rache ist die, die zu weit geht.«

———

Mary Ann schlief auf der Couch. Ich hatte nicht die Kraft zu duschen. Ich drehte den Wasserhahn in der Küche auf und drückte mir Spülmittel in die Hand. »Frank? Bist du das?«

»Ja. Ich wasche mich nur kurz.«

Sie nahm ein Geschirrtuch und trat neben mich. »Und, wie ist es gelaufen?«

»Wir haben nichts gefunden.«

»Oh nein! War die Information nicht gut?«

»War sie nicht.«

»Dann kriege ich wohl kein neues Auto.«

»Nein. Ich bin fix und fertig. Lass uns schlafen gehen.«

Sie zog die Stirn in Falten. »Das war zu schön, um wahr zu sein.«

Ich zuckte mit den Schultern und ging ins Schlafzimmer.

»Frank, zieh deine Hose im Waschkeller aus, die ist total verdreckt.«

Als ich in Unterwäsche zurückkam, räumte Mary Ann gerade das Wohnzimmer auf. »Komm schon.«

»Du musst noch die Außenbeleuchtung ausschalten.«

»Lass sie an. Hier treibt sich eine Einbrecherbande herum.«

Das war eine Lüge und eine Überreaktion, aber ich musste vorsichtig sein.

Mit offenen Augen lag ich im Bett und versuchte zu verarbeiten, was passiert war. Als ich mir das Gesicht des Mannes vorstellte, drehte Mary Ann sich auf die Seite. Normalerweise schlief sie Sekunden, nachdem ihr Kopf das Kissen berührt hatte, ein.

Ich flüsterte: »Kannst du nicht schlafen?«

»Noch nicht.«

»Was ist los?«

»Nichts. Ich denke nur nach.«

»Schlaf jetzt.« Acht Stunden Schlaf waren wichtig, um ihre MS in Schach zu halten.

»Ich weiß, ich benehme mich wie ein Baby, aber ich kann nicht anders, als enttäuscht zu sein. Es war wohl zu schön, um wahr zu sein, oder?«

»Nichts im Leben ist einfach.«

»Ich weiß, aber der Gedanke, sich nie wieder Sorgen um Geld machen zu müssen ...«

»Wir kommen schon klar, schlaf jetzt.« Ich sagte das mit mehr Zuversicht, als ich empfand.

Die Finanzen waren nicht die Sorge, sondern die Frage, wie man das Geschehene verheimlichen konnte, wenn das Skelett entdeckt wurde. Dazu kam die mögliche Bedrohung durch das Kartell. Sie war gering, aber diese Art von Leuten war unberechenbarer als ein Regenschauer in Florida.

29

Ich griff nach einer Flasche Tums und schüttelte drei Tabletten heraus. Während ich sie mit Kaffee hinunterspülte, fragte Derrick: »Macht dir der Magen zu schaffen?«

»Das Sodbrennen schießt hoch wie eine Fontäne.«

»Was hast du gegessen?«

Es war nicht das Essen, es waren die Nerven. »Ein kaltes Stück Pizza. Wahrscheinlich die Peperoni.«

Er lächelte. »Das Frühstück der Champions.«

Machte er sich denn keine Sorgen? Ich senkte die Stimme. »Ich wünschte, der Anruf käme endlich.«

»Reg dich ab. Es wird alles gut gehen.«

»Ich will die Fahndungsfotos durchgehen und sehen, ob ich den Kerl von letzter Nacht finde. Ich weiß, es ist die Suche nach der Nadel im Heuhaufen, aber kannst du sie nach Art des Verbrechens sortieren?«

»Nur nach der Schwere der Straftat. Du kannst nur nach Verbrechen zweiten und dritten Grades suchen. Da hast du bessere Chancen, im Powerball zu gewinnen.«

»Ich muss es versuchen.«

»Viel Glück.«

Während ich mich durch die Seiten mit Fahndungsfotos klickte, kam Sergeant Gesso herein. »Jungs, wir haben gerade einen Anruf wegen einer Leiche im Big Corkscrew Park bekommen.«

Ich sprang auf. »Wir sind schon unterwegs.«

»Nicht so eilig. Der Anrufer sagte, es sei ein Skelett und es gäbe eine Grabstätte.«

»Im Park?«

»Japp. Wer weiß? Vielleicht ist es ein Halloween-Scherz oder so was.«

»Wir sehen es uns an.«

»Ich habe einen Wagen hingeschickt.«

»Haben Sie Dr. Bilotti angerufen?«

»Nein. Ich wollte ihn nicht dorthin scheuchen, falls es ein Streich ist.«

»Gute Idee. Wenn es echt ist, rufen wir ihn an und geben Ihnen Bescheid.«

Derrick fuhr vom Parkplatz. Ich sagte: »Spiel nichts vor. Wir müssen vorsichtig sein.«

»Du machst daraus eine zu große Sache.«

»Wie kannst du das sagen? Wir sind auf einen Tatort gestoßen und einfach weggegangen.«

Er zuckte mit den Schultern. »Hör zu, wir haben hier was Gutes getan. Ohne uns würde, wer auch immer das ist, immer noch in der Erde liegen.«

»Das ist kein Spiel. Wir haben gegen alles verstoßen, wofür das Dezernat steht –«

»Sei nicht so dramatisch. Wir haben die Regeln umgangen. Wie oft hast du das schon gemacht?«

»Nichts dergleichen.«

»Wir fahren zum Tatort und tun so, als wäre alles neu

für uns. Die Leiche wird geborgen, und wir werden ermitteln. Vielleicht klären wir einen alten Fall auf.«

Derrick bog in den Park ein. »Mann, dieser Ort sieht total anders aus.«

»Allerdings.« Ich setzte meine Sonnenbrille auf. »Okay. Denk dran, verhalte dich natürlich.«

Wir meldeten uns bei dem Beamten, der den Tatort bewachte. Er zeigte auf einen Mann um die vierzig, der auf einer Bank saß. »Das ist der Mann, der die Überreste gefunden hat.«

Der Irish Setter des Mannes scharrte auf der Wiese.

»Sorgen Sie dafür, dass er hierbleibt. Wir brauchen eine Aussage.«

»Der geht nirgendwohin.«

»Wo ist die Leiche?«

»Geradeaus, etwa zwei Footballfelder weit, aber es ist keine Leiche, nur ein Skelett ohne Kopf.«

Derrick sagte: »Kein Schädel?«

»Nö.«

Ich seufzte. »Was für verrückte Dinge wir sehen.«

Auf halbem Weg sagte Derrick: »Siehst du? Kinderleicht.«

»Beschrei es nicht.«

Wir taten dasselbe, was wir an jedem neuen Tatort taten. Ich kniete mich neben das Skelett. »Es hat ein schmales Becken, könnte ein Mann sein.«

»Vielleicht ein Teenager?«

»Wahrscheinlich.«

Ich stand auf. »Wer bist du? Und wer zum Teufel hat das getan?«

»Dr. Bilotti wird wichtig sein.«

»Ja.« Ich rief den Gerichtsmediziner an und erzählte

ihm, was wir hatten. »Lass uns mit dem Kerl reden, der ihn gefunden hat.«

––––––

Wir waren immer noch am Tatort, als Mary Ann anrief. »Wie geht es dir?«

»Wir haben eine neue Leiche.«

»Oh, mein Gott. Was ist passiert?«

»Sieht nach einem alten Fall aus. Ein Mann, der mit seinem Hund im Big Corkscrew Park Gassi ging, hat ein Skelett gefunden.«

»Wurde es dort abgelegt?«

»Nein, es wurde ausgegraben.«

»Von wem?«

»Das wissen wir noch nicht. Die Spurensicherung sammelt die Überreste des Jungen ein.«

»Es ist ein Junge?«

»Bilotti schätzt ihn auf zwölf bis fünfzehn Jahre.«

»Das arme Ding. Seine Eltern … ich weiß nicht –«

»Es ist beschissen. Hör zu, ich rufe dich später an. Mal sehen, wie der Tag so läuft.«

»Komm nicht zu spät nach Hause. Du hast letzte Nacht nicht geschlafen.«

»Mal sehen, wie es läuft.«

Bilotti wies die Spurensicherer an, als sie die Skelettüberreste in einen Leichensack legten. Als der Sack angehoben wurde, trat ich an den Gerichtsmediziner heran. »Ich weiß, es ist noch früh, aber was schätzen Sie, wie lange er schon hier liegt?«

»Das ist schwer zu sagen. Es gibt Anzeichen von Verwesung, aber die Fälle, die ich betreut habe, waren alle dem Erdreich ausgesetzt, was die Verwesung beschleunigt.«

»Eine grobe Schätzung?«

»Fünfundzwanzig bis dreißig Jahre.«

»Gott, wie deprimierend. Ich hoffe, wir können das lösen. Und was ist mit der Enthauptung?«

»Ich glaube, es könnte ein Versuch gewesen sein, die Identität des Opfers zu verschleiern. DNS spielte damals noch keine Rolle.«

»Ein interessanter Gedanke. Sonst noch etwas?«

Er zeigte auf den Graben. »Herauszufinden, wer ihn ausgegraben hat und warum, wäre ein interessanter Ansatzpunkt für Ihre Ermittlungen.«

»Wir werden der Sache auf den Grund gehen. Das Erste, was wir brauchen, Doc, ist seine Identität. Ohne die tappen wir im Dunkeln.«

Eine Stunde später sprangen wir wieder in den SUV und fuhren ins Büro. Ich sagte: »Wir haben Scheiße gebaut.«

»Wovon redest du?«

»Wir hätten ein paar zusätzliche Löcher graben sollen, bevor wir weggefahren sind.«

»Warum?«

»Bilotti sagt, wir sollen herausfinden, wer ihn ausgegraben hat. Er hat recht. Wir können nicht einfach davon ausgehen, dass das ein Zufallsfund war.«

»Du machst dir zu viele Gedanken.«

»Vielleicht hätten wir doch bei der Sache mit dem anonymen Anruf bleiben sollen.«

»Frank, hör auf, okay? Es wird alles gut gehen. Wir haben niemanden umgebracht. Wer auch immer das ist, der liegt da schon eine halbe Ewigkeit. Es ist perfekt.«

»Perfekt? Spinnst du?«

»Es ist ein alter Fall. Vielleicht wurde sein Kopf schon vor Jahren gefunden, und die Sache ist erledigt, sobald wir ihn identifiziert haben.«

Ich schlug mit der flachen Hand auf das Armaturenbrett. »Ich hab's.«

»Was?«

»Einen Ausweg aus diesem Schlamassel.«

30

Der Geruch von sautiertem Knoblauch schlug mir entgegen, als ich das Haus betrat. Mary Ann trug gerade Geschirr auf die Terrasse hinaus. »Ich bin gleich da. Ich will mich nur kurz umziehen.«

Ich zog mir ein Stan-Getz-T-Shirt über den Kopf und öffnete die Schiebetür zur Terrasse. Ich gab ihr einen Kuss auf die Wange. »Ich verhungere.«

»Wie war der Rest deines Tages?«

»Gut.« Ich schnappte mir die Fernbedienung und machte die Nachrichten an. »Was hast du gekocht?«

»Blumenkohl mit Pasta.«

»Das sizilianische Rezept, das wir von Molto haben?«

Sie ging hinein und sagte: »Meine Interpretation.«

Sie trug eine dampfende Schüssel heraus und stellte sie auf den Tisch.

»Jetzt weiß ich, wie der Himmel aussieht.«

»Mach den Fernseher aus.«

»Ich will sehen, was sie über die sterblichen Überreste sagen, die wir gefunden haben.«

»Du? Interessierst du dich dafür, was die Medien zu sagen haben?«

»Das ist ein alter Fall. Vielleicht erinnert sich jemand an einen vermissten Jungen oder so.«

»Iss, bevor es kalt wird.«

Ich streute Käse über meine Schüssel und spießte die Penne und den Blumenkohl auf. »Das ist gut. Reich mir mal das Olivenöl.«

Während ich das Gericht umrührte, sagte die Nachrichtensprecherin: »Das Sheriff's Office von Collier County hat bestätigt, dass im Big Corkscrew Regional Park Skelettreste entdeckt wurden.«

Ich ließ meine Gabel fallen; eine Luftaufnahme des Lochs, das wir gegraben hatten, füllte den Bildschirm. Die Sprecherin sagte: »Der Park ist geschlossen, während die Polizei diesen seltsamen Fall untersucht. Es wurde keine Erklärung dazu abgegeben, wer dort begraben war oder wer die Überreste ausgegraben hat. *WINK News* wird über diese Entwicklung berichten, sobald es Neues gibt.«

Mary Ann sagte: »Für die Bilder haben sie bestimmt eine Drohne benutzt.«

»Wahrscheinlich.«

»Du hast gesagt, der Junge war schon lange begraben. Es wirkt ziemlich zufällig, dass ihn jemand nach all den Jahren einfach ausgräbt.«

»Vielleicht meldet sich jemand mit Informationen.«

»Die Wahrscheinlichkeit ist größer, dass du einen anonymen Anruf bekommst.«

»Da hast du recht. Remin wird morgen eine Pressekonferenz geben. Wir wollten erst sehen, was Bilotti uns liefern kann.«

»Das sollte eine Menge Hinweise einbringen.«

Darauf hatte ich als wichtigen Teil meines Plans gezählt.

———

ICH STAND ABSEITS und sah zu, wie der Sheriff beide Hände auf das Rednerpult legte. Er sagte: »Danke, dass Sie heute gekommen sind. Wir werden Ihre Hilfe brauchen. Wie Sie vielleicht wissen, wurden im Big Corkscrew Regional Park Skelettreste gefunden. Wir arbeiten daran, die Identität des Opfers zu klären.

Der Gerichtsmediziner führt Tests durch, um es zu bestätigen, aber er geht davon aus, dass der Junge ungefähr fünfzehn Jahre alt ist. Vorläufige Beweise datieren die Bestattung auf vor etwa fünfunddreißig Jahren.

Um bei der Identifizierung dieser Überreste zu helfen, geben wir die Tatsache bekannt, dass kein Schädel bei den Überresten gefunden wurde. Bedauerlicherweise scheint es, dass das Opfer enthauptet wurde.«

Die versammelten Reporter schnappten nach Luft.

Remin schüttelte den Kopf. »Wir werden vielleicht nie erfahren, ob der Junge im Park oder anderswo ermordet wurde. In unserem Bestreben, diesen alten Fall zu lösen, haben wir eine Hotline eingerichtet. Wir bitten die Öffentlichkeit dringend, in ihren Erinnerungen nach allem zu suchen, was unsere Ermittlungen unterstützen könnte. Die vertrauliche Tipp-Hotline ist 239-888-8888. Vielen Dank.«

Als Remin auf mich zukam, rief ein Reporter: »Wer hat die Überreste ausgegraben?«

Das war eine Frage, von der ich gehofft hatte, sie würde im Sande verlaufen. Ich folgte Remin in den Vorraum für die Presse. Er sagte: »Frank, obwohl dies ein grausamer Fall ist und er vor unserer beider Zeit liegt … so sehr ich auch einen alten Fall lösen möchte, der Mord an Beas muss unsere Priorität sein.«

»Da stimme ich Ihnen zu, Sir. Warten wir ab, was aus der Öffentlichkeit an Hinweisen hereinkommt.«

Derrick telefonierte gerade. Ich ließ mich hinter meinen Schreibtisch gleiten, als er auflegte. »Wie lief die Pressekonferenz?«

»Gut. Die wird uns ein paar Spuren einbringen.«

»Vielleicht brauchen wir die gar nicht.«

»Wieso nicht?«

»Ich habe gerade mit einem Lieutenant Russo oben in Lee County telefoniert. Er sagte, sein Vater war Detective und er erinnere sich, dass er an einem Fall gearbeitet hat, bei dem ein Serienmörder es auf junge Burschen abgesehen hatte. Der Psychopath hat sie mit einer Metallsäge enthauptet, genau wie Bilotti sagte, dass sie benutzt wurde.«

»Wo war das?«

»Charlotte County.«

»Dem müssen wir nachgehen.«

Er nahm den Hörer ab. »Ich kümmere mich darum.«

»Warte mal kurz.« Ich stand auf und schloss die Tür. Derrick sagte: »Was ist los?«

»Gestern Abend habe ich eine Stunde lang Bilder von vierzigjährigen hispanischen Männern angeschaut.«

»Das verstehe ich nicht, warum?«

»Ich habe versucht, Gesichtsmerkmale zu finden, die zu dem Typen passen, der uns gefesselt hat. Neben der Narbe sind mir noch ein paar Dinge aufgefallen.« Ich gab ihm meine Notizen. »Ich gehe zu Gesso und erzähle ihm, ich hätte einen anonymen Anruf bekommen und der Anrufer hätte mir eine Beschreibung eines Mannes gegeben, den er in jener Nacht im Park gesehen hat.«

»Warum solltest du das tun?«

»Es lenkt die Aufmerksamkeit von uns ab. Außerdem könnte es dazu führen, dass wir herausfinden, wer es war.«

Derrick lächelte. »Das ist ziemlich gut.«

»Hoffen wir's. Die Narbe wird der Schlüssel sein.«

———

ICH KLOPFTE AN GESSOS TÜR. »Ich glaube, wir haben was, Sarge.«

»Hoffentlich sind's keine schlechten Nachrichten.«

»Ein Typ hat angerufen und gesagt, er habe in der Nacht, als das Skelett ausgegraben wurde, einen Mann im Park gesehen.«

»Was hat er da gemacht?«

»Das wollte er nicht sagen. Er wollte anonym bleiben.«

»Das gefällt mir nicht.«

»Ich weiß, aber er könnte derjenige sein, der die Überreste ausgegraben hat.«

»Wie kommen Sie darauf?«

»Einfach mein Bauchgefühl, so wie er sich am Telefon gegeben hat.«

»Hmm.«

Ich reichte ihm meine Notizen. »Das ist eine Beschreibung der Person, die er gesehen haben will.«

Er überflog die Seite. »Sie sagten, Sie glauben, er hat das Skelett ausgegraben. Wenn das stimmt, wird uns das auf eine falsche Fährte locken.«

Wieso hatte ich daran nicht gedacht? »Nicht unbedingt. Ich könnte mich irren. Ich glaube, das ist schon mal vorgekommen.« Ich lächelte.

»Ich weiß nicht, was ich damit anfangen soll.«

»Es könnte sein, dass er sich selbst beschreibt. Vielleicht will er ein Katz-und-Maus-Spiel spielen.«

»Fischen wir jetzt im Trüben?«

»Nein. Das ist ein legitimes Szenario.«

»Sie denken, derjenige, der es ausgegraben hat, ist der Mörder?«

»Nein, auf keinen Fall. Aber wir haben die Information zurückgehalten, dass die Überreste in einem Koffer waren.«

»Sie wollen, dass ich damit an die Öffentlichkeit gehe?«

»Ja, man weiß ja nie.«

31

Ich hatte gerade die Schwelle zum Büro überschritten, als Derrick sagte: »Du wirst nie erraten, was ich herausgefunden habe.«

»Jep, und wenn du es mir nicht sagst, werde ich es auch nie erfahren.«

Sein Gesicht verfinsterte sich. »War doch nur so ein Spruch, Mann.«

»Was hast du herausgefunden?«

»Ich habe mit dem ersten Stellvertreter aus Charlotte gesprochen, ein Typ namens Casarella, der direkt unter Sheriff Prummell arbeitet. Er sagte, sie hatten einen Serienmörder namens Patrick Kearney, der vier Jungen in Charlotte getötet hat. Und rate mal?«

Ich atmete tief durch. »Sie wurden enthauptet.«

»Bingo. Er glaubt, Kearney könnte der Mörder sein.«

»Wie lange ist das her?«

»Anfang der Achtziger. Er meinte, Kearney sitzt in einem Gefängnis in Georgia.«

»Georgia?«

»Ja, sie glauben, dass er einer von mehreren Freeway-Killern ist und im ganzen Land eine Mordserie begangen hat.«

»Jesus Christus! Ich traue mich kaum zu fragen, wie viele er getötet hat.«

Während Derrick auf seiner Tastatur tippte, sagte er: »Er wird mit mindestens einundzwanzig Morden in Verbindung gebracht. Und alle Opfer waren männlich, im Alter zwischen zehn und sechzehn.«

Der Knoten in meinem Magen zog sich fester zusammen. »Wir müssen unser Opfer identifizieren und sehen, ob wir eine Verbindung zu diesem Mistkerl herstellen können.«

»Kearney ist jetzt dreiundachtzig und sitzt seine Strafe im Georgia State Prison in Reidsville ab, östlich von Savannah.«

»Den Bastard hätten sie braten sollen.«

»Amen.«

»Wir müssen uns die Akten aus Charlotte ansehen.«

»Sie werden sie uns schicken.«

»Gut. Ich rufe Bilotti an und frage nach dem Stand der Tests, bevor ich Sanchez aufsuche.«

———

DER MITTERNACHTSBLAUE MASERATI von Sanchez parkte in der Nähe des Eingangs von Magnet Design. Der Wagen war wie frisch aus dem Autohaus. Ich spähte hinein ... nichts. Nicht einmal eine Sonnenbrille oder eine Wasserflasche.

Die Empfangsdame sagte: »Tut mir leid. Mr. Sanchez ist in einer Besprechung mit einem Lichtarchitekten.«

Lichtarchitekt? »Ich warte.«

»Das könnte eine Weile dauern.«

»Sagen Sie ihm bitte, dass Detective Luca hier ist.«

Sanchez erschien und knöpfte sein Jackett zu, als er auf mich zukam. »Ich bin mitten in einer Besprechung.«

»Ich habe der jungen Dame gesagt, dass ich warte.«

Er runzelte die Stirn. »Womit kann ich Ihnen helfen?«

»Es wäre am besten, wir würden unter vier Augen sprechen.«

»Haben Sie herausgefunden, wer David getötet hat?«

»Noch nicht.«

»Kommen Sie in mein Büro.«

Ich folgte ihm. »Sie treffen sich mit einem Lichtarchitekten? So etwas habe ich noch nie gehört.«

»Sie sind unentbehrlich, um eine Stimmung zu erzeugen und visuelles Interesse zu wecken. Sie verbessern das Raumerlebnis und nutzen gleichzeitig das natürliche Licht optimal.«

Meine Do-it-yourself-Methode schien für mich völlig auszureichen. »Interessant.«

Er schloss die Tür, und ich nahm Platz. Sanchez knöpfte sein Jackett auf und ließ sich hinter seinen Schreibtisch gleiten. »Was ist so dringend?«

»Sie haben David Beas in der Nacht des ersten Oktober angerufen.«

»Das stimmt nicht. Sie können meine Telefonaufzeichnungen überprüfen.«

»Sie haben ein Wegwerfhandy benutzt.«

»Ein was?«

»Spielen Sie nicht den Dummen mit mir.«

»Ich weiß ehrlich gesagt nicht, wovon Sie sprechen.«

»Sie haben ein, wie Sie dachten, nicht zurückverfolgbares Telefon benutzt, um Mr. Beas anzurufen.«

»Wie kommen Sie auf diese Idee?«

»Die Technologie, die wir haben, würde Sie überraschen.«

Er rückte auf seinem Stuhl hin und her. »Inwiefern?«

»Wir konnten die Aktivierung eines Prepaid-Handys bis zu Ihrem Haus zurückverfolgen.«

Er zog die Augenbrauen zusammen, bevor er lächelte. »Netter Versuch, Detective.«

»Das ist kein Spiel, Mr. Sanchez.«

»Das habe ich auch nie behauptet.«

»Sie haben mir gesagt, dass es Mr. Beas' Idee war, Damien Roth zu bestechen.«

»Das ist richtig.«

»Nicht laut Mr. Roth.«

»Wirklich? Was hat er gesagt?«

»Dass er Mr. Beas kaum kannte und dass Sie ihm ein Schmiergeld angeboten haben, um den Auftrag für Astra Development zu bekommen.«

»Das ist nicht wahr. Er war ein großer Fan von Davids Arbeit, und wir sind aneinandergeraten, als ich bei einer anderen Firma war.«

»Aber Sie sagten, Sie würden Mr. Roth kaum kennen.«

»Ich kannte ihn nicht. Wir haben bei ein paar Projekten zusammengearbeitet. Aber ich war bei keinem davon der leitende Architekt.«

»Ich werde herausfinden, ob Sie es waren, aber es ist Zeit für Sie zuzugeben, dass Sie derjenige sind, der Mr. Roth bestochen hat.«

»Nicht wahr.«

»Aber Roth hat gesagt, dass Sie es waren.«

»Er versucht wahrscheinlich, es mir heimzuzahlen.«

»Wofür?«

»Ein paar der Aufträge bei meiner alten Firma liefen nicht nach Plan, und er gab mir die Schuld an den Verzögerungen. Bei zwei Projekten wurden die Fertigstellungstermine nicht eingehalten, und er bekam nicht die Boni, die er bekommen hätte, wenn sie den Zeitplan eingehalten hätten.«

»Also bieten Sie ihm zweihundertfünfzigtausend an, um das verlorene Bonusgeld auszugleichen.«

Er schüttelte den Kopf. »Mit all Ihrer Technologie werden Sie das nie beweisen können. Und wissen Sie, warum?«

Wenn man das Wort »selbstgefällig« im Wörterbuch nachschlagen würde, wäre dort ein Bild von Will Sanchez. »Klären Sie mich auf.«

»Weil ich ihm nie einen Cent bezahlt habe.«

Wir hatten Arbeit vor uns. Ich würde den Evans-Brüdern nur zu gern erzählen, dass Sanchez den Auftrag aufgekauft hat, aber obwohl Damien Roth es verdient hatte, seinen Job zu verlieren, hatte ich nicht genügend Informationen, um einen Mann arbeitslos zu machen.

─────

Gesso und ich warteten im Vorzimmer des Presseraums auf den Sheriff. »Sag mal, Sarge, gibt es schon irgendwelche Spuren zum Phantombild von dem Kerl, der im Big Corkscrew Park gesehen wurde?«

»Nichts Handfestes. Die üblichen Spinner, aber es melden sich immer noch welche.«

»Halt mich auf dem Laufenden.«

Remin kam herein und wir begrüßten uns. Er richtete

sich die Krawatte und sagte: »Sind wir so weit? Ich habe in einer Stunde eine Besprechung mit dem Stadtrat.«

Gesso sagte: »Ja. Ich glaube, es sind alle da.«

»Also gut, fangen wir an.«

Vier Kameraleute standen hinten im Presseraum. Ich stand an der Seite, als Remin ans Rednerpult trat. »Guten Tag. Es war nicht einfach, aber nachdem wir nun die Familie benachrichtigt haben, können wir die Identität des Opfers preisgeben, das im Big Corkscrew Regional Park ausgegraben wurde.«

Die Anwesenden beugten sich vor, als der Sheriff fortfuhr: »Die sterblichen Überreste gehören zu einem Eric White, einem Vierzehnjährigen aus Desoto County. Er wurde im November 1988 von seinen Eltern als vermisst gemeldet.

Wir verfolgen mehrere Spuren, um die verantwortliche Person oder die verantwortlichen Personen zur Rechenschaft zu ziehen. Es ist ein trauriger Tag für die Familie White, aber ich bin stolz darauf, dass diese Abteilung einmal mehr ihre unermüdliche Entschlossenheit zeigt, ein Verbrechen aufzuklären, ganz gleich, wann es begangen wurde. Ich werde ein paar Fragen beantworten.«

Er zeigte auf eine Frau in der ersten Reihe, die aufstand. »Nancy Ross, *WINK News*. Auch wenn man dankbar ist, dass Eric White identifiziert wurde und seine Familie etwas Trost findet, sind die Überreste unvollständig. Glauben Sie, dass Sie seinen Kopf finden werden?«

»Wir sind zuversichtlich, dass die laufenden Bemühungen zu Ergebnissen führen werden. Es findet nicht nur eine Suche statt, sondern wir erwarten auch, dass der Mörder seine Taten gestehen wird.«

»Sie wissen, wer es war?«
»Wir glauben es zu wissen.«

32

ICH FOLGTE REMIN INS VORZIMMER. »ENTSCHULDIGEN SIE, mein Herr, dürfte ich kurz mit Ihnen sprechen?«

»Ich habe eine Besprechung, zu der ich nicht zu spät kommen darf.«

»Es geht auch ganz schnell.«

Er blickte über die Schulter. »Gehen Sie mit mir.«

Ich passte mich seinem Schritt an und senkte die Stimme. »Die einzige Spur, die wir im Mordfall White haben, basiert auf der Enthauptung und dem Alter ...«

»Sie haben gesagt, Kearney war's.«

Hatte ich nicht. »Es passt zum Zeitrahmen und zu seiner Vorgehensweise, aber das ist alles, was wir haben.«

»Kearney ist ein alter Mann, der in einer Zelle verrottet. Er war's.«

»Wir wissen es nicht mit Sicherheit.«

Remin blieb stehen und zischte: »Der Fall ist fünfunddreißig Jahre alt. Hängen Sie es Kearney an und schließen Sie ihn ab.«

»Aber …«

»Kein Aber, buchen Sie ihn als geklärt ab. Ich muss los.«

Wusste Remin etwas, das ich nicht wusste? Ich schlurfte in mein Büro.

Derrick spähte über seinen Monitor. »Wie ist es gelaufen?«

»Okay, aber Remin hat mir gesagt, ich soll es Kearney in die Schuhe schieben und weitermachen.«

»Wahrscheinlich war er es.«

»Wir wissen es nicht mit Sicherheit.«

»Wir müssen jemanden dazu bringen, mit ihm zu reden. Wenn er gesteht, ist die Sache erledigt.«

»Und wenn nicht? Remin will, dass wir sagen, er war's. Auf welcher Grundlage?«

Derrick zuckte mit den Schultern. »Kearney ist in den Achtzigern und verbüßt mehrere lebenslange Haftstrafen. Remin weiß, dass die Staatsanwaltschaft ihn vielleicht nicht vor Gericht stellt, wenn wir ihn anklagen.«

»Und wir werden nie erfahren, wer White getötet hat.«

»Nehmen wir mal an, es war nicht Kearney. Wer auch immer es getan hat, ist wahrscheinlich tot oder hat sich zumindest vom Morden zur Ruhe gesetzt. Wo kein Kläger, da kein Richter.«

»So ein Scheiß. Dafür habe ich den Job nicht angenommen.«

»Jetzt dreh nicht durch. Remin hat wahrscheinlich recht.«

»Willst du mich verarschen?«

Er senkte die Stimme. »Wenn wir nicht da draußen herumgewühlt hätten, wüssten wir gar nichts von ihm.«

»Das macht es aber nicht richtig. Jemand muss doch für den armen Jungen sprechen.«

»Ich sage ja nicht, dass es das tut, aber das ist die Realität.«

»Sind hier alle verrückt geworden?«

»Nein. Remin sagt im Grunde, dass die Familie ein gewisses Maß an Gerechtigkeit erfährt, die Öffentlichkeit nicht in Gefahr ist, falls sich der Mörder als jemand anderes herausstellt, und die Behörde gut dasteht, wenn sie einen alten Fall abschließt.«

»Also eine Win-win-Situation für alle?«

»So kann man das sagen.«

Ich schüttelte den Kopf und ging nach draußen, um einen Spaziergang zu machen. Mir kam der Gedanke, Mary Ann anzurufen und ihr zu erzählen, was los war. Sie würde mir zustimmen, aber zu wissen, dass ich gestresst war, wäre nicht gut für ihre MS. Das Letzte, was ich brauchte, war eine weitere Baustelle.

Auf meiner zweiten Runde um den Komplex setzte ein kurzer Regenschauer ein. Ich huschte über die Rasenfläche, die zu unserem Gebäude führte. Bevor ich hineinging, blieb ich unter dem Vordach stehen und spielte gedanklich Pingpong, wie ich mit dem umgehen sollte, was Remin wollte.

Ich schob meinen Ärger beiseite und erinnerte mich an etwas, das Dr. Bruno mir gesagt hatte. Sie sagte, ich solle vorsichtig sein, wo ich mich widersetze. Wie das alte Sprichwort sagt, ist es wichtig, sich seine Kämpfe auszusuchen. Als sie es sagte, stimmte ich zu, fügte aber einen Vorbehalt hinzu, falls es gegen ethische oder moralische Standards verstößt.

Wenn wir eine Familie wegen ihres Angehörigen belogen, war das falsch. Aber was war das Ergebnis? Unsere Möglichkeiten schienen gering, aber ich musste es sacken lassen. Vielleicht würde eine Lösung aus meinem Unterbewusstsein aufsteigen.

Derrick telefonierte. Er kritzelte auf einen Block und sagte: »Danke für Ihren Rückruf. Kein Problem. Ich hoffe, Sie hatten eine schöne Reise. Auf Wiederhören.«

Er stand auf. »Das war Phil Goodson. Das ist der Typ, den die Frau, die bei Magnet Design arbeitet, uns genannt hat.«

»Welche Frau?«

»Die, die uns erzählt hat, dass Sanchez den Stein auf Beas geworfen hat.«

»Okay. Und was hatte dieser Goodson zu sagen?«

»Er sagte, ein Mann namens Bill Morris sei Büroleiter bei Magnet gewesen. Beas hat ihn vor etwa einem Jahr gefeuert, und das hat Morris schwer getroffen. Er wurde depressiv und fand nie wieder einen Job, verlor sein Haus – und gab Beas die Schuld.«

»Warum wurde er gefeuert?«

»Anscheinend kamen sie nie miteinander aus. Sanchez hatte ihn eingestellt.«

»Und?«

»Nun, dieser Typ sagte, Morris habe ihm erzählt, dass er sich an Beas rächen würde, weil er sein Leben ruiniert hat.«

»Gab es irgendwelche Versuche?«

»Nicht, dass wir wüssten, aber wir haben Morris' Namen schon einmal gehört.«

»Ich weiß nicht, wir sollten uns auf Sanchez konzentrieren …, aber, äh, okay, spür diesen Morris auf. Wir reden mit ihm und sehen, wohin das führt.«

»Ich bin dran.« Er tippte auf seiner Tastatur. »Irgendwas ist an diesem Fall dran; ich glaube, wir werden einen Durchbruch haben.«

Ich klickte auf die Akten, die Charlotte County geschickt hatte. Wenn Kearney Eric White getötet hatte, würde das Problem mit Remin verblassen. Aber nicht verschwinden. Es würde für mich einen Schatten auf die Sache werfen.

Mir wurde schlecht, als Kearneys Fahndungsfoto den Bildschirm füllte. Mit Brille und einem breiten Lächeln ließ das Schwarz-Weiß-Foto Kearney wie einen durchschnittlichen Nachbarn aussehen und nicht wie die Personifizierung des Bösen. Warum hat Gott Raubtieren kein Zeichen auf die Stirn gemacht?

Kearney tötete sein erstes Opfer 1962. Bevor ich geboren wurde. Der Knoten in meinem Magen zog sich zusammen, als ich las, dass er nach dem Töten Sex mit den Opfern hatte. Kranker ging es nicht.

Doch, ging es.

Nachdem er sie getötet und sexuell missbraucht hatte, zerstückelte er die Leichen mit einer Bügelsäge. Kearney verdiente sich einen zweiten Spitznamen: der Müllsack-Mörder, da er Müllsäcke benutzte, um Leichenteile an abgelegenen Orten zu entsorgen.

Kearneys Modus Operandi passte zu Eric Whites Mörder. Ich ertappte mich bei der Hoffnung, dass er es war, als mein Tischtelefon klingelte.

»Hey, Frank. Gerade kam ein Anruf über die Hotline rein.«

»Was für ein Anruf, Sarge?« Guckte er sich das jetzt bei Derrick ab?

»Wegen des Kerls, der in der Nacht der Leichenbergung im Big Corkscrew Park gesehen wurde. Er sagt, er weiß, wer das ist. Bist du bereit für seine Nummer?«

Ich erstarrte. Ich wollte es wissen und gleichzeitig auch

nicht. Mit den Drecksäcken vom Außenministerium wäre ich klargekommen, aber wenn es das Kartell war, würde mein Leben nie wieder dasselbe sein.

33

ICH RIEF DIE NUMMER AN, DIE GESSO MIR GEGEBEN HATTE. Beim vierten Klingeln meldete sich eine männliche Stimme: »Hallo.«

»Mr. Curan?«

»Ja.«

»Hier ist Detective Luca vom Sheriff's Department in Collier County. Sie haben die Hotline wegen einer Person von Interesse angerufen.«

»Ja. Ich habe es bei meiner Schwester zu Hause gesehen. Ich war dort zur fünfzehnten Geburtstagsfeier meines Neffen. Ich kann nicht glauben, dass er schon so alt ist –«

»Und wo haben Sie diesen Mann gesehen? Im Park?«

»Nein, nein. Als ich den öffentlichen Aufruf sah, dachte ich mir nichts dabei. Aber als ich nach Hause kam, lag meine Zeitung von gestern im Briefkasten. Ich wollte sie wegwerfen, aber aus irgendeinem Grund tat ich es nicht. Ich nahm sie mit rein und –«

»Zu dem Mann, den wir suchen. Was können Sie mir über ihn sagen?«

»Er ist tot, das ist alles.«

Ich erstarrte. »Wie bitte? Woher wissen Sie das?«

»Es gab einen schweren Unfall auf der Alligator Alley und er kam dabei ums Leben.«

Ich ballte die Faust. »Sind Sie sicher, dass er es war?«

»Ja, sie hatten ein Bild von ihm in der Zeitung. Als ich es sah, konnte ich nicht herausfinden, wer er war, aber dann fiel es mir ein: Die komische Narbe passte zu der im Fernsehen.«

»Welche Zeitung war das?«

»Der *Miami Herald*. Ich weiß, es ist verrückt, dass ich ihn mir noch liefern lasse, aber ich wohne in der Innenstadt und es gibt so viel Neues und ich bleibe gerne auf dem Laufenden.«

Er hatte wahrscheinlich genau wie ich ein AOL-E-Mail-Konto. »Schon klar. Danke, falls wir weitere Fragen haben, melden wir uns bei Ihnen.«

Nachdem ich aufgelegt hatte, tippte ich »Miami Herald« in die Suchleiste. Ich ging zur Ausgabe vom Vortag zurück und blätterte durch, bis ich bei einer Schlagzeile auf Seite acht innehielt: »Mann aus Miami Gardens stirbt bei Autounfall.«

Mein Blick fiel auf ein lächelndes Gesicht mit einer Narbe in Form der Ziffer neun. Die Bildunterschrift lautete: »Emilio Chavez, 48, war aus Venezuela in die Vereinigten Staaten eingewandert.«

Während ich den Artikel überflog, raste mein Herz. Chavez war ein pensionierter Major der venezolanischen Armee. Meine Gedanken überschlugen sich, als mir klar wurde, dass er seine Karriere beim Militär verbracht hatte. Aber das bedeutete nicht, dass er keine Verbindung zu einem Kartell hatte.

Venezuela wurde von einem Diktator regiert, von dem die Vereinigten Staaten glaubten, dass er in den Drogenhandel verwickelt war. Aber Cabrera war Kolumbianer. Was war die Verbindung?

Ich ließ Chavez durchs System laufen und entspannte meine Schultern, als nichts auf dem Bildschirm erschien. Es war selten, dass jemand, der mit illegalen Drogen handelte, keine Vorstrafen hatte.

Aber wie lange war es her, dass er nach Amerika gekommen war? Laut der nationalen Datenbank wurde Chavez 2015 die Einreise als Flüchtling gewährt. Zwei Jahre zuvor hatte Maduro die Macht übernommen und die venezolanische Demokratie zerstört.

Es war nicht narrensicher, aber das Außenministerium hatte festgestellt, dass Chavez' Leben in Gefahr war, wenn er in Venezuela geblieben wäre.

Ich lehnte mich zurück, während mich eine Welle der Erleichterung überkam. Das Kartell war also nicht hinter uns her. Im Nachhinein ist man immer klüger. Mit der Bestätigung, dass es sich nicht um Cabreras ehemalige Drogenpartner handelte, wurde klar, dass es keinen Grund gegeben hatte, dies anzunehmen.

Ein Akzent, eine überraschende Begegnung und eine enorme Geldsumme hatten mich das Schlimmste glauben lassen. Meine Schultern versteiften sich. Wie hatte Chavez von Cabreras Geld erfahren? Was hatte er im Park zu suchen? War es eine zufällige Begegnung?

Es konnte nicht sein, dass Chavez in Miami Gardens lebte. Was machte er hier?

Mein Handy klingelte. Es war Mary Ann. »Wo bist du?«

»Bei der Arbeit.«

»Der Mann von der Klimaanlage ist hier. Du hast gesagt, du wolltest da sein.«

Ich biss die Zähne zusammen. »Ich habe es vergessen. Was hat er gesagt?«

»Wir brauchen eine neue Anlage.«

»Diesen Klimaanlagen-Typen kann man nicht trauen –«

»Dann hättest du hier sein sollen.«

»Ich wurde aufgehalten.«

»Was soll ich ihm sagen?«

»Er will dir nur eine neue Anlage andrehen.«

»Bist du jetzt ein Experte?«

»Nein. Aber du kennst doch diese Typen –«

»Die Anlage ist elf Jahre alt. Wir brauchen eine neue.«

»Kann er denn gar nichts machen?«

»Er meinte, wir sollten da kein Geld mehr reinstecken. Die Garantie ist abgelaufen und die Spule ist undicht.«

»Wie viel wollen sie haben?«

»Sechstausendvierhundert.«

»Was? Ist der verrückt?«

»Rosie hat siebentausend bezahlt, und ihr Haus –«

»Wir müssen uns noch ein Angebot holen.«

»Was willst du, dass ich ihm sage?«

»Er soll uns ein schriftliches Angebot geben und sagen, wann sie es machen können.«

Noch eine große Ausgabe, genau das, was ich gebraucht hatte.

Sie sagte: »Ich werde ihn bitten, uns einen Preis für dieses UV-Licht-Ding zu machen, das Schimmel und Pollen abtötet.«

»Achte darauf, dass es ein separater Posten ist.«

»Okay, wir sehen uns später.«

Das gute Gefühl, den Mann im Park identifiziert zu

haben, war verflogen. Es ging weiter zum nächsten Problem, eine neue Klimaanlage zu bezahlen. Jedes Mal, wenn wir uns von den Kosten für Mary Anns Spritzen und Jessies Studiengebühren für die Ivy League zu erholen begannen, warf uns eine neue Rechnung zurück.

Derrick sagte: »Frank? Bist du da?«

»Äh, entschuldige, war in Gedanken versunken.«

»Ich kann diesen Morris-Typen nicht aufspüren. Seine Nummer ist abgeschaltet, und sein Vermieter sagte, er sei mitten in der Nacht ausgezogen.«

Ich erstarrte. »Wann ist er ausgezogen?«

»Der Vermieter war sich nicht ganz sicher, aber es war ungefähr zur Zeit von Beas Mord.«

»Das gefällt mir nicht.«

»Mir auch nicht. Was willst du tun?«

»Hast du bei seiner Familie nachgefragt?«

»Ja, seine Schwester sagte, sie habe nichts von ihm gehört, aber auch, dass sie nicht wirklich Kontakt hielten.«

»Was ist mit seinem Arbeitgeber?«

»Er ist freiberuflicher Grafikdesigner.«

»Hat er noch einen Führerschein?«

»Ja, und ein Auto mit Kennzeichen aus Florida.«

Ich atmete aus. »Es ist vielleicht noch zu früh, aber gib eine Fahndung raus.«

»Bundesweit?«

»Wenn wir schon eine rausgeben, können wir auch gleich aufs Ganze gehen.«

34

Als ich wieder in die Warteschleife gelegt wurde, fragte ich mich, was ein solcher Anruf früher wohl gekostet hatte. Vor einer Weile hatte ich versucht, Jessie zu erklären, dass wir früher pro Minute bezahlten und Ferngespräche teuer waren, als ich in ihrem Alter war. Sie hatte es mir nicht geglaubt.

Sie hatten nicht einmal Warteschleifenmusik. Die Leitung klingelte und dann wurde ich verbunden. Ich sagte: »Hallo?«

»Ja, bleiben Sie dran. Der Anruf ist wieder bei mir gelandet. Ich versuche es noch einmal.«

Um nicht frustriert zu werden, fragte ich mich, ob ich mich in fünf Jahren noch an diesen Anruf erinnern würde.

Schließlich meldete sich eine Frau: »Detective Lambert.«

»Guten Tag, Ma'am, ich bin vom Sheriff's Office in Collier County, im Südwesten Floridas.«

»Ich weiß, wo das ist. Meine Tante lebt in Bonita.«

»Schön. Sie sind die Verbindungsbeamtin der Abteilung zum Gefängnis, richtig?«

»Ja.«

»Hören Sie, ich weiß, dass Sie überlastet sind, aber wir bräuchten bei einem alten Fall ein wenig Hilfe.«

»Wie alt?«

»Es geht um Patrick Kearney, einen Serienmörder, der im Georgia State Prison eine lebenslange Haftstrafe absitzt.«

»Den Müllsack-Mörder?«

»Ja, das ist er. Er war auch in Florida aktiv, und wir haben die Leiche eines jungen Opfers entdeckt, das wir als Eric White identifiziert haben. Der Junge wurde enthauptet und vergraben. Das passt zu Kearneys Modus Operandi, und er war in diesem Zeitraum hier.«

»Und was soll ich für Sie tun?«

»Ich brauche jemanden, der mich mit ihm reden lässt. Wir hoffen, dass er gesteht.«

»Warum sollte er das tun?«

»Er hat einundzwanzig lebenslange Haftstrafen bekommen. Er kann nicht länger sitzen, als ihm aufgebrummt wurde, also ist es egal.«

»Viel Glück dabei.«

»Kearney ist dreiundachtzig. Vielleicht will er es für die Familie wiedergutmachen.«

»Er ist ein verdammter Psychopath. Er schert sich einen Dreck um irgendjemanden außer sich selbst.«

»Ich verstehe das, glauben Sie mir. Aber vielleicht können wir ihm etwas anbieten, damit er redet.«

Sie reagierte nicht.

»Ich wäre Ihnen wirklich für die Hilfe dankbar. Die Mutter des Jungen lebt noch, und ihr letzter Wunsch ist Gerechtigkeit für ihren kleinen Jungen.«

Sie atmete schwer aus. »Ich sehe mal, wie viel Spielraum ich vom Direktor bekomme.«

»Oh, das wäre großartig. Vielen herzlichen Dank.«

»Danken Sie mir noch nicht. Geben Sie mir Ihre Nummer.«

———

DERRICKS STUHL KNALLTE gegen die Wand, als er aufsprang. »Frank, wir haben einen Treffer! Rate mal, wo Morris ist?«

»Im Disneyland?«

Er runzelte die Stirn. »Nö, Kanada. Er ist am dritten Oktober über die Grenze, zwei Tage nachdem Bea erwürgt wurde.«

»So lange würde es dauern, wenn er nach dem Mord dorthin gefahren wäre.«

»Die Polizei dort oben wird versuchen, ihn aufzuspüren. Die heißen immer noch Royal Canadian Mounted Police.« Er lächelte. »Ich frage mich, ob sie Typen zu Pferd einsetzen werden?«

»Sie mögen traditionell sein, aber sie haben die gleichen Mittel wie wir.«

»Ich kann nicht fassen, dass Morris abgehauen ist. Er muss der Mörder sein; Bea hat ihn gefeuert, ihm gedroht, und dann haut er direkt nach dem Mord ab? Weiß er denn nicht, wie verdächtig ihn das macht?«

»Niemand hat behauptet, dass Verbrecher schlau sind.«

»Da hast du recht.«

»Sollen wir nicht einen Beschluss für Morris' Kreditkartennutzung und seine Bankdaten beantragen?«

»Das hätten wir schon früher machen sollen.«

»Wir hatten nicht mehr als Andeutungen. Jetzt wissen wir, dass er das Land verlassen hat.«

»Da bin ich mir nicht so sicher.«

»Auch wenn es unsere Arbeit um einiges erleichtern würde, können wir nicht einfach die Privatsphäre einer Person mit Füßen treten.«

»Wenn es um Mord geht, muss es andere Regeln geben.«

»Ich verstehe, aber was ist mit sexuellen Übergriffen? Sollte es dafür nicht auch andere Richtlinien geben?«

»Auf jeden Fall.«

»Bewaffneter-«

Derrick schüttelte den Kopf. »Ich sehe, worauf du hinauswillst; das Dammbruch-Argument.«

»Glaub mir, ich bin ständig frustriert, aber ich will damit nur sagen: Wo würde man denn die Grenze ziehen?«

»Manche Dinge haben eben Vorrang.«

Das klang nicht nach dem richtigen Wort. Ich würde es später nachschlagen. »Das sollten sie. Lass uns diesen Entwurf anfertigen. Ich bin sicher, sie werden ihn sofort absegnen.«

Mein Handy klingelte. »Das ist Davis vom Außenministerium. Bin gleich zurück.«

Auf dem Weg nach draußen nahm ich ab. »Davis?«

»Ja. Was ist so dringend?«

Ich blinzelte im Sonnenlicht und sagte: »Kommen Sie mir nicht mit diesem Unsinn. Sie hätten neulich jemanden umbringen können.«

»Tut mir leid, ich verstehe nicht. Worauf beziehen Sie sich?«

»Auf Ihren Venezuela-Jungen, Emilio Chavez, beziehe ich mich.«

»Ich kenne niemanden dieses Namens.«

»Hören Sie auf damit!«

»Warum beruhigen Sie sich nicht und erklären mir, was Sie so aufregt.«

»Sie hatten einen weiteren Verfolger auf mich und meinen Partner angesetzt. Wir sind einem Hinweis zum Big Regional Corkscrew Park gefolgt. Als wir dort einen Koffer ausgruben, tauchte Ihr Bursche aus dem Wald auf. Er war bewaffnet und hatte verdammt viel Glück, dass ihm nicht der Kopf weggeblasen wurde.«

»Das ist bedauerlich, aber was lässt Sie glauben, dass ich irgendetwas damit zu tun hatte?«

»Sie sind nicht der Einzige mit Ressourcen. Chavez war Ex-Militär in Venezuela und Teil des Widerstands, als Maduro die Macht übernahm. Er war Teil einer Operation des Außenministeriums, um die Opposition zu stärken und Maduro zu stürzen, damit Venezuela zur Demokratie zurückkehren konnte. Wie viel haben Sie ihm gezahlt, um uns übers Ohr zu hauen?«

Er hielt inne, bevor er sagte: »Ich verstehe, warum Sie da eine Verbindung sehen, aber ich hatte nichts damit zu tun.«

Ich schnaubte verächtlich. »Sie wollen dieses Spiel also spielen, nur zu. Sie sind Politiker, also verstehe ich die Haltung des Leugnens, Leugnens, Leugnens.«

»Ich kann die Möglichkeit nicht ausschließen, dass jemand in der Behörde auf eigene Faust gehandelt hat. Es geht um eine Menge Geld –«

»Wie vielen Leuten haben Sie davon erzählt?«

»Äh, nicht vielen, aber es gibt eine Akte. Sie ist als vertraulich gekennzeichnet, aber –«

»Hören Sie mit dem Scheiß auf! Sie haben mein Leben und das meines Partners in Gefahr gebracht. Unsere Wege werden sich wahrscheinlich nie wieder kreuzen, aber wenn doch, können Sie sicher sein, dass ich nie vergessen werde, was Sie getan haben.«

»Wir können das klären.«

»Sie sind unglaublich.«

»Was ist mit dem Geld? Hatten Sie alternative Orte, die Sie durchsuchen konnten?«

Woher sollte er wissen, dass wir mit leeren Händen dastanden, wenn er die Zeitung nicht gelesen hatte und Chavez nicht geschickt hatte? »Nein. Die Information besagte, der Ort sei Big Corkscrew. Wir haben nichts gefunden und sind damit fertig. Auf Wiederhören.«

»Moment mal –«

»Auf Wiederhören, Mr. Davis, und rufen Sie mich nicht wieder an.«

35

Ich tankte fünf Minuten lang Sonne, bevor ich wieder hineinging. Ob es die Dosis Vitamin D war oder die Tatsache, dass ich Davis zurechtgewiesen hatte, war unerheblich. Ich fühlte mich wie neugeboren.

Derrick blätterte in der Mordakte. »Hast du Davis zur Sau gemacht?«

»Ich bin sicher, die Botschaft ist angekommen.«

Nachdem ich ihm von der Kette von Leugnungen erzählt hatte, bevor Davis einen Kollegen belastete, sagte Derrick: »Er ist ein echter Drecksack, dass er nicht dazu steht.«

»Er ist in Washington. In dieser Stadt übernimmt niemand die Verantwortung.«

»Die Leute müssen zur Rechenschaft gezogen werden.«

»Kommen wir zurück zu Beas. Ich werde Grossman einen Besuch abstatten. Willst du mitkommen?«

»Ich habe eine Spur bezüglich des Geldes, das Sanchez Damien Roth angeboten hat. Der will ich nachgehen.«

»Was für eine Spur?«

»Lynn und ich waren im Grappino essen; warst du da schon mal?«

»Das Gebäude mit dem geschwungenen Dach?«

»Jep, ihre Pasta ist gut. Die solltest du mal probieren, sie ist hausgemacht.«

Wir waren seltener auswärts essen gegangen, um Geld zu sparen. »Werde ich machen. Was ist der Zusammenhang?«

»Eine von Lynns Freundinnen kellnert dort an zwei Abenden in der Woche, um sich etwas dazuzuverdienen. Tagsüber arbeitet sie für die Truist Bank.«

»Wer sind die? Ich sehe die überall.«

»Das ist der neue Name, nachdem SunTrust und BBT fusioniert haben.«

»Ach so. Erzähl weiter.«

»Ihre Freundin kommt an unserem Tisch vorbei, fängt an zu quatschen und erwähnt den Fall Beas. Sie meinte, er sei früher oft da gewesen, und rate mal?«

»Er hat jedes Mal dasselbe Gericht bestellt?«

»Nee. Eines der Konten, die sie verwaltet, gehört Magnet Design. Ich habe gesagt, dass wir an dem Fall arbeiten und dass wir eine Geldspur verfolgen.«

»Und du denkst, sie lässt dich einfach ihre Transaktionen einsehen?«

»Ich muss sie nicht sehen. Wir brauchen nur ein Ja oder Nein von ihr bezüglich einer hohen Bargeldabhebung.«

»Einen Versuch ist es wert. Wenn sie es bestätigt, könnten wir vielleicht einen Durchsuchungsbefehl beantragen.«

»Genau.«

———

Neben dem Mr. Tequila parkten eine Handvoll Autos. Ihre Happy Hour begann früh, mit Bier vom Fass für zwei Dollar. Ich fuhr an dem grünen Gebäude vorbei und hielt vor Grossmans Haus. Ich drückte den Rufknopf. Sein Grundstück einzuzäunen ergab keinen Sinn.

Als das Tor knarrend aufging, schlüpfte ich hindurch. Auf der Rückbank von Grossmans weißem Audi war ein Kindersitz befestigt.

In Latzhose und einem Keith-Urban-T-Shirt stapfte Grossman auf die erhöhte Veranda. »Ich möchte ja kooperieren und so, aber Sie übertreiben es langsam. Ihr Partner war bei meiner Frau.«

Ich stieg aus. »Wir haben nur ein paar Fragen, dann lassen wir Sie in Ruhe.«

»Ich habe bereits geantwortet –«

»Können wir das drinnen besprechen?«

»Olivia macht gerade ihren Mittagsschlaf. Ich will sie nicht wecken.«

»Es ist lange her, dass ich ein Baby hatte, aber woher wüssten Sie, wenn es aufwacht?«

Er hob den Saum seines T-Shirts; sein Handy war an seine Jeans geklemmt. »Es ist mit dem Monitor in ihrem Zimmer verbunden.«

»Das macht es einfach.«

»Ich liebe sie über alles, aber einfach ist es nie. Es ist eine Menge Arbeit.«

»Wir können leise und unter vier Augen reden.«

»Ich habe nichts zu verbergen.«

Meiner Erfahrung nach war diese Behauptung nur mit einer fünfzigprozentigen Wahrscheinlichkeit zutreffend. »Sind Sie sicher?«

»Was wollen Sie?«

»Haben Sie eine Affäre?«

Er schüttelte den Kopf. »Hat Cathy das gesagt? Sie denkt, ich betrüge sie, aber das stimmt nicht.«

Das war eine weitere Ausrede, die ich schon zu oft gehört hatte. »Hören Sie, es ist mir egal, was Sie in Ihrem Privatleben tun, solange Sie niemanden verletzen. Ich will den Mord an Beas aufklären. Das ist alles, was mich interessiert. Ich brauche die Wahrheit von Ihnen, sonst werden wir Sie nie in Ruhe lassen. Oder Ihre Frau und Ihre Nachbarn.«

Grossman senkte den Blick. »Ich kümmere mich den ganzen Tag um Olivia, und das seit etwa sechs Monaten. Meine Frau kommt nach Hause, und sie will bei ihr und bei mir sein. Ich weiß nicht, ich schätze, ich hatte das Gefühl, ich bräuchte –«

»Sparen Sie sich die Rechtfertigungen für Ihre Frau. Mit ihr müssen Sie das klären. Wer ist die Frau?«

»Müssen Sie wirklich –«

»Wer ist es?«

»Dana Lewis.«

Ich notierte mir ihre Kontaktdaten.

»Sie sagten, Sie seien in der Nacht des ersten Oktobers mit Ihrer Tochter in der Nähe des Lowdermilk Parks herumgefahren, aber Sie haben sich mit Ms. Lewis getroffen?«

»Ja. Wir sind nur herumgefahren; wir haben nichts getan.«

Die Leugnungen kamen unaufhörlich, wie Menschen, die über die Grenze strömten.

Ich sagte ihm, ich würde diskret sein, aber wir müssten mit der Frau sprechen. Ich würgte seine Proteste ab und sagte ihm, ich würde ihn wegen Behinderung der Justiz verhaften, wenn er sie vorwarnte.

Lewis wohnte in der Nähe, was ihre Rendezvous einfach machte. Es war wichtig, ihre neue Geschichte zu überprüfen.

Grossmans nächtliche Begleiterin wohnte im Leeward Cove Club, einer Wohnanlage an der Outer Doctors Bay. Als ich vom Harbour Drive auf den Parkplatz einbog, erhaschte ich zwischen den Gebäuden einen Blick auf das Wasser.

Ich war zwei Köpfe größer als Lewis. Ihre Brüste, die aus ihrem roten Oberteil zu platzen drohten, erinnerten mich daran, dass das Land eine Lektion in Sachen Subtilität gebrauchen könnte. Sie hatte Implantate bekommen. Wenn etwas so offensichtlich war, hob das nicht die angeblichen Vorteile auf?

Sobald ich Grossman erwähnte, trat sie zur Seite. »Kommen Sie rein.«

»Sind Sie allein zu Hause?«

»Ja.«

»Woher kennen Sie Herrn Grossman?«

Sie runzelte die Stirn. »Ich bin mit Cathy befreundet.«

»Seiner Frau?«

»Ja.«

Anscheinend hatte ich die Beerdigung der Loyalität verpasst. »Sie beide haben eine Affäre?«

Sie zuckte mit den Schultern. »Es ist sehr verwirrend. Ich weiß nicht, wie ich es nennen soll.«

Ich wollte gerade sagen, dass man das Fremdgehen nennt, entschied mich aber stattdessen für: »Mich interessiert, ob Sie Herrn Grossman in einer bestimmten Nacht getroffen haben.«

»An welchem Tag?«

»Am ersten Oktober. Es war ein Montag. Der, an dem David Beas im Lowdermilk Park ermordet wurde.«

»Ja, da haben wir uns gesehen.«

»Woher wissen Sie das so genau?«

»Wir treffen uns jeden Montag. Mein Mann hat montags und mittwochs Nachtschicht.«

Ihr Mann war unterwegs, um die Hypothek abzubezahlen, und sie war unterwegs ... »Und wo haben Sie sich getroffen?«

»Wir fahren normalerweise herum und parken manchmal ...«

»Wo treffen Sie ihn?«

»Ich parke mein Auto auf dem Parkplatz von Lowdermilk.«

»Haben Sie in dieser Nacht irgendetwas gesehen? Etwas Ungewöhnliches?«

»Normalerweise ist dort niemand, aber ich habe ein Auto kommen sehen. Es war ein Maserati.«

»Woher wissen Sie, dass es ein Maserati war?«

»Mein Bruder hat einen; die sind wunderschön.«

»Welche Farbe hatte der, den Sie in der Nacht vom ersten Oktober gesehen haben?«

»Mitternachtsblau.«

»Sind Sie sich sicher?«

»Ja, er war dunkelblau.«

36

Ich sprang ins Auto, schaltete die Klimaanlage ein und rief Derrick an.

»Hey, ich glaube, wir haben was: Ein Auto wie das von Sanchez wurde in der Nacht, in der Beas getötet wurde, auf dem Parkplatz vom Lowdermilk Park gesehen.«

»Wie hast du das herausgefunden?«

»Grossman hat seine Frau betrogen, die Sache mit der Spritztour mit dem Baby war nur eine Tarnung, damit er eine Frau treffen konnte, die den Maserati gesehen hat.«

»Willst du mich verarschen? Er schleppt sein Baby mit, um eine andere Frau zu treffen?«

»Ja, und die ist auch nicht gerade ein Hauptgewinn; sie ist mit Grossmans Frau befreundet und ebenfalls verheiratet.«

»Was ist nur mit den Leuten los?«

Diese Frage war auf einer Stufe mit der nach dem Sinn des Lebens. »Grossman dachte, wenn er das Kind mitnimmt, würde er seine Frau täuschen, aber sie wusste es.

Wenn man die Augen offenhält, merkt man, wenn der Partner fremdgeht.«

»Das ist schwer, aber erinnerst du dich an den Typen, der zwei Familien hatte?«

»Es gibt mehr als nur einen Typen, der das gemacht hat. Wie auch immer, wir brauchen das Video vom Tor von Eleven Eleven Central.«

»Ich bin zwei Minuten von da entfernt. Ich kümmere mich darum.«

»Großartig. Was kam bei dir bei der Bank raus?«

»Sie wollte mich nicht draufschauen lassen, aber sie sagte, sie hat schnell einen Transaktionsbericht durchlaufen lassen und nach Abhebungen über zehntausend gesucht.«

»Und?«

»Fehlanzeige. Nichts.«

»Damien sagte, er hat nie etwas erhalten, also passt das zusammen.«

»Sanchez hat wahrscheinlich gewartet. Er wusste, dass wir ihn im Visier haben würden, nachdem Beas tot war.«

»Ohne Zweifel ist er gerissen, aber wenn er es ist, kriegen wir ihn am Arsch.«

»Falls? Er ist es.«

»Wenn wir ihn auf Band haben, hat er eine Menge zu erklären. Er denkt, er hat auf alles eine Antwort. Es wird ein Spaß, zuzusehen, wie er versucht, sich wegen der Aufnahme rauszureden.«

»Siehst du, manchmal macht unser Job doch Spaß.«

Er hatte recht. Ich liebte es, wenn jemand keine Ahnung von einem belastenden Beweismittel hatte, das wir besaßen. »Du hast recht. Da ich in der Gegend bin, werde ich zur Sicherheit Schwartz' Dealer überprüfen.«

———

Ich zeigte am Tor meine Dienstmarke und fuhr in die Wohnanlage Admiralty Point Condominium ein. Ich klappte meine Sonnenblende herunter, um dem grellen Licht zu entgehen, das vom Golf von Mexiko reflektiert wurde. Einige blaue Sonnenschirme sprenkelten den Strand. Es war eine verdammt gute Lage und eine Erinnerung daran, wie viel Geld man mit dem Dealen von Drogen verdienen konnte.

Ich atmete die salzige Luft ein und ging zu dem Dealer, der laut Schwartz sein Lieferant war. Meine Erfahrung in der Drogenbekämpfung beschränkte sich auf Fälle, die mit Tötungsdelikten zu tun hatten, aber diese Kombination verschaffte mir einen unglaublichen Einblick.

Die toxische Kultur ließ meine Gedanken sofort zu Cabrerras verstecktem Depot abschweifen. Derrick und ich hatten einen Plan ausgearbeitet, der hoffentlich dazu führen würde, dass wir nicht länger solchen Drecksäcken nachjagen mussten. Ich drückte mich an die Seitenwand des Gebäudes und ging zur Rückseite.

Jemand auf einem vorbeifahrenden Boot winkte. Ich bog um die Ecke und spähte auf die vergitterte Veranda. Sie war leer, die Wand aus Schiebetüren war von orangefarbenen Vorhängen verdeckt. Wenn ich hier leben würde, würde nichts diese Aussicht versperren.

Ich ging zur Vordertür, klopfte und trat einen Schritt zur Seite. Eine Männerstimme rief: »Wer ist da?«

»Collier County Sheriff's Office.«

»Was wollen Sie?«

Bevor ich antworten konnte, spülte eine Toilette. »Ich muss Ihnen nur eine Frage über jemanden stellen. Ich bin von der Mordkommission und es geht nicht um irgendwelche Drogengeschäfte.«

»Kommen Sie später wieder. Ich bin beschäftigt.«

Ich hämmerte gegen die Tür. »Ich gehe nicht weg. Wollen Sie, dass ich eine Drogeneinheit hierher bestelle?«

»Immer mit der Ruhe, ich komme ja schon.«

Das Schloss klickte. Meine Hand wanderte zu meiner Pistole. Die Tür öffnete sich einen Spalt. Ein kleiner Mann, dessen Hemd am Bizeps spannte, sagte: »Ich bin wirklich beschäftigt.«

»Michael Paul?«

»Japp. Was gibt's?«

Entweder nahm er selbst, was er verkaufte, oder er hatte seit seinem fünften Lebensjahr keinen Zahnarzt mehr gesehen. »Barry Schwartz.«

»Wer?«

»Sie haben mich gehört. Sie versorgen ihn mit Steroiden.«

»Ich weiß nicht, wovon Sie reden.«

»Was haben Sie die Toilette runtergespült?«

»Nichts. Ich musste mal pinkeln.«

Ich griff nach meinen Handschellen. »Hören Sie, wenn Sie nicht ehrlich zu mir sind, müssen wir Sie mitnehmen.«

»Moment mal. Was wollen Sie?«

»Erzählen Sie mir von Barry Schwartz.«

»Was zum Beispiel?«

»Sie versorgen ihn mit Steroiden?«

»Äh … ich?«

»Ich werde nicht mit der Drogenfahndung reden. Ich versuche, seinen Aufenthaltsort in der Nacht des ersten Oktober zu überprüfen.«

»Das ist schon eine Weile her. Ich, ähm, kann mich nicht erinnern.«

»Es war die Nacht, in der ein Mann im Lowdermilk Park ermordet wurde.«

»Oh ja, ich erinnere mich.«

»Haben Sie Barry Schwartz in dieser Nacht gesehen?«

»Ja, er kam vorbei, wissen Sie, um mich zu besuchen.«

»Um wie viel Uhr?«

»Oh Mann, ich schätze, es war so gegen elf oder zwölf.«

Mein Handy vibrierte. »Sind Sie sich bei der Zeit sicher?«

»Ja, er kommt so gut wie immer spät.«

»Wie kam er Ihnen vor?«

»Was meinen Sie?«

»Wie war er so drauf?«

»Normal, weißt du, ein bisschen nervös und so, aber bei der ganzen Sache ist das ja normal.«

»Du meinst den Steroid-Kauf?«

Er nickte, als eine Nachricht auf meinem Handy einging. Es war Derrick, der mich bat, ihn anzurufen. »Ich muss los.«

Auf dem Weg zu meinem Auto sah ich zwei Typen, die im Doctors Pass angelten. Ich stieg in den SUV und rief Derrick an. »Sorry, ich hab grad mit Schwartz' Dealer gesprochen. Was gibt's?«

»Es sei denn, Sanchez' Wagen hat Flügel, aber das in Lowdermilk war nicht sein Maserati.«

»Was meinst du?«

»Ich habe die Videoaufnahmen geprüft; keine Spur von seinem Fahrzeug, weder bei der Ein- noch bei der Ausfahrt.«

»Wie hast du das so schnell überprüft?«

»Die haben eine von diesen bewegungsaktivierten Kameras. Eine coole Anlage. Ich hoffe, jede Wohnanlage bekommt so was.«

»Das gibt's doch nicht. Wie viele Leute haben schon einen Maserati?«

»Vergisst du, dass wir in Naples sind?«

Wo viele Männer die Autos bekamen, die sie sich mit zwanzig gewünscht hatten. »Verdammt noch mal! Und jetzt?«

»Wie ist es bei dir mit dem Dealer gelaufen?«

»Schwartz ist nicht unser Mann. Der Dealer hat bestätigt, dass Schwartz dort war. Uns bleibt nichts, als zu hoffen, dass es Morris ist. Das ist so verdammt frustrierend.«

»Reg dich ab. Es lohnt sich nicht, sich darüber aufzuregen.«

»Ich kann nicht zulassen, dass jemand damit durchkommt. Das macht mich wahnsinnig.«

»Du musst dich entspannen. Hör auf, das so persönlich zu nehmen.«

Ich schnaubte. »Wie auch immer, morgen fliege ich los, um Kearney zu treffen. Du arbeitest weiter am Fall Beas.«

37

AM RANDE VON VIDALIA, EINEM ORT, DER FÜR SEINE SÜßEN Zwiebeln bekannt ist, wurde ich von einem riesigen Schild begrüßt, das sein berühmteres Erzeugnis anpries: Pfirsiche. Passend zu der seltsamen Rivalität verkündete ein weiteres Schild, dass das Staatsgefängnis von Georgia fünfzehn Meilen entfernt war. Es war an der Zeit, mich auf Patrick Kearney zu konzentrieren.

Er willigte sofort ein, mit mir zu reden, als ich ihn darum bat. Was hatte ihn dazu bewogen?

Es war kaum zu glauben, dass ein Monatsvorrat an Schokoladeneis dabei helfen könnte, einen jahrzehntealten Mord aufzuklären. Im Staatsgefängnis von Georgia gab es keine exquisiten Desserts, also musste es daran liegen, dass ältere Menschen eine Vorliebe für Süßes haben.

Ein weiterer Faktor war die allgegenwärtige Relativitätstheorie. Ein Eis konnte ein fünfjähriges Kind motivieren, aber normalerweise keinen Erwachsenen. Doch hinter Gittern gab es nur sehr wenige Freuden.

Eine interessante Überlegung war, ob Kearney zur Religion gefunden hatte und versuchte, Wiedergutmachung zu leisten, bevor er abtrat. Die Wahrscheinlichkeit war gering; Psychopathen werden selten von Schuldgefühlen oder Empathie geplagt. Das war es, was sie so gefährlich machte.

Grasfelder umgaben den Komplex aus weißen Gebäuden. Die amerikanische Flagge und die Flagge des Staates Georgia wehten im Wind. Ein Wärter ließ mich durch den mit Rasierklingendraht gesicherten Zaun, der das Gefängnis umgab, und wies mir den Weg zum Besuchereingang.

Im Besucherraum tropfte ständig Wasser in einen Eimer auf dem Boden. Das Gebäude war fast hundert Jahre alt. Der Wärter ging, um Kearney zu holen, und ich schritt in dem grauen Raum aus Betonziegeln auf und ab.

Eine Folge von klirrenden Toren veranlasste mich, Platz zu nehmen. Die Metalltür schwang auf und Kearney schlurfte in einem weißen Overall herein, auf dem das Wappen des Georgia Department of Corrections prangte.

Er hob seine mit Handschellen gefesselten Hände und der Wärter sah mich an. Ich nickte. Er nahm sie ihm ab und beließ Kearneys Beine in Fesseln. »Ich bin auf dem Flur, falls Sie mich brauchen.«

Kearney hatte einen IQ von einhundertachtzig, weit über dem, was wir als Genie bezeichnen. Ihn zu einem Geständnis zu überlisten, wäre schwierig, wenn nicht gar unmöglich.

»Danke, dass Sie mich empfangen, Mr. Kearney.«

»Ich sollte Ihnen danken; so etwas hilft, die Langeweile zu vertreiben. Die Tage ziehen sich hier in die Länge.«

»Bekommen Sie nicht viele Besucher?«

Er schüttelte den Kopf. »Nicht mehr.«

»Früher schon?«

»Absolut. Jeder Reporter wollte mit mir reden.« Er lächelte. »Ich schätze, meine Popularität hat nachgelassen.«

»Die Presse zieht weiter.«

»Was führt Sie hierher? Schreiben Sie an einem Buch?«

»Nein. Ich untersuche einen alten Fall und glaube, dass Sie darin verwickelt waren.«

Er befeuchtete seine Lippen. »Ist das so? Auf welchen Fall beziehen Sie sich?«

»Eric White. Seine Überreste wurden im Big Corkscrew Park in Naples, Teil von Collier County, ausgegraben.«

»Klingt nicht bekannt.«

»Sind Sie sich da sicher?«

»Ich genieße dieses Gespräch, aber ich würde Sie nicht in die Irre führen, um es in die Länge zu ziehen.«

»Das weiß ich zu schätzen. Aber Sie waren in der Gegend, als er verschwand.«

»Obwohl die Medien mich als geisteskrankes Monster darstellten, bin ich nicht für den Tod jedes Kindes verantwortlich.«

»Natürlich nicht. Aber Eric wurde enthauptet und eines Ihrer Markenzeichen war die Zerstückelung.«

»Markenzeichen. Was für eine interessante Art, es zu beschreiben.«

»Hatten Sie etwas mit dem Tod von Eric White zu tun?«

»Nein.«

»Hören Sie, Sie werden keinen weiteren Ärger bekommen, egal, was man Ihnen noch anhängt. Unterm Strich werden Sie, und ich weiß, dass ein Mann Ihrer Intelligenz das weiß, von diesem Ort aus dorthin übergehen, wo auch immer wir hingehen.«

»Ich habe die Realität meiner Umstände akzeptiert.«

»Gut. Akzeptanz ist ein Faktor, um in Frieden zu leben,

aber der andere, noch wichtigere, ist, die Verantwortung für unsere Taten zu übernehmen.«

»Praktizieren Sie als Psychiater?«

Ich verzog das Gesicht. »Nein. Aber ich hatte auch meine Probleme und habe eine Therapie gemacht. Sie war unglaublich hilfreich.«

»Meine Mutter hätte mich schicken sollen, aber damals …«

Nichts hätte Kearney retten können; mit dreizehn hatte er sich am Familienhund vergangen. »Es muss hart gewesen sein, als Kind gemobbt zu werden.«

Er nickte. »Ich war als Kind oft krank und so dünn, wie ich war, wurde ich natürlich zur Zielscheibe.«

»Kinder können grausam sein.«

»Hier drin ist es auch nicht besser. Schwäche wird sofort erkannt.«

»Es muss hart sein, hier festzusitzen.«

»Die Langeweile ist unerträglich.«

»Ich kann mir die viele Zeit allein gar nicht vorstellen.«

»Sie vergeht im Schneckentempo. Heute jedenfalls werde ich dieses Zwischenspiel genießen.«

»Die Presse ist sehr an alten Fällen interessiert, besonders an Morden. Ich garantiere Ihnen, sie würde Schlange stehen, um mit Ihnen zu reden.«

Er lächelte schmal.

»Ich wette, Sendungen wie *48 Hours* und *20/20* würden ein paar Beiträge über den Freeway-Killer bringen.«

»Die Presse ließ es so aussehen, als sei eine Person für alle Morde verantwortlich, die von dem, den sie den Freeway-Killer nannten, begangen wurden. Das war völliger Unsinn; es gab mindestens drei von uns, denen sie denselben Spitznamen gaben.«

»Sie könnten das richtigstellen. Man nannte Sie auch den Müllsack-Mörder. War das zutreffend?«

»Bis zu einem gewissen Grad.«

»Gab es noch jemanden, der so genannt wurde?«

»Nicht, dass ich wüsste.«

»Warum ist die Verwendung von Müllsäcken nicht korrekt?«

»Es war nicht der einzige Behälter, den ich zur Beseitigung von Beweisen benutzte.«

»Wir glauben, dass Sie irgendwann Ende 1988 Beweismittel im Big Corkscrew Park vergraben haben.«

»Ich erinnere mich an den Park; er war abgelegen, ein idealer Ort.«

»Das war eine perfekte Wahl; die Beweismittel blieben fünfunddreißig Jahre lang verborgen. Es war verdammt schwer, Sie zu fassen. Wie haben Sie es geschafft, nicht erwischt zu werden?«

»Indem ich einen soliden Plan entwickelt und ihn immer weiter verfeinert habe.«

»Und ein Teil davon war es, ständig umzuziehen?«

»Absolut. Je weniger Verbindungen, desto besser.«

»Wie sind Sie auf Eric White gekommen?«

Kearney schüttelte den Kopf.

»Kommen Sie schon, Patrick. Erzählen Sie mir von ihm.«

»Mein Dasein ist zwar banal, aber ich verabscheue die Vorstellung, durch die Mühlen der Justiz gedreht zu werden.«

»Ihnen wird nichts weiter passieren. Wir wollen nur einen alten Fall abschließen und der Familie eine richtige Beerdigung ermöglichen.«

»Sie würden mich nicht strafrechtlich verfolgen?«

»Nein. Unsere Staatsanwälte haben kein Interesse daran, Geld zu verschwenden, indem sie das vor Gericht bringen. Sie haben nichts zu befürchten.«

»Das ist eine interessante Haltung.«

»Wir haben mit neuen Fällen alle Hände voll zu tun.«

»Das glaube ich Ihnen. Irgendetwas Interessantes dabei?«

»Es gibt niemanden wie Sie. Ich sage Ihnen, wenn Sie über ihn reden, garantiere ich Ihnen, dass Sie damit beschäftigt sein werden, mit der Presse zu reden.«

»Wenn ich Ihnen alles verraten würde, gäbe es nichts, worüber man mit der Presse reden könnte.«

»Keine Sorge. Sie müssen mir nur sagen, worin Sie die Beweismittel vergraben haben.«

38

ICH GING GERADE DIE MORDAKTE DURCH, ALS DERRICK sagte: »Frank, wir haben gerade die Kreditkartenumsätze von Morris bekommen.« Er stand auf. »Ich drucke sie aus.«

»Lass mich mal sehen.«

Er las, während er damit zu mir kam, und sagte: »Viele Umsätze an einem Ort namens Chelsea.«

»Ist das in Kanada?«

Er reichte mir den Ausdruck und ging zu seinem Schreibtisch. »Ja.«

»Auf der Liste stehen viermal ein Lebensmittelladen und zweimal eine Pizzeria. Er muss in dieser Stadt wohnen.«

Derrick tippte auf seiner Tastatur. »Chelsea ist ein Vorort von Ottawa. Es ist zehn Kilometer entfernt, das sind also ungefähr sechs Meilen. Es ist eine Kleinstadt mit weniger als siebentausend Einwohnern.«

»Nicht gerade das beste Versteck. Er hätte nach Ottawa gehen sollen, da die Stadt viel größer ist.«

»Ja, aber in Ottawa spricht man Französisch.«

»Stimmt nicht. Ich habe gelesen, dass es in Ottawa

weitaus mehr Englisch- als Französischsprecher gibt. Du denkst wahrscheinlich an Montreal, wo ungefähr siebzig Prozent Französisch sprechen.«

»Nein, ich habe an Quebec gedacht. Lynn und ich waren dort, als wir noch ein Paar waren, und es war wie in Frankreich; alle haben Französisch gesprochen.«

»Ich werde die Behörden dort oben anrufen. Es kann nicht allzu schwer sein, einen Amerikaner wie Morris aufzuspüren.«

»Besonders, wenn er mit einem Nummernschild aus Florida herumfährt.«

———

Ich betrat das Haus, während ich ein Brathähnchen von Publix von einer Hand in die andere warf. »Ich bin zu Hause.«

Mary Ann kam mir im Flur entgegen und griff nach der Aluminiumtüte. »Vorsicht, die ist heiß.«

»Ich hab's schon.«

»Es tut mir leid, dass wir unseren Abend im The Crust absagen mussten. Die Besprechung hat länger gedauert als erwartet.«

»Macht nichts. Ich habe den Tisch auf der Veranda gedeckt.«

Ich drehte den Wasserhahn in der Küche auf. »Ich komme gleich nach.« Ich schnappte mir ein Geschirrtuch, öffnete eine Schranktür und zog die letzte Flasche Wein aus einem behelfsmäßigen Regal. Ich griff nach zwei Gläsern und ging durch die Schiebetür nach draußen.

»Du trinkst Wein?«

Während ich den Korken herauszog, sagte ich: »Nach dem Tag, den ich hatte … Willst du auch ein Glas?«

»Nein, danke, ich sollte nicht. Was ist denn passiert?«

Ich hatte mich also verschätzt, was ihren Geschmack anging. Ich schenkte mir ein Glas ein und atmete den Duft ein. Erdig. Es war ein Chianti, den ich bei Total Wine für zwanzig Dollar mitgenommen hatte. »Wir haben über den Fall Eric White gesprochen und was wir wegen Kearney unternehmen sollen.«

»Und was wurde entschieden?«

Ich nahm einen Schluck. Er war gut. Waren das dunkle Kirschen? »Remin hat darauf gedrängt, ihn anzuklagen, aber keine Strafverfolgung einzuleiten, da es ein alter Fall ist.«

Mary Ann schnitt das Hähnchen auf und sagte: »Was ist mit der Familie?«

»Remin hat mit ihnen gesprochen und gesagt, dass sie nur ein anständiges Begräbnis wollen, da Kearney bereits hinter Gittern sitzt.«

»Ich nehme an, alles wieder aufzuwühlen, wäre zu emotional gewesen.«

Ich spießte ein Stück Hähnchen mit der Gabel auf. »Ich weiß nicht, ob eine Beerdigung Jahrzehnte, nachdem der Junge verschwunden ist, einfacher ist.«

»Ich bin sicher, das ist sie nicht, aber ein Prozess würde das Thema ein Jahr oder länger im Mittelpunkt halten.«

»Da hast du recht. Ich weiß, es macht keinen Sinn, ihn strafrechtlich zu verfolgen, aber es fühlt sich nicht richtig an.«

»Die Staatsanwälte waren wahrscheinlich froh darüber.«

»Waren sie nicht. Ob du es glaubst oder nicht, sie wollten nicht, dass Anklage erhoben wird.«

»Warum nicht?«

»Sie sagten, es wäre dann ein offener Fall, und wenn er nicht verfolgt würde, würde ihre Verurteilungsstatistik noch schlechter aussehen, als sie ohnehin schon ist.«

»Jeder ist ein Politiker.«

»Und wie.« Ich nahm einen großen Schluck Wein. »Wir mussten jede einzelne von Kearneys Verurteilungen durchgehen.«

»Wieso das denn?«

»Um sicherzustellen, dass sie in der Berufung niemals aufgehoben werden.«

»Das würde nie passieren.«

»Da hast du absolut recht. Was er getan hat, ist unvorstellbar.«

»Ich weiß, ich habe ihn im Internet nachgeschlagen.«

»Ich wusste, was er getan hatte, aber als ich ihn besuchte, war er nur ein alter Mann. Da muss es eine Art Trennung im Kopf gegeben haben, aber ich sage dir, das alles noch einmal durchzukauen, hat das Böse wieder zum Leben erweckt.«

»Es tut mir leid, dass du dich mit so einem Tier befassen musstest.«

»Das gehört zum Job, aber um ehrlich zu sein, je älter ich werde, desto mehr geht mir das alles an die Nieren.«

»Du brauchst mal eine Auszeit.«

Ich zuckte mit den Schultern und hob mein Glas. »Wir werden sehen, was passiert, nachdem wir den Beas-Fall gelöst haben.«

»Wir könnten auf eine Insel fahren und am Strand sitzen.«

»Eine Insel? Warum sollten wir Geld, das wir nicht haben, für die Karibik ausgeben, wenn wir hier leben?«

»Es ist nicht dasselbe, aber wie wäre es mit Texas? Wir wollten uns schon immer Austin und Dallas ansehen.«

»Vielleicht. Was hast du heute gemacht?«

»Nicht viel. Ich war bei der Bank und habe das Schließfach aufgelöst. Die Papiere liegen im Arbeitszimmer.«

»Danke. Es hat keinen Sinn, weiter dafür zu bezahlen.«

»Ich weiß, du willst es nicht hören, aber es war heute richtig warm im Haus. Wie der Mann schon sagte, die Klimaanlage schafft es tagsüber einfach nicht.«

»Der Typ, dessen Nummer Derrick mir gegeben hat, hat sich nie gemeldet. Lass mich mal nachsehen, ich habe die Visitenkarte einer Frau aufgehoben. Erinnerst du dich an die Dame, der ich am Golden Gate geholfen habe, den Reifen zu wechseln?«

»Ja, was ist mit ihr?«

»Ihr Mann hat eine Klimaanlagenfirma. Ich hole mir ein Angebot von ihm ein.«

Ich zog eine Mappe aus der Anrichte und legte sie auf den Schreibtisch. Daneben lagen die Papiere, die Mary Ann aus dem Schließfach geholt hatte. Ich nahm die Koordinaten zur Hand, die Coburn mir gegeben hatte. Ich hatte die Geschichte überprüft, doch der Lottoschein hatte sich nicht ausgezahlt. Warum?

Cabrerra hatte einen enormen Aufwand betrieben, um sein Geld zu schützen. War es Teil der Schatzsuche, uns nach Big Corkscrew zu schicken? Eine Art Hinweis? Oder hatten wir etwas übersehen?

Ich starrte auf die Koordinaten und flehte sie um ein Zeichen an. Ich schnappte mir meinen Laptop und rief Google Earth auf. Ich gab die Koordinaten für den Breitengrad ein und scrollte nach Süden zum Golf und dann nach Norden nach Ohio, bis ich auf den Eriesee stieß.

Mir kam eine Idee. Ich gab die Zahl des Breitengrads als Längengrad ein und scrollte nach Osten. Die Linie verlief nahe der Alligator Alley. Ich gab die andere Koordinate ein. Mein Puls beschleunigte sich.

Ich starrte auf das Bild und rief: »Mary Ann, komm mal her!« Als sich ihre Schritte näherten, griff ich zum Telefon, um Derrick anzurufen. Ich legte auf, als Mary Ann hereinkam. »Was ist los?«

»Äh, ich glaube nicht, dass wir auf einen weiteren Kostenvoranschlag warten sollten. Ruf den Typen an, der hier war, und sag ihm, er soll es machen.«

»Bist du sicher?«

»Ja, sag ihm, er soll es machen.«

Ich war mir über gar nichts sicher. Schon gar nicht über das, was ich entdeckt hatte.

39

Die Pressekonferenz, auf der die Anklage gegen Kearney bekannt gegeben wurde, war eine willkommene Ablenkung. Da ich letzte Nacht nicht schlafen konnte, hatte ich darüber nachgedacht, wie ich weiter vorgehen sollte. Coburn war die einzige Quelle, die hätte klären können, worauf ich gestoßen war, aber den Kreis der Eingeweihten zu erweitern, erhöhte das Risiko.

Ich war mir nicht sicher, ob ich es nicht selbst tun konnte oder es bloß nicht wollte, und wollte es Derrick sagen, sobald ich wieder in meinem Büro war. In den Everglades herumzuschnüffeln, würde ich nur tun, wenn man mich dazu zwang. Der Gedanke, das allein durchzuziehen, war widerlich.

Derrick telefonierte gerade, als ich eintrat. Ich zog meine Jacke aus und nahm den klingelnden Hörer an meinem Schreibtisch ab. »Mordkommission.«

»Detective Luca?«

Der französische Akzent ließ mich nach vorne lehnen. »Ja.«

»Mein Name ist Lucien Bard, vom Ottawa Police Service. Sie haben sich für einen Amerikaner namens William Morris interessiert.«

»Ja, haben Sie ihn ausfindig gemacht?«

»Das haben wir in der Tat. Er und eine Frau, die er seine Lebensgefährtin nennt, mieten ein Haus am Gatineau River.«

»Wie ist ihr Name?«

»Marie Renard. Ihre Familie stammt aus einem kleinen Dorf südlich von Ottawa.«

»Was hat er als Grund für seinen Umzug nach Kanada angegeben?«

»Ms. Renard ist eine Lobbyistin für die Landwirtschaft. Mr. Morris sagte, sie habe eine neue Stelle angenommen und müsse in der Nähe des Parlaments sein.«

»In Ottawa?«

»Ja, Ottawa ist die Hauptstadt.«

»Für wen arbeitet Ms. Renard?«

»Die American Seed Trade Association. Ihre Vorgesetzte ist eine gewisse Karen Lager.«

Die Kanadier waren gründlich. »Danke. Hatten Sie den Eindruck, dass Mr. Morris sich versteckt?«

»Nein, das glaube ich nicht. Er hat sein Aussehen nicht verändert und mir eine Visitenkarte gegeben. Er sagte, er sei ein unabhängiger Grafikdesigner und auf der Suche nach Kunden.«

»Sie waren sehr hilfreich. Haben Sie zufällig seine kanadische Telefonnummer bekommen?«

Nachdem ich die Nummer notiert hatte, legte ich auf.

»Laut der kanadischen Polizei ist Morris in Kanada, weil seine Freundin einen neuen Job angenommen hat.«

»Was macht sie?«

»Sie arbeitet für einen Saatgutverband.«

Derrick kam zu meinem Schreibtisch. »Saatgut? Wofür zum Teufel brauchen die einen Verband? Das klingt zwielichtig.«

»Das finden wir heraus.«

»Vergiss nicht, dass Morris' Vermieter gesagt hat, er sei mitten in der Nacht ausgezogen.«

Ich reichte ihm einen Zettel. »Marie Renard ist Morris' Freundin. Diese Frau ist ihre Chefin. Mal sehen, was sie sagt.«

Derrick zog sich an seinen Schreibtisch zurück und ich wählte Morris' Nummer. Er meldete sich gleich beim ersten Klingeln: »Hallo?«

»Mr. Morris?«

»Ja, wer ist da?«

»Detective Luca vom Sheriff's Office in Collier County.«

»Sind Sie derjenige, der die Polizei geschickt hat?«

»Ja.«

»Warum? Ich habe nichts getan.«

»Ihr Vermieter sagte, Sie seien plötzlich abgereist, mitten in der Nacht.«

»Das ist lächerlich. Er ist ein griesgrämiger alter Sack. Ich habe ihm dreißig Tage im Voraus gekündigt. Er war stinksauer, weil ich meine Kaution für den letzten Monat verwendet habe.«

»Schuldeten Sie ihm noch Geld?«

»Keinen Cent. Ich habe sogar eine Putzfrau die Wohnung durchgehen lassen, nachdem wir ausgezogen waren.«

»Warum sind Sie nach Kanada gegangen?«

»Marie, meine Freundin, hat eine neue Stelle angenommen; es ist nur für zwei Jahre, aber das Geld ist gut.«

»Erzählen Sie mir von David Beas.«

»Oh Mann, geht es darum? Sie kratzen ja wirklich am Boden des Fasses.«

Das klang wie ein Teil meines Jobs. »Er hat Sie gefeuert und wie ich höre, hat Ihnen das erhebliche finanzielle Schwierigkeiten bereitet.«

»Das war das Beste, was mir je passiert ist. Klar war ich wütend, als er mich rausgeschmissen hat, aber letztendlich hat es mich gezwungen, mich selbstständig zu machen. Jetzt kann ich mir meine Projekte aussuchen und von überall aus arbeiten.«

Ich erinnerte mich an die Freiheit als Privatdetektiv. »Sie haben ihn bedroht ...«

»Das ist Jahre her. Ich war stinksauer und habe dummes Zeug geredet, aber das ist alles.«

»Wo waren Sie in der Nacht des ersten Oktobers?«

»Auf dem Weg nach Kanada.«

»Wir können die Kameras der Mautstellen überprüfen.«

»Nur zu. Sie verschwenden Ihre Zeit. Ich muss arbeiten; ich lege jetzt auf.«

Ich dachte über das Gespräch nach, während Derrick sein Telefonat beendete. Er legte auf. »Renard hat den Job gerade erst bekommen und musste dafür in die Nähe von Ottawa ziehen.«

»Sie ist eine Lobbyistin?«

»Ich schätze schon. Die Dame sagte, Kanada schränke die Einfuhr von amerikanischem Saatgut ein und ihr Job sei es, das zu erleichtern.«

»Ich dachte, NAFTA oder welches Handelsabkommen auch immer jetzt gilt, hätte die Handelsbarrieren beseitigt.«

»Ich auch. Diese Frau sagte, um Handelsabkommen zu umgehen, errichten Länder regulatorische Hürden und verstecken sich hinter Gesundheits- und Qualitäts-standards.«

»Bürokratie in Aktion.«

»Sieht so aus, als wäre Morris nicht unser Mann.«

»Ja, aber ich will bei seinem Vermieter nachfragen; er hat es so aussehen lassen, als sei Morris plötzlich verschwunden.«

»Gute Idee.«

Ich stand auf und schloss die Tür. »Komm mal kurz her.«

»Was ist los?«

Ich stand bei der Karte von Collier County, die an der Wand hing, und flüsterte: »Ich habe letzte Nacht über die Koordinaten nachgedacht, die Coburn mir gegeben hat.«

»Was ist mit denen?«

»Es ist möglich, dass Cabrerra, Withers oder Ellis mit der Reihenfolge herumgespielt haben, du weißt schon, dass sie sie verschlüsselt haben.«

»Ich kann dir nicht folgen.«

»Ich glaube, die Breitengrad-Zahl war der Längengrad und vice a versa.«

»Es heißt vice versa. Da ist kein ›a‹ dazwischen.«

»Okay, Hemingway. Willst du den Rest hören oder nicht?«

»Klar, klar.«

»Ich habe sie vertauscht und bei Google Earth nachgesehen. Es sieht so aus, als könnte dort das Geld versteckt sein.«

»Willst du mich verarschen?«

»Nein.« Ich zeigte auf ein Gebiet abseits der Alligator Alley, in der Nähe der Kreuzung von Route 29.

»Glaubst du, es ist da draußen?«

»Ich weiß es nicht, aber es ergibt Sinn, findest du nicht?«

»Ich schätze schon. Das ist mitten im Nirgendwo.«

»Erzähl niemandem davon. Nicht einmal Lynn.«

»Ich habe nichts gesagt, seit die ganze Sache angefangen hat.«

»Gut.«

»Hast du es Mary Ann erzählt?«

Ich log. »Nein.«

»Wann willst du es angehen?«

»Ich muss darüber nachdenken.«

»Was gibt es da zu überlegen?«

»Vielleicht sollten wir einen Probelauf machen, die Gegend auskundschaften, sicherstellen, dass uns niemand verfolgt.«

»Das brauchen wir nicht. Wenn uns jemand beobachtet hat, hat er sich nach Corkscrew aus dem Staub gemacht.«

»Das weißt du nicht. Bei so viel Geld zahlt sich Geduld aus. Davis sitzt in einem Eckbüro und kommandiert seine Günstlinge herum.«

»Mit denen werden wir fertig, wenn es sein muss.«

Das war eine Mahnung für mich, die Vereinbarung, die Davis mir gegeben hatte, sicher zu verwahren. »Pass auf, lass uns eine Nacht darüber schlafen. Wir können sowieso nicht vor Samstag los.«

»Wir sollten nicht bis zum Wochenende warten. Wir holen uns das Geld, zur Hölle mit dem Job.«

»Es darf nicht herauskommen, dass wir während der Arbeitszeit danach gesucht haben. Wir werden verklagt – wenn wir das Geld finden.«

»Wir werden ein Boot brauchen. Mein Nachbar –«

»Nein, wir können niemanden mit hineinziehen. Wir

gehen zum Bass Pro Shop und besorgen uns ein Boot, einen Anhänger und was wir sonst noch brauchen.«

»Wo sollen wir das lagern?«

»Wir mieten einen Lagerraum.«

»Okay. Ich fange an, eine Liste zu machen.«

»Ich sehe mal nach, welche Lagerräume es in Bonita gibt.«

»Ich kann es nicht fassen, du etwa? Ich dachte, die Sache wäre gegessen.«

Ich wünschte, er hätte nicht dieses Wort benutzt.

40

DAS LICHT SCHWAND SCHNELL, ABER DER VERKEHR AUF DER
75 South rollte. Nachdem er die Mautstationen passiert
hatte, beschleunigte Derrick, um im Verkehrsfluss mitzu-
schwimmen. Er sagte: »Fährt hier überhaupt jemand langsamer als achtzig?«

»Die Alligator Alley ist die meiste Zeit schnurgerade.
Wenn man meilenweit voraussehen kann, fährt man natürlich schneller.«

»Kennst du die Stelle, wo die Straße so eine Art S-Kurve
macht?«

Ich drehte mich um und schaute nach hinten. Niemand
verfolgte uns. »Ja, die ist hinter der Kreuzung mit der Route
29. Warum?«

»Weißt du, warum sie die Kurve macht?«

Bei ihm war es immer ein Ratespiel, aber diesmal war
ich vorbereitet. »Lass hören.«

»Sie haben von beiden Seiten aus mit dem Bau der
Straße begonnen, von Collier und Miami-Dade. Und als sie

näher kamen, merkten sie, dass sie es vermasselt hatten und nicht auf einer Linie lagen. Um sie zu verbinden, mussten sie sie in einer Kurve aufeinander zulaufen lassen.«

»Das stimmt nicht.«

»Doch, das stimmt.«

»Das ist ein Mythos. Ich habe das nachgeprüft, als ich die Geschichte gehört habe.«

»Warum ist sie dann so?«

»Die Alligator Alley hat eine Straße namens Route 84 ersetzt. Die Kurve war schon in der Route 84 und das Ergebnis von Vermessungsfehlern der Bundesregierung Mitte des 19. Jahrhunderts.«

»Warum haben sie es damals nicht korrigiert?«

»Sie hatten sich die nötigen Wegerechte gesichert, basierend auf den fehlerhaften Messungen. Wer weiß, wie lange es für neue gedauert hätte, wenn sie überhaupt neue Rechte hätten bekommen können.«

»Mit all den Umweltverträglichkeitsprüfungen, die sie verlangen, würde die Straße heute noch nicht stehen.«

Das letzte Abendrot verschmolz mit dem Schwarz, als wir uns der Ausfahrt zu einem Erholungsgebiet näherten. Ich sagte: »Ich kann immer noch nicht glauben, dass die Leute den ganzen Weg hier rausfahren, um ein Boot zu Wasser zu lassen oder zu angeln.«

»Die Leute stehen auf die verschiedensten Dinge. Vielleicht ist es die Abgeschiedenheit, die sie mögen.«

»Ich kriege dabei eine Gänsehaut.«

»Woher hast du den Ausdruck?«

»Keine Ahnung, ist mir einfach so rausgerutscht.«

Die Hälfte des riesigen Parkplatzes war menschenleer. Ein überdachter Picknicktisch bot den einzigen Schutz vor der Sonne. Wir umrundeten den Parkplatz und parkten. »Schauen wir uns das mal an.«

»Soll ich das Licht anlassen?«

»Nein.«

Die Bootsrampe traf auf halber Höhe auf das Wasser. Derrick sagte: »Die Ausrüstung, die ich bei Bass ausgekundschaftet habe, wird funktionieren.«

»Kannst du ein Boot steuern?«

»Das wird einfach. Wir reden hier von einem aufgebrezelten Ruderboot mit Außenborder.«

»Einige Stellen hier sind flach. Wir dürfen nicht auf Grund laufen.«

»Der Motor ist wie eine Kaffeemaschine. Wenn das Wasser niedrig wird, ziehe ich ihn hoch. Der Verkäufer hat gesagt, die Leute benutzen diese Ausrüstung ständig in den Glades.«

Ich holte mein Handy raus und öffnete die GPS-App. Bevor ich sprach, sah ich mich um; der Parkplatz war leer. »Was wir suchen, ist ein paar Fußballfelder entfernt.« Mit zwei Fingern zoomte ich hinein. Ich tippte auf den Bildschirm. »Dieser Pin ist ein paar Grad von unserem Ziel entfernt.«

»Mit der Ausrüstung, die ich bei Amazon bestellt habe, finden wir es, wenn wir in der Nähe sind.«

»Wann kommt sie?«

»Das Kartierungsgerät morgen und die Kamera am Tag danach.«

»Ich kann nicht fassen, wie billig die waren. Ich hoffe, sie funktionieren.«

»In allen Bewertungen stand, dass sie es tun. Leute, die Eisfischen gehen, benutzen sie, um Fische zu finden.«

»Eisfischen, gibt's was Verrückteres?«

»Was ist mit Bungee-Jumping?«

»Na gut, lass uns abhauen.«

»Also, Samstag steht, oder?«

»Wenn die Ausrüstung ankommt, fahren wir los.«

»Diesmal werden wir es finden, meinst du nicht auch?«

»Ich fürchte, bei all den Geräten, die es heutzutage gibt, hat es schon jemand gefunden.«

———

ICH NAHM die Mordakte vom Sideboard. Im Fall Beas waren wir wieder bei null. Als ich sie durchblätterte, wurde der Mangel an Beweisen deutlich. Es waren keine DNA oder Fasern an der Leiche gefunden worden.

Der Mörder war vorsichtig gewesen und hatte mitten in der Nacht zugeschlagen. Der Regen hatte ihm oder ihr auch in die Karten gespielt. Hatte der Mörder den Mord für eine regnerische Nacht geplant?

Als ich auf ein Foto der Turnschuhe starrte, wusste ich, dass wir über den Tellerrand hinausschauen mussten. »Derrick, lass uns mal mögliche Motive für den Mord an Beas durchgehen.«

»Gier.«

»Klar, das deutet auf Sanchez hin. Und diese Bestechung in Höhe von zweihundertfünfzigtausend Dollar macht mir zu schaffen.«

»Das ist eine Stange Geld.«

Ich stand auf. »Gibt es noch andere, die von seinem Tod profitieren würden?«

»Es könnte eine Lebensversicherung auf ihn geben.«

»Er hat keine Familie, von der wir wüssten. Jemand

bräuchte die Sterbeurkunde, und das Gesundheitsamt hat keine Anfragen gemeldet.«

»Was ist mit einer Tat aus Leidenschaft? Eine schiefgegangene Liebe ist ein ebenso gutes Motiv wie jedes andere.«

»Schwartz war die Einzige, die aufgetaucht ist.«

»Vielleicht gibt es jemanden, von dem wir nichts wissen.«

»Dann lass uns Beas' Liebesleben noch einmal aufrollen. Was ist mit Rache? Wollte sich jemand an Beas rächen?«

»Alle behaupten, er sei ein netter Kerl gewesen.«

»Das hat nichts zu bedeuten. Es gibt genug Leute, die wegen der kleinsten Kleinigkeit beleidigt sind.«

»Aber wenn man kein Psychopath ist, müsste es schon etwas Ungeheuerliches sein, um deswegen jemanden umzubringen.«

»Gute Wortwahl.«

Er lächelte. »Was, wenn Beas etwas wusste, irgendein Geheimnis, und er es ausplaudern wollte?«

»Wie was zum Beispiel?«

»Ich weiß nicht. Vielleicht wollte er jemanden outen, der Angst hatte, aus dem Schrank zu kommen.«

»Heutzutage? Das kann ich mir kaum vorstellen.«

»Ich weiß, aber was, wenn es jemand Wichtiges war? Sagen wir, ein Richter, jemand mit Frau und Familie.«

»Wir sind nicht im Jahr 1950. Außerdem, warum hätte Beas das tun sollen?«

»Vielleicht hatte er eine Beziehung mit ihm oder wollte eine und dachte, er würde ihn so zwingen, zu dem zu stehen, was er ist.«

»Ich weiß nicht. Das ist ziemlich weit hergeholt. Wir behalten es im Hinterkopf, wenn wir uns Beas genauer ansehen.«

»Es könnte einfach ein Hassverbrechen sein: jemand, der etwas gegen Schwule hat, wie Chen.«

»Er könnte sich an Beas rangemacht und ihn an den Strand gelockt haben.«

»Wir hatten schon sehr lange kein gemeldetes Hassverbrechen wegen der sexuellen Orientierung mehr.«

»Ich weiß, aber es ist eine entfernte Möglichkeit.«

41

Als Derrick die Alligator Alley verließ, sagte ich: »Mach die Lichter aus.«

Wir rollten in der hintersten Ecke des Parkplatzes zum Stehen. Mit den Augen auf die Einfahrt gerichtet, sagte ich: »Lass uns ein paar Minuten hier sitzen bleiben und nimm den Fuß von der Bremse.«

»Kannst du dir vorstellen, hier draußen stecken zu bleiben, bevor es Handys gab?«

Ich gluckste. »Ich würde wahrscheinlich vor Angst sterben.«

»Da wärst du ja gefundenes Fressen.«

»Ich weiß nicht, ob es damals jemanden gab, der es auf gestrandete Autofahrer abgesehen hatte.«

»Eine größere Gefahr sind betrunkene Fahrer und Leute, die am Steuer einschlafen.«

»Das stimmt. Wenn ich müde wäre, hätte ich Angst, auf diesem Straßenabschnitt anzuhalten.«

»Besonders als Frau.«

»Nicht nur nachts. Vor ungefähr zwei Jahren gab es hier

draußen ein paar Raubüberfälle. Die Diebe haben den Opfern die Handys und Autoschlüssel abgenommen.«

»Oh ja. Ich erinnere mich. Die haben sie nie erwischt, oder?«

»Nein. Es sieht frei aus. Fahr den Anhänger die Rampe runter.«

Das Heck unseres Aluminiumbootes schaukelte im Wasser. »Derrick, halt du es ruhig, während ich die Ausrüstung reinlade.«

Nachdem ich alles verstaut hatte, sagte ich: »Sobald ich drin bin, kuppelst du es vom Anhänger ab und parkst das Auto.«

Ich schob die Angelruten beiseite und setzte mich auf eine der beiden Bänke. Derrick hakte das Boot aus und es wackelte und rutschte weiter die Rampe hinunter.

Er fuhr den Wagen von der Rampe weg und ich wurde von Dunkelheit verschluckt. Ich blickte hinter mich. Es war schwer, den Unterschied zwischen dem schwarzen Himmel und den Everglades auszumachen. Ein Insekt summte an meinem Ohr. Ich schlug es weg und wühlte in der Sporttasche nach Insektenspray.

Derrick packte den Bug und sprang hinein. »Mann, es ist so verdammt dunkel. Ich kann dich kaum sehen.«

»Hier, wir haben vergessen, uns mit Insektenschutzmittel einzusprühen.«

Ich zog meine Arme vom Rand weg. Etwas war ins Wasser geglitten. »Derrick, sei vorsichtig, ein Alligator könnte in der Nähe sein.«

Ich griff nach einer Taschenlampe und richtete den Strahl auf das Wasser. Es sah aus wie ein Meer aus Öl. Der äußere Kreis einer Welle bewegte sich auf uns zu.

»Etwas?«

»Nein, aber das heißt nicht, dass da draußen nichts ist.«

»Lass uns ablegen.«

Mit Rudern stießen wir uns vom Grund ab und paddelten von der Rampe weg. Ich drehte mich zum Motor um und das Boot neigte sich.

»Vorsichtig.«

»Ich habe mich kaum bewegt. Setz dich hin, ich will den Motor anwerfen.«

Ich zog an der Schnur und der Motor schnurrte. »Ich hatte nicht erwartet, dass er so leicht anspringt.«

»Bei den elektrischen drückst du nur einen Knopf, aber die kosten viel mehr.«

»Klingt er zu laut?«

»Nein. Passt schon.«

»Du steuerst.«

Geduckt tauschten wir die Plätze. Ich sagte: »Die Luftfeuchtigkeit hier draußen muss bei hundert Prozent liegen.«

»Ich weiß. Es fühlt sich an, als würden wir uns durch Baumwolle bewegen.«

»Es soll nicht regnen, oder?«

»Nein, aber die Everglades haben ihr eigenes Wetter.«

Ich schwenkte den Lichtkegel und sagte: »Wir müssen nach links, aber ich kann nichts sehen.«

Als sich das Boot drehte, flüsterte ich: »Warte, warte.«

»Was ist los?«

»Schau mal da rüber, ungefähr zwei Wagenlängen entfernt.«

»Ich sehe nichts.«

Ich hielt den Lichtstrahl ruhig und zwei Augen leuchteten auf. »Das ist ein verdammter Alligator. Siehst du seine Augen und Nasenlöcher?«

»Heilige Scheiße. Der sieht groß aus.«

»Uns wird schon nichts passieren, häng nur deine Arme nicht über die Seite. Lass den Motor aufheulen.«

Der Motor jaulte auf und die Augen des Alligators tauchten unter Wasser ab. »Er ist weg.« Ich überprüfte die GPS-Daten. »Fahr noch ein paar Minuten weiter nach links.«

Wir legten eine Strecke von der Länge eines Häuserblocks zurück und ich sagte: »Stell den Motor ab. Lass uns die Kamera reinlassen und sehen, was hier so los ist.«

Derrick wickelte das Kabel der Unterwasserkamera und des Lichts ab und steckte es in ein Tablet. »Lass sie rein, ich will sehen, wie es in diesem Wasser aussieht.«

Ich ließ das tennisballgroße Gerät hinab und das Wasser explodierte. Beim Geräusch zuschnappender Kiefer fiel ich nach hinten und brachte das Boot ins Wanken.

Derrick sagte: »Heilige Scheiße.«

Ein Wasserspritzer traf mein Gesicht, als der Alligator um sich schlug, bevor er sich beruhigte. Wir sahen zu, wie er davonglitt.

»Lass uns von hier verdammt noch mal abhauen.«

––––––

»Guten Morgen, Derrick.«

»Morgen, Frank.«

Ich nahm den Kaffee, den er mir mitgebracht hatte. »Je mehr ich über den Fall Bea nachdenke, desto mehr glaube ich, dass Gier ihn das Leben gekostet hat.«

»Könnte sein, aber ich schaue mir gerade eine schwulenfeindliche Gruppe auf Facebook an.«

»Es gibt so eine Gruppe? Ganz öffentlich?«

»Ja, ich war überrascht, sie zu finden. Ich habe einfach gesucht, und es gibt einen Haufen schwulenfeindlicher Gruppen auf Facebook.«

»Ich kann nicht glauben, dass die das erlauben.«

»Ich schätze, das gilt als freie Meinungsäußerung. Keine der Gruppen ist jedoch groß, keine hat über hundert Mitglieder.«

»Das macht es einfacher, sie durchzukämmen.«

»Ein paar, sagen wir mal, interessante Leute in diesen Gruppen.«

»Was hast du erwartet, Mutter Teresa?«

Er lachte. »Manchen von denen fehlt ein Chromosom.«

»Ich würde nach einem Signal suchen, vielleicht in einem Post, entweder vor oder nach dem ersten Oktober.«

Er spähte über seinen Monitor, bevor er sich wieder seiner Tastatur zuwandte.

»Sorry, ich wollte nur helfen.«

»Ist schon gut.«

»Ich werde ein bisschen herumstochern, bevor ich mit Damien Roth spreche. Da muss mehr hinter dem Bestechungsgeld stecken, das Sanchez ihm gezahlt hat oder zahlen wollte.«

Roth hatte nichts Illegales getan – zumindest nichts, wovon wir wussten. Es kam mir seltsam vor, dass er sich schmieren lassen wollte. Das Bestechungsgeld war eine Menge Geld, aber man fing nicht einfach so an, seine Seele zu verkaufen. Oder war es genau so, wie es passierte?

Ich öffnete Google Earth und navigierte zu Roths Wohnadresse. Er wohnte in einer Eigentumswohnung im Botanical Place. Für die Verhältnisse in Naples war sie nicht teuer. In seiner Zulassungsbescheinigung war ein 2019er Ford F150 eingetragen. Ich sagte: »Ich habe bei Roth keine finanzielle Darmspiegelung durchgeführt, aber er führt ein normales Leben. Wenn er die Kohle nicht gerade auf die hohe Kante legt, glaube ich nicht, dass er regelmäßig Bestechungsgelder annimmt.«

»Es wäre schwer, nicht loszuziehen und es auszugeben.«

Genau das war es, worüber ich mir Sorgen machte, falls wir Cabrerras Geld finden sollten.

42

DAMIEN ROTH WAR AUF EINER BAUSTELLE IN NORTH NAPLES an der Route 41. Ich war schon mehrmals an dem großen Gebäude vorbeigefahren und hatte es für Eigentumswohnungen oder ein Hotel gehalten. Ich bog in eine Einfahrt des Projekts ein, das sich noch im Rohbau befand. Es handelte sich um eine weitere Seniorenwohnanlage.

Der Kies knirschte unter meinen Füßen, als ich näher kam. Damien Roth sprach mit zwei Männern neben einem Stapel Dachstühle. Ich wartete, bis ein Kran zum Stillstand kam. »Mr. Roth!«

Roth drehte sich um und zeigte auf seinen gelben Schutzhelm. »Hier herrscht Helmpflicht.«

Ich sagte: »Ich warte bei meinem Auto.«

Roth schickte die Männer weg und kam herüber. »Entschuldigen Sie das mit dem Helm, aber wir kriegen eine Strafe ...«

»Ich verstehe. Ich sehe, Sie bauen ein weiteres Seniorenprojekt. Ich nehme an, die Vereinbarung mit Magnet hat Ihnen keine prestigeträchtigen Aufträge eingebracht.«

»Der Vertrag dafür wurde vor zwei Jahren abgeschlossen. Es ist ein Luxusbauprojekt.«

»Da bin ich mir sicher.«

»Ich habe gerade ziemlich viel zu tun. Was kann ich für Sie tun?«

»Die Sache mit der Bestechung von Sanchez lässt mir keine Ruhe.«

»Mir auch.«

»Warum haben Sie dann zugestimmt, sie anzunehmen?«

»Habe ich nicht, nicht wirklich.«

»Was soll das heißen?«

»Sie kennen Will nicht. Es ist schwer, ihm Nein zu sagen.«

»Wie viele andere Schmiergelder haben Sie angenommen?«

»Ich? Niemals. Ich habe noch nie auch nur einen Cent von jemandem angenommen.«

»Warum jetzt?«

»Wie gesagt, Will ist, ich weiß nicht, ein Manipulator.«

»Also war es seine Schuld? Sie hätten Nein sagen können.«

»Er hätte es mir heimgezahlt. Sie sollten sehen, was er Franco angetan hat, und der ist kein Weichei.«

»Was hat Sanchez getan?«

»Die Firma, die wir für den Holzrahmenbau beauftragt hatten, war im Rückstand. Wir fingen an, nach einem neuen Zimmermann zu suchen, und Sanchez erzählte mir von einem Kumpel von ihm. Es war nicht meine Entscheidung, also sagte ich ihm, er solle Vince Bescheid geben. Er ist der Geschäftsführer. Was tut er also? Er bringt Franco dazu, den Evans-Brüdern von seinem Freund zu erzählen …«

»Welche Position hatte Franco?«

»Dieselbe wie ich, aber bei anderen Projekten.«

»Und was ist passiert?«

»Sanchez' Freund nahm eine hohe Anzahlung entgegen und schickte nie ein Team, bis wir ihm mit einer Klage drohten. Dann kamen sie nur zwei Tage pro Woche, und wir gerieten so sehr in Verzug, dass die Bauträger die Vertragsstrafenklauseln geltend machten. Es war ein einziges Chaos.«

»Wie hat Sanchez Franco also reingelegt?«

»Als die Kacke am Dampfen war, hat Sanchez den Eigentümern erzählt, er habe Franco davor gewarnt, sie zu beauftragen.«

»Warum haben Sie nichts gesagt?«

»Ich wollte mich nicht auf so eine Sache einlassen, wo Aussage gegen Aussage steht. Schon gar nicht mit Sanchez. Am Ende hatte er etwas auf seinem Handy aufgenommen, als er mit Franco sprach, das seine Aussage untermauerte. Er muss es aufgenommen haben, nachdem die Sache aufgeflogen war.«

»Franco hat seinen Job verloren?«

»Ja, er konnte hier unten keinen neuen finden und landete schließlich im Panhandle.«

»Ich kann verstehen, warum Sie gezögert haben, sich wegen der Zimmerleute einzumischen, aber mal ehrlich, warum haben Sie nichts über das Schmiergeld gesagt, das Sanchez angeboten hat?«

»Ich wusste, dass er den Spieß gegen mich umdrehen würde, so wie bei Franco und Novak.«

»Novak?«

»Er war eine neue Arbeitskraft, aus Serbien oder so, wissen Sie, ein Osteuropäer. Er wollte nur dazugehören, verstehen Sie, so ein Typ, der es allen recht machen will.

Jedenfalls bauten wir ein Clubhaus in Lely mit einem riesigen Kamin. Sanchez wollte einen schmiedeeisernen Kaminsims und wollte sehen, wie es aussah. Anstatt zu warten, holt er Novak, damit er ihm hilft. Ein Mann allein konnte unmöglich so ein sperriges Teil halten, es fing an zu fallen, und Sanchez sprang ein, um ihm zu helfen – und *bumm*.«

»Es ist runtergefallen?«

»Ja. Hat das zehntausend Dollar teure Stück ruiniert und landete auf Sanchez' Fuß. Er musste ins Krankenhaus. Sanchez hat die ganze Sache verdreht und behauptet, Novak habe es auf eigene Faust und gegen seine Anweisung getan, und er habe versucht zu helfen, als Novak damit zu kämpfen hatte. Der Chef hat es ihm abgekauft und Novak gefeuert.«

———

DERRICK TELEFONIERTE, als ich zurück ins Büro kam. Als ich mein Jackett über die Rückenlehne meines Stuhls warf, bemerkte ich eine Zeitschrift auf dem Schreibtisch meines Partners.

Vom *Robb Report* hatte ich noch nie gehört. Auf dem Cover war ein Mann in weißen Hosen zu sehen, der auf dem Deck eines Segelbootes stand. Es hatte nichts mit Strafverfolgung zu tun. Ich blätterte durch Hochglanzseiten mit Autos, Yachten, Uhren und luxuriösen Häusern.

Ich warf sie auf die Anrichte, als Derrick sein Gespräch beendete. »Hey, Frank, du wirst nie erraten, was ich gefunden habe.«

»Einen Sieben-Dollar-Schein?«

»Der ist gut.«

»Was hast du?«

»Noch einen Schwulenhasser namens Oleg Glinka. Er ist Mitglied einer schwulenfeindlichen Facebook-Gruppe.«

»Russe?«

»Ja. Und er nimmt bei seinen Beiträgen kein Blatt vor den Mund.«

»Was macht ihn in Bezug auf Beas interessant?«

»Am 30. September sagte er: ›Morgen ist der Tag‹ und ›Es wird eine große Sache für Oleg‹. Dann, am 1. Oktober, postete er ›Mission erfüllt‹.«

»Könnte alles Mögliche sein.«

»Er ist wegen Körperverletzung vorbestraft, und jetzt kommt's, er ist quasi aus der Gruppe verschwunden. Ich habe ihm eine Freundschaftsanfrage geschickt; mal sehen, ob er anbeißt. Wie ist es bei dir mit Roth gelaufen?«

»Es ist, als hätte Sanchez den Schulhof nie verlassen. Er ist ein manipulativer Tyrann.« Ich erzählte ihm von den beiden Vorfällen, die Roth mir geschildert hatte.

»An Sanchez perlt alles ab.«

Ich machte die Tür zu. »Wenn er Beas umgebracht hat, bei Gott, dann nagle ich ihn dafür fest.«

»Was ist los?«

»Hör zu, ich will dir ja nicht vorschreiben, wie du zu leben hast. Wenn wir das Geld finden, kannst du damit machen, was du willst.«

»Wovon redest du? Von dem Magazin?«

»Das ist das Symptom, Kumpel, nicht das Problem.«

»Ach, jetzt ist es also ein Problem, wenn man Geld findet?«

»Nein. Geld ist nur dann ein Problem, wenn es dich verändert.«

»Nur weil ich das Geld habe, um mir schöne Dinge zu

leisten, heißt das nicht, dass ich mich verändert habe. Ich bin immer noch ich.«

»Ich will nur sichergehen, dass das auch so bleibt. Ich bin schon zu vielen Leuten begegnet, die meinten, sie wären zu reich, um noch nett zu anderen zu sein.«

»Um mich musst du dir keine Sorgen machen; meine Werte sind felsenfest.«

»Gut. Willst du dir diesen Typen Oleg ansehen?«

»Kann ich nicht. Hast du vergessen, dass ich mir den Nachmittag freigenommen habe, um mit Lynn die Vorschule anzusehen?«

»Oh ja, stimmt. Was verlangen die heutzutage so?«

»Zwischen vier- und siebentausend.«

»Mit einem Polizistengehalt unmöglich.«

»Das schon, aber nach Samstag –«

Ich wollte nichts mehr von dem versteckten Geld hören. »Gib mir die Daten von dem Russen, ich sehe ihn mir an.«

Er reichte mir ein Dokument. »Hier, bitte. Viel Glück. Wenn was auftaucht, ruf mich an.«

43

DER VERKEHR AUF DER PINE RIDGE LIESS NACH, ALS ICH AN
der Livingston Road vorbeifuhr. Auf dem Parkplatz des
Waffle House standen vier Autos. Der morgendliche
Ansturm war längst vorbei.

Als ich die Tür aufzog, knurrte mein Magen bei dem
Geruch von Rösti.

Eine Kellnerin unterhielt sich mit einem Gast, der auf
einem Hocker saß. Als ich hinüberging, um sie zu fragen,
wo Oleg Glinka sei, schwang die Küchentür auf. In Sport-
klamotten, die aussahen, als hätten sie noch nie ein Fitnessstudio von innen gesehen, stolzierte Glinka heraus.

»Mr. Glinka?«

»Ja?«

»Kann ich Sie kurz sprechen?«

»Sicher, mein Freund.«

Ich zeigte ihm meine Dienstmarke und deutete auf eine
der Sitznischen. »Möchten Sie einen Kaffee?«

»Nein, danke.«

Oleg Glinka ließ sich auf eine Plastikbank gleiten, deren

einziger Komfort von dem roten Kissen an der Lehne ausging. »Mr. Officer, wie kann ich Ihnen helfen?«

»Was machen Sie hier?«

»Ich bin Manager für eine Gruppe mit fünf Restaurants.«

»Sind Sie für die Einstellungen zuständig?«

»Ihr Sohn braucht einen Job? Sagen Sie ihm, er soll zu Oleg kommen, er kriegt einen Job.«

»Stellen Sie auch Homosexuelle ein?«

»Ja, kein Problem. Wenn sie arbeiten wollen, stellen wir ein.«

»Sie mögen keine Schwulen, oder?«

»Oleg mag alle.«

»Sie gehören einer schwulenfeindlichen Gruppe auf Facebook an.«

Sein Adamsapfel hüpfte. »Das war ein Witz. Oleg wollte nur sehen, was die Leute so machen.«

»Woher kennen Sie David Beas?«

»Beas? Oleg kennt ihn nicht. Wer ist dieser Mann?«

»Sie haben gepostet, dass am 30. September etwas Großes passieren würde.«

»Amerikanische Polizei beobachtet mich?«

»Und am nächsten Tag haben Sie ›Mission erfüllt‹ gepostet. Was hatten diese Posts zu bedeuten?«

Glinka lächelte. »Ich, Natasha, wir haben uns verlobt. Wir heiraten im Frühling.« Er griff hinter sich und ich legte eine Hand an meine Pistole. Er holte ein Handy hervor. »Hier, sehen Sie das Bild?«

Sein Bildschirmschoner war ein Selfie mit einer lächelnden Frau.

»Herzlichen Glückwunsch. Aber warum posten Sie das in einer schwulenfeindlichen Gruppe?«

»Fehler, Fehler. Oleg hat vergessen, dass er in der Gruppe ist.«

Das klang nach einer lausigen Ausrede, aber ich wusste nicht genug über Facebook. »Da müssen Sie sich schon etwas Besseres einfallen lassen.«

»Es ist wahr. Oleg dachte, er ist auf seiner Seite, aber war noch in der Gruppe.«

»Sie haben sich an einem Montag verlobt? Warum?«

»Ja, Oleg und Natasha haben beide am Montag frei.«

»Sie sagten, Sie seien der Gruppe beigetreten, um zu sehen, was die Leute tun. Was haben Sie gelernt?«

»Die Leute sind verrückt. In Russland sagen sie, Schwule haben Rechte, aber der Staat ist gegen sie. In Amerika ist es eine andere Geschichte, da muss man sich nur Sorgen um verrückte Leute auf Facebook machen.«

Wir brauchten mehr Hintergrundinformationen über Glinka. »Gibt es irgendwelche verrückten Leute, über die wir Bescheid wissen sollten?«

»Ich verstehe nicht.«

»Ein Mann namens David Beas wurde im Lowdermilk Park ermordet. Mr. Beas war schwul und wir glauben, dass ein Schwulenhasser für seinen Tod verantwortlich sein könnte.«

Glinkas Augen weiteten sich. »Wie in Russland?«

»Hat Sie jemand aus der Gruppe, der so etwas tun könnte, mit einer Direktnachricht kontaktiert?«

»Vielleicht. Ich dachte, er ist verrückt, und habe ihm nicht geantwortet.«

»Wer? Sagen Sie mir, wer es war und was er gesagt hat.«

Vom Parkplatz des Waffle House rief ich Derrick an. »Oleg Glinka behauptet, er habe versehentlich in der schwulenfeindlichen Gruppe gepostet. Er sagt, er dachte, er wäre auf seiner persönlichen Seite. Kann das passieren?«

»Oh ja, ich erinnere mich, dass Lynn sich beschwert hat, sie hätte Bilder vom Baby gepostet, aber ihre Familie hätte nie kommentiert. Am Ende stellte sich heraus, dass sie sie aus Versehen in einer Tennisgruppe gepostet hatte.«

»Deshalb mache ich nichts mit sozialen Medien.«

»Du machst das nicht, weil du ein Dinosaurier bist, Kumpel.«

Ich funkelte ihn an. »Ich schätze, keine Bilder von meinem Essen zu posten, macht mich alt.«

Er lachte. »Es gibt Vorteile …«

»Glinka sagte, einer der Schwulenhasser in der Gruppe habe ihm eine private Nachricht geschickt, dass sie sich treffen sollten, um Schwule zu jagen.«

»Jagen?«

»Jep, der Benutzername des Kerls ist DIYNOW.«

»Do it yourself now?«

»Ich schätze schon. Das macht Sinn. Kannst du dich mal umhören und sehen, was du über ihn herausfindest?«

»Ich bin dran.«

»Danke, ich habe einen Arzttermin.«

»Ist alles in Ordnung mit dir?«

»Ja, nur eine Routineuntersuchung.«

———

GLEICH HINTER DER enormen Anzahl von Klimaanlagenfirmen, Schwimmbadbauern und Landschaftsgärtnern, die in Naples ihrem Handwerk nachgingen, kamen die Urologen.

Seit ich meine Blase an den Krebs verloren hatte, ging

ich regelmäßig zu einem Urologen, um sicherzustellen, dass meine Leitungen in gutem Zustand waren. Ich bog in den Medical Boulevard ein, parkte, ging hinein und nahm den letzten Stuhl im Wartezimmer.

Es war keine Überraschung, dass die restlichen Patienten ebenfalls Männer waren. Als ich den Raum überblickte, verdüsterte sich meine Stimmung. Nach den fünfzehn Jahren, die ich nun schon hierherkam, war ich nicht mehr der jüngste Patient. Wie viele von uns Wartenden hatten Prostataprobleme?

Ab fünfzig war die Wahrscheinlichkeit, an Prostatakrebs zu erkranken, bei Männern zehnmal höher. Ich machte mir nicht so viele Sorgen, dass es mir den Schlaf raubte, aber Mary Ann war besorgt, dass ich nachts zu oft aufstand. Sie sagte, es könnte ein Prostataproblem sein.

Ich habe bei Dr. Google nachgesehen und schon ging mein Kopfkino los. Bei meiner Vorgeschichte war eine weitere Krebserkrankung das Letzte, was ich gebrauchen konnte.

Mein Handy piepte. Es war eine Nachricht von Derrick, ich solle anrufen, wenn ich fertig sei.

Die Tür schwang auf. Eine Krankenschwester in blauer Arbeitskleidung sagte: »Mr. Luca?«

Ich stand auf und marschierte auf sie zu. »Der bin ich.«

»Wie geht es uns denn heute?«

Ich zuckte nur mit den Schultern, anstatt ihr zu sagen, dass ein Nachmittag, an dem man von allen Seiten gepikst und betastet wird, so ziemlich das Widerlichste überhaupt war.

Bevor ich ins Wartezimmer zurückging, überprüfte ich meinen Reißverschluss und verließ dann die Praxis. Ein leichter Nieselregen hatte eingesetzt, aber was mich anging, schien die reinste Sonne.

Derrick ging beim ersten Klingeln ran. »Hey, Frank. Wie ist es beim Arzt gelaufen?«

»Alles gut. Alle Tests waren negativ. Er meint, ich habe eine stressbedingte Nykturie.«

»Was ist das?«

»Ich muss nachts mindestens dreimal aufstehen, um aufs Klo zu gehen. Ich hatte Angst, es läge an der neuen Blase, die sie mir gebastelt haben, oder an einem Prostata-problem.«

»Stress ist ein Killer. Nachdem wir das Du-weißt-schon-was erledigt haben, wirst du keinen Stress mehr haben.«

Er wusste weniger über das Reichsein, als er dachte. »Wir werden sehen. Was wolltest du? Hast du den Typen mit dem Benutzernamen DIYNOW aufgespürt?«

»Jep, aber er ist eine Sie.«

»Echt jetzt?«

»Ja. Ich habe mich umgehört und die Abteilung für Internetkriminalität hat sie als Lillian Olsen identifiziert.«

Eine Mörderin namens Lillian? »Ist sie vorbestraft?«

»Ja, ein Haufen Vergehen wie Ruhestörung und Haus-friedensbruch.«

»Steht irgendetwas in den Akten, worum es dabei ging?«

»Die Details habe ich nicht, aber sie hat die Anklage-punkte heruntergehandelt.«

»Alles klar, wo wohnt und arbeitet sie?«

»Soweit ich das beurteilen kann, ist sie nicht berufstätig. Olsen wohnt in Island Walk, an der Vanderbilt Beach Road.«

»Ich bin fünf Minuten entfernt. Schick mir die Adresse per SMS.«

Sobald ich aufgelegt hatte, klingelte es erneut. Es war Bilotti. »Hey, Doc, was gibt's?«

»Coburn wurde heute Morgen tot aufgefunden.«

Ich blieb wie angewurzelt stehen. »Was ist passiert?«

»Sieht nach Herzstillstand aus.«

»Sind Sie sicher?«

»Wir müssten eine Autopsie durchführen, um das zu bestätigen, aber bei seiner Vorgeschichte und seinem Alter werden wir nicht …«

»Wer hat ihn gefunden?«

»Seine Krankenschwester.«

»Irgendwelche Spuren eines gewaltsamen Eindringens?«

»Nein. Sie scheinen zu glauben, es war kein natürlicher Tod.«

»Äh, ich schätze, das ist das Training.«

»Sie gehen immer vom Schlimmsten aus, nicht wahr?«

Ich zwang mich zu einem Lachen und sagte, dass ich auflegen müsse. Ich saß in meinem Auto. Wenn Coburn erstickt worden war, würde es ohne Autopsie niemand erfahren. Hatte ihn das Kartell oder das Außenministerium erwischt?

44

LILLIAN OLSEN LEBTE, ZUSAMMEN MIT EIN PAAR TAUSEND anderen, in Island Walk. Ich hielt mich an die Anweisungen des Wachmanns und schlängelte mich durch die riesige Wohnanlage. Halb überrascht, dass ich mich daran erinnert hatte, bog ich in den Valentia Way ein.

Olsens orangefarbenes Haus, das vor mehr als zwanzig Jahren gebaut worden war, grenzte an einen See. Zementfrösche auf Seerosenblättern säumten den Weg zur Tür.

Olsen trug verwaschene Jeans und lächelte. »Hallo. Sind Sie von Sunshine Roofers?«

Sie sah normal aus, aber das war bei Patrick Kearney auch so gewesen. Ich zeigte ihr meine Dienstmarke.

»Vom Büro des Sheriffs?«

»Ja, Ma'am. Ich hätte ein paar Fragen an Sie.«

»Das ist seltsam, aber kommen Sie bitte herein.«

Ich folgte ihr durch einen mit Fotos übersäten Flur in die Küche. Der Kühlschrank war mit Buntstiftzeichnungen bedeckt. »Wer ist der Künstler?«

Sie lächelte. »Meine Enkelin, Becky.«

»Sehr schön.«

Sie deutete auf einen Stuhl. »Kann ich Ihnen etwas zu trinken anbieten?«

»Nein, danke.« Ich setzte mich und sie tat es mir gleich.

»Ich nehme an, es geht um Dr. Bradley?«

»Nein. Es geht um Ihren Benutzernamen DIYNOW.«

»Ich verstehe nicht.«

»Sie sind Mitglied einer schwulenfeindlichen Gruppe auf Facebook.«

»Schwulenfeindlich? Das ist doch völlig verrückt. Meine Schwester ist lesbisch.«

»Sie waren in der Gruppe aktiv und haben anderen Direktnachrichten geschickt bezüglich –«

»Tut mir leid, Sie zu unterbrechen, Officer, aber jemand auf Facebook hat mein Konto gehackt. Ich habe es Facebook gemeldet – nicht persönlich, man muss das über seine Seite machen –, aber sie haben nichts unternommen und ich habe aufgehört, es zu benutzen. Ich benutze jetzt Twitter; es ist nicht dasselbe, aber ich gewöhne mich daran.«

Die Behauptung, gehackt worden zu sein, war eine gute Taktik, aber sie war vorbestraft. »Sie haben mehrere Vergehen angesammelt. Wie erklären Sie die?«

Sie runzelte die Stirn. »Ich werde meine Werte nicht verraten. Jemand muss für die Ungeborenen eintreten.«

»Sie sind Abtreibungsgegnerin?«

»Um Himmels willen, nein. Ich bin eine Lebensschützerin und stehe gerne vor einer Abtreibungsklinik. Diese Frauen müssen wissen, dass es einen anderen Weg für ihr Kind gibt.«

Wenn sie die Wahrheit sagte, würde das die Anklagen wegen ordnungswidrigen Verhaltens und Hausfriedensbruchs erklären. »Sie können Ihre Meinung frei äußern, Ma'am, aber mein Rat wäre, sich an die Regeln bezüglich der Abstände zu halten und alle erforderlichen Genehmigungen einzuholen.«

»Sie machen es unmöglich –«

»Danke für Ihre Zeit, Ma'am.«

Als ich die Einfahrt hinunterging, rief ich Derrick an. »Olsen behauptet, ihr Facebook-Konto sei gehackt worden. Warum wussten die Jungs von der Cyber-Abteilung das nicht?«

»Echt? Aber sie ist doch vorbestraft.«

»Sie sagt, sie sei eine Aktivistin, eine Lebensschützerin. Hast du ihre Fallakten bekommen?«

»Noch nicht. Aber ich kriege sie.«

»Eins nach dem anderen: Klemm dich hinter die Cyber-Abteilung. Da draußen ist jemand, mit dem wir reden müssen.«

———

ICH LAS zwei der Fallakten über Lillian Olsen durch. Die Anzeigen wegen ordnungswidrigen Verhaltens resultierten aus ihrer Weigerung, andere daran zu hindern, eine Arztpraxis zu betreten. Der Arzt war dafür bekannt, Abtreibungen durchzuführen. Die Verurteilung wegen Hausfriedensbruchs rührte von ihrer wiederholten Verletzung des Grundstücks von Planned Parenthood her, wo sie im Sitzen hinausgetragen werden musste.

Olsen mochte ein Ärgernis sein, aber sie war keine Mörderin. Ich schob die Fallakten zurück in einen Umschlag und schloss die Augen. Wo war der Hinweis, den wir brauchten?

Derrick kam herein. »Hältst du ein Nickerchen, alter Mann?«

»Nein, du Klugscheißer. Ich versuche, alles auszublenden, um zu sehen, ob der Hinweis, den wir brauchen, in meinem Kopf auftaucht.«

»Meditation wirkt, weißt du.«

»Es ist keine Meditation, ich versuche, mich zu konzentrieren.«

»Das ist eine Form der Meditation.«

»Wie auch immer. Was hatte die Cyber-Abteilung zu sagen?«

»Sie werden einen Anruf tätigen. Sie haben einen inoffiziellen Kontakt bei Facebook.«

Ich bewegte meine Maus und weckte meinen Desktop auf. »Wir brauchen schnell etwas. Wenn es ein Schwulenhasser ist, müssen wir ihn aufhalten, bevor er wieder zuschlägt.«

»Glaubst du, er hat es schon mehr als einmal getan?«

Ich navigierte zu meinem Posteingang. »Wenn das die sogenannte Motivation ist, ist es wahrscheinlich.«

»An Verrückten mangelt es nicht.«

»Ich bin es langsam leid, sie zu jagen.«

»Das musst du nach morgen auch nicht mehr.«

Ich legte einen Finger auf meine Lippen. Anstatt ihm von Coburn zu erzählen, sagte ich: »Hast du die E-Mail über Fahren und Verfolgung gesehen? Sie wollen, dass wir noch einen Kurs belegen. Er ist obligatorisch.«

»Ist doch keine große Sache.«

»Wir haben die Anrufdaten von Verizon bekommen.«

»Für das Wegwerfhandy?«

»Jep.« Ich öffnete den Anhang. »Es gibt nur zwei Anrufe.«

»War ja klar.«

»Einer an Beas und dieser andere, 239-444-2999.« Ich notierte sie mir.

»Wiederhol das. Ich schau mal, ob ich ihn zurückverfolgen kann.«

»Warte mal kurz. Ich rufe da an.«

»Benutz nicht den Anschluss vom Büro, falls sie eine Anruferkennung haben.«

»Denkst du, ich bin nicht nur alt, sondern auch sorglos?«

»Ach, komm schon, Mann. Ich wollte nur sichergehen, das ist alles.«

Ich wählte die Nummer auf meinem Handy. Es klingelte fünfmal, dann sprang die Mailbox an. Eine Raucherstimme sagte: »Hey, hier ist Ken, hinterlass eine Nachricht und ich melde mich, sobald ich kann.«

»Äh, hallo, Ken. Hier ist Frank vom Finanzamt. Wir haben eine Angelegenheit, die geklärt werden muss, sonst wird am Montag eine Steuerpfändung eingereicht.« Ich hinterließ meine Nummer und legte auf.

»Finanzamt?«

»Das fiel mir einfach so ein. Fandest du, es klang okay?«

»Nicht schlecht, der Teil mit der Pfändung wird ihn zum Nachdenken bringen.«

»Setz in der Zwischenzeit einen Durchsuchungsbefehl auf. Ich bin sicher, sie werden ihn sofort abzeichnen.«

»Das werden sie. Sie haben ja auch den Antrag für das Wegwerfhandy genehmigt, von dem die Nummer stammt.«

Ich überprüfte die Nummer, um sicherzugehen, dass sie der von Bea nicht ähnelte. Das tat sie nicht, und der Anruf hatte drei Minuten gedauert. Es war kein Versehen. »Das könnte es sein.«

»Ich habe das Gefühl, das ist der Durchbruch, auf den wir gewartet haben.«

Mein Bürotelefon klingelte. »Detective Luca.«

»Frank, hier ist Gene von der Cyber-Abteilung.«

»Hey, Gino, hast du herausgefunden, wer hinter DIYNOW steckt?«

»Und ob wir das haben.«

Er nannte mir den Namen und ich sagte: »Was? Bist du sicher?«

»Absolut.«

Ich legte auf und stand auf. »Wir müssen los.«

45

Ich ließ das Telefon auf den Schreibtisch fallen. »Ich fass es nicht.«

Derrick sagte: »Was? Was ist los?«

»Es ist dieser verdammte Chen.«

»Was ist mit Chen?«

»Gene sagt, der Typ hinter DIYNOW ist Richard Chen.«

Derrick schlug mit der Faust auf den Schreibtisch. »Dieser Mistkerl! Er hält sich für schlau. Warte nur, bis wir ihn zur Rede stellen.«

»Wir müssen das klug angehen. Ich bin nicht sicher, ob wir verraten sollten, was wir wissen.«

»Warum nicht?«

»Wir brauchen etwas Konkretes, um ihn mit dem Mord in Verbindung zu bringen.«

»Er war nur einen Block von dem Ort entfernt, an dem Beas getötet wurde, und das zur richtigen Zeit. Wir wissen, dass Hass ein starker Motivator ist.«

»Kein Zweifel, aber das sind nur Indizien.«

»Holen wir ihn rein. Wenn wir ihn in die Mangel nehmen, wird er gestehen.«

»Chen ist nicht auf den Kopf gefallen. Sein Anwalt wird ihm sagen, dass er den Mund halten soll, und dann haben wir gar nichts.«

»Wenn wir wissen, dass es Chen ist, warum klappern wir dann nicht die Gegend mit seinem Foto ab?«

»Wir wissen durch die Telefondaten, dass er da war, und er hat es zugegeben und mit einer Affäre vertuscht.«

»Er ist eine verdammte Schlange.«

Ich griff nach der Mordakte und sagte: »Vielleicht sollten wir Chen wieder überwachen lassen.«

»Wir hätten die Überwachung gar nicht erst abbrechen sollen.«

»Das hätte uns für den Mord an Beas auch nichts gebracht.«

»Warum es dann tun?«

»Wenn er merkt, dass wir ihm auf der Spur sind, haut er vielleicht ab. Vergiss nicht, die Eigentumswohnung gehört ihm nicht.«

»Du wirst ja richtig paranoid. Wie sollte er das denn herausfinden?«

»Ich weiß nicht. Ich versuche nur, das alles zu verarbeiten.«

»Ich rufe bei CVS an und sehe nach, ob er arbeitet.«

»Benutz einen falschen Namen.«

Er verdrehte die Augen und nahm das Telefon in die Hand.

Ich blätterte in der Akte zu dem Abschnitt über Chen. Während ich das erste Verhör durchlas, sagte Derrick: »Chen hat sich heute und Montag freigenommen. Sie sagten, er sei zu seiner Schwester gefahren. Der Mistkerl hat sich ein schönes langes Wochenende gemacht.«

»Das ist das zweite Mal, dass er dorthin gefahren ist. Vielleicht plant er, umzuziehen.«

»Wie kommst du darauf?«

Ich lächelte. »Ein guter Mordermittler ist ein Weltmeister im Spekulieren.«

Er senkte seine Stimme. »Wo wir gerade von Gold reden, wir sollten morgen früher los. Drei Uhr ist zu spät.«

»Es ist bestimmt mehr los, wenn wir früher hinfahren. Niemand fährt den ganzen Weg dorthin, um erst am späten Nachmittag aufs Wasser zu gehen.«

»Das spielt keine Rolle, später am Tag musst du auf die Leute aufpassen, die zurückkommen.«

»Soweit ich weiß, legen die meisten Bootsfahrer früh los, besonders wenn der Weg dorthin so lange dauert.«

»Wenn die Glocke läutet, müssen wir auf alles gefasst sein.«

»Was?«

»Na, beim Boxen läutet die Glocke und die Kämpfer gehen in die nächste Runde, ob sie bereit sind oder nicht.«

»Ich wurde bereit geboren.«

»Gab es damals schon das Wort ›bereit‹?«

»Hey, ich habe da eine Idee. Erkundige dich bei der Polizei, wo Chens Schwester wohnt. Er könnte dort oben auch gemordet haben.«

»Wenn er denn überhaupt eine Schwester hat.«

»Er hat mir eine SMS von ihr gezeigt.«

»Woher wusstest du, dass es seine Schwester war?«

Das war ein Anfängerfehler. »Wusste ich nicht. Er sagte, er sei wegen eines Notfalls zu ihr gefahren, und die Leute bei CVS sagten dasselbe: Es passte. Er müsste ein Meister

der Manipulation sein, wenn er eine SMS geschickt hätte
—«

»Ganz ruhig, Kumpel, ich habe nur laut nachgedacht. Ich werfe dir nichts vor.«

»Das habe ich auch nicht gesagt.«

Derrick rollte mit seinem Stuhl näher heran. »Alles in Ordnung bei dir?«

»Ja, warum?«

»Ich weiß nicht, du wirkst ein bisschen reizbar.«

Ich verkniff mir die Frage, warum er bei jeder Gelegenheit mit hochtrabenden Wörtern um sich werfen musste. »Ich bin nur frustriert, dass wir den Mörder von Beas noch nicht geschnappt haben.«

»Mach dir keine Sorgen, Kumpel. Nach morgen muss sich jemand anderes darum kümmern.«

Ich blätterte ein paar Seiten in der Mordakte um. »Es ist auf unserer Wache passiert; wir haben die Verantwortung, es aufzuklären.«

»Du nimmst diesen Job zu ernst. Du musst dein Leben auch genießen.«

»Hör zu, wir leben hier. Ich weiß nicht, wie es dir geht, aber ich kann mich ohnehin kaum entspannen, und zu wissen, dass da draußen ein Mörder ist …«

»Du hast gewissermaßen recht. Aber es wird immer einen nächsten Fall geben —«

Ich starrte auf die Bilder der Turnschuhe, die wir aus dem Lowdermilk Park hatten. »Wir sollten sehen, ob wir die Turnschuhe mit Chen in Verbindung bringen können.«

Derrick rollte zu seinem Schreibtisch zurück. »Das würde beweisen, dass er am Strand war.«

»Genau. Finde heraus, wo sie diese Allbirds verkaufen.«

»Ich habe nachgesehen, als wir sie gefunden haben, aber

Allbirds hat keine Läden in Florida. Der nächste ist in Atlanta.«

»Vielleicht online.«

»Ich werde mich mal umhören, aber das wird schwierig. Was ist mit einem Durchsuchungsbefehl für seine Kreditkarten? Er könnte direkt bei Allbirds gekauft haben.«

»Vielleicht sollten wir damit noch warten und sehen, was wir sonst noch in den Durchsuchungsbefehl aufnehmen wollen.«

»Okay, ich finde erst mal raus, ob Chen eine Schwester hat, dann kümmere ich mich um die Sneaker-Sache.«

»Ich geh mal pinkeln.«

Während ich auf dem Thron saß, dachte ich über den sinnlosen Mord an Beas nach. Er war zwar von Chen ins Visier genommen worden, aber es war doch bis zu einem gewissen Grad willkürlich; hätte Chen sich nicht im selben Gebäude eingemietet, würde Beas immer noch Immobilien entwerfen.

Pinkeln war unmöglich, es kamen nur ein oder zwei Tropfen heraus. Ich pinkelte im Morsecode. Ich lächelte, aber es war nicht zum Lachen.

Müsste ich wie mein Nachbar einen Katheter bekommen? Eine Operation und Chemo waren schlimmer, aber es war trotzdem beängstigend. Ich schloss die Augen und stellte mir den Golf von Mexiko vor. Mary Ann hatte recht: Ich brauchte Urlaub. Der Stress machte mein ganzes System kaputt.

Jemand kam ins Badezimmer und drehte den Wasserhahn auf. Das Geräusch des Wassers erinnerte mich daran, was meine Mutter früher immer getan hatte, um mich vor dem Schlafengehen zum Pinkeln zu bewegen. Es funktionierte immer noch.

In der Hoffnung, Derrick würde nicht fragen, was so lange gedauert hatte, und eine weitere Bemerkung über mein Alter machen, betrat ich das Büro.

»Ich kann keinen Beweis dafür finden, dass Chen einen Bruder oder eine Schwester hatte. Seine Eltern sind beide in ihren Dreißigern gestorben und hatten keine weiteren Kinder.«

»Die Lügen purzeln ihm nur so aus dem Mund. Hoffen wir mal, dass er nicht auf der Flucht ist.«

46

ALS DERRICK AUF DEN PARKPLATZ DES EVERGLADES-Erholungsgebiets fuhr, sagte ich: »Wir brauchen das Licht, aber ich mag es nicht, mitten am Tag hier draußen zu sein.«

»Es ist fast vier Uhr. Nur die Hartgesottenen sind noch draußen.«

Coburns Tod wurde als natürlich eingestuft, aber der Gedanke daran spukte mir im Hinterkopf herum. »Es braucht nur einen, der uns einen Strich durch die Rechnung macht.«

»Also, ich weiß nicht, wie es dir geht, aber ich würde nachts nie wieder auf dieses Wasser gehen.«

»Siehst du, was ich meine? Wir hätten wissen müssen, dass Alligatoren nachtaktiv sind und nachts jagen.«

»Uns wird schon nichts passieren. Bleib locker.«

Meine Schultern sanken; der Parkplatz war leer.

Mangrovenäste knarrten, als eine tropische Brise durch sie hindurchwehte. Die Sicht war bei Tag zwar besser, aber der Gruselfaktor war immer noch hoch.

Das Boot machte ein platschendes Geräusch, als wir es

vom Anhänger schoben. »Sei vorsichtig im Wasser bei der Rampe. Wassermokassinottern lauern dort gerne auf Beute.«

»Mein Nachbar, zwei Häuser weiter, hat vor etwa einem Monat seinen Shih Tzu an eine verloren.«

»Eine der Schattenseiten, wenn man an einem See wohnt.«

Derrick steuerte das Boot um eine Mangroveninsel herum. Ich zeigte darauf. »Was zum Teufel ist das für eine schwarze Wolke?«

»Das ist keine Wolke, das ist ein Schwarm Liebeskäfer.«

»Sich paaren, während sie fliegen, wie innovativ.«

Derrick lachte. »Verrückt, oder? Ihre Lebensspanne beträgt nur drei bis vier Tage.«

»Deshalb pflanzen sie sich ständig fort.«

Als wir näherkamen, zog die Insektenmasse nach Westen. Der Kanal, durch den wir fuhren, wurde enger. Ich zeigte darauf. »Warum ist das Wasser da so stehend?«

Als ich eine algenbedeckte Wasserlache in einer Nische untersuchte, erstarrte ich. »Was zum Teufel ist das?«

»Wo?«

Ich zeigte darauf. »Etwa anderthalb Meter vom Reiher entfernt. Verläuft hier eine Pipeline?«

Er spottete. »Das ist ein Python.«

Ich zog meine Arme ruckartig ein. »Willst du mich verarschen?«

»Nein. Aber die sind cool. Ich habe nach der Alligator-episode alles Mögliche nachgelesen. Die sind nicht giftig, die Leute spielen die ganze Zeit mit denen.«

»Sollen sie doch. Ich würde mir so ein Ding nicht um den Hals wickeln lassen.«

»Leute halten sie als Haustiere.«

»Das ist kein Haustier. Wie füttert man die? Muss man da Ratten kaufen oder –«

Ich hörte etwas, das wie eine Mischung aus Motorrad und Ventilator klang. »Was ist das?«

»Ein Airboat. Warst du schon mal auf einem?«

»Ja. Es klingt, als käme es von dort.« Ich zeigte schräg hinter uns.

Derrick schaltete den Motor aus. »Ich glaube, es entfernt sich.«

»Lass uns hier ein paar Minuten warten.«

Als der Motor des anderen Bootes leiser wurde, wurden die gurrenden, summenden Geräusche der Everglades lauter. Bei einem Plätschern zog ich die Arme an den Körper und fragte: »Was zum Teufel war das?«

»Könnte ein Vogel sein oder eine Ente auf Futtersuche. Oder vielleicht eine dieser Alligatorschnappschildkröten.«

»Ich bin ja für die Natur, aber nicht aus nächster Nähe.«

»Das Ökosystem hier draußen ist erstaunlich. Es ist dasselbe wie vor tausend Jahren.«

»Noch erstaunlicher ist es, wenn man es von meinem Sessel aus betrachtet. Lass uns weiterfahren.«

Wir fuhren um eine Gruppe von Mangroven herum. Der kurze Schatten tat gut.

Eine leise Vibration und ein dumpfer Schlag ließen mich umdrehen. »Hast du das gehört?«

»Was?«

»Ein Geräusch wie ein dumpfer Aufprall.«

»Habe nichts gehört, aber der Motor hat es übertönt.«

»Schalte ihn aus.«

Wir trieben eine Minute lang. »Vielleicht haben wir einen untergetauchten Ast gestreift.«

»Wahrscheinlich. Okay, lass uns los.«

»Wie viel weiter noch?«

»Ungefähr die Länge eines Footballfeldes.«

Eine von einem Insekt verursachte Welle, das vor uns über das Wasser glitt, ließ mich nach der Dose mit dem Insektenschutzmittel greifen. Als ich den Deckel abnahm, schrie Derrick: »Au! Was zur Hölle!«

Ich ließ die Dose fallen. »Was ist los?«

Er umklammerte einen Knöchel. Sein anderes Bein war in der Luft. »Eine verdammte Schlange hat mich gebissen.«

Ich stand auf. Das Boot schaukelte. »Wo ist sie?«

Er trat gegen die Kühlbox. Eine Schlange wand sich heraus. »Da ist der Mistkerl.«

»Sei vorsichtig. Das ist eine Wassermokassinotter. Die sind giftig.«

Es gab keinen Ausweg. Derrick schnappte sich ein Ruder, hob die Schlange auf und schleuderte sie ins Wasser.

Ich packte die Seiten des schaukelnden Bootes. »Heilige Scheiße.«

Er krempelte sein Hosenbein hoch. »Es schwillt schon an.«

»Wir müssen zurück.«

»Mir wird schon nichts passieren.«

»Nein. Wenn du hier draußen eine Reaktion bekommst, kann dir niemand mehr helfen.«

»Komm schon, Mann. Wir sind so nah dran.«

»Vergiss es. Du brauchst ein Gegengift. Beeilen wir uns.«

Er begann, das Boot zu wenden. »Wo zum Teufel kam die her?«

»Muss von einem Ast gerutscht sein.«

»War das der dumpfe Schlag, den du gehört hast?«

»Vielleicht. Wir hätten nachsehen sollen.«

»Hinterhältiger Mistkerl.«

Es hatte schon seinen Grund, dass man unzuverlässige Menschen Schlangen nannte. »Wie geht's dem Bein?«

»Wird richtig rot. Es breitet sich aus.«

»Beeil dich.« Ich holte mein Handy raus und googelte Schlangenbisse. »Wir haben ein Zeitfenster von vier Stunden. Ich rufe in der NCH-Klinik am Collier Boulevard an und stelle sicher, dass sie dort ein Gegengift haben.«

»Mir ist schlecht. Kommt das vom Biss?«

Ich tippte eine Frage in die Suchleiste ein. »Ja. Das ist ein Symptom. Lass mich das Boot steuern.«

»Ich muss kotzen.«

Wir krochen auf Knien aneinander vorbei. Ich packte die Pinne des Motors. Derrick hing mit dem Kopf über Bord, und ich verlagerte mein Gewicht als Ausgleich. Hatte er eine Reaktion? Ich drehte am Gasgriff, und der Bug des Boots hob sich. War es schnell genug?

47

DERRICK SAß HINTER SEINEM SCHREIBTISCH, ALS ICH INS Büro kam. Ich fragte: »Geht's dir noch gut?«

»Als wäre nie etwas gewesen. Ich habe es gestern ruhig angehen lassen, aber das wäre gar nicht nötig gewesen.«

Er zog sein Hosenbein hoch.

Ein paar rote Punkte markierten die Stelle. Ich beugte mich vor. »Es ist ein wenig verfärbt.«

»Sieht doch gut aus, oder?«

»Ja, das Gegengift wirkt schnell. In weniger als einer Stunde ging es deinem Bein schon viel besser.«

»Danke, dass du die ganze Zeit in der Notaufnahme ausgeharrt hast.«

»Keine Ursache. Mir tat es leid, dass du gebissen wurdest.«

»Du hast die richtige Entscheidung getroffen; mir war nicht klar, dass es mich so krank machen würde.«

»Das wirkt bei jedem anders.«

»Jetzt müssen wir eine ganze Woche warten, bis wir zurückkönnen.«

»Schon in Ordnung. Wir nutzen die Zeit, um Chen festzunageln.«

»Ich habe gerade die Akten zu zwei Hassverbrechen aus Jacksonville bekommen. In beiden Fällen geht es um schwere Prügelattacken auf schwule Männer.«

»Wann sind die passiert?«

»Die eine, als Chen das erste Mal verschwunden war, und die andere am Samstag.«

»Der Zeitpunkt passt zu der Zeit, als Chen in Jacksonville war.«

»Allerdings.«

»Aber du hast gesagt, es waren Prügelattacken.«

»Jep.«

»Das passt nicht dazu, jemanden zu erwürgen.«

»Chen kannte Beas; vielleicht hatte er eine Extraportion Hass in sich.«

»Ich schätze, das könnte sein.«

»Der Typ, den du von der Nummer auf dem Prepaid-Handy angerufen hast, hat er sich je bei dir gemeldet?«

»Nein. Ich habe ihn am Samstag und gestern zweimal angerufen. Vielleicht war es keine gute Idee, das Finanzamt anzugeben; er denkt wahrscheinlich, ich will ihn übers Ohr hauen.«

»Das wird keine Rolle spielen. Ich habe den Durchsuchungsbefehl an Verizon geschickt, sobald ich hier war.«

»Ich hoffe, das dauert nicht lange.«

»Wird es nicht. Ich habe ihn an die Frau geschickt, die uns bei dem Preserve-Killer geholfen hat.«

»Es wäre schön, einen Kontakt zu haben, der uns in Zukunft hilft.«

»Den werden wir nicht brauchen, nachdem wir du-weißt-schon-was gefunden haben.«

»Wenn nicht einer von uns dabei draufgeht.«

»Nichts wird schiefgehen. Hör auf, dir Sorgen zu machen; wir haben das im Griff.«

Ich zuckte mit den Schultern. »Jacksonville ist gut fünf Stunden entfernt. Hoffen wir, dass Chen früh losgefahren ist, um dem Berufsverkehr zu entgehen. Ich will nicht den ganzen Tag hier rumsitzen.«

»Wenn er um sieben Uhr losgekommen ist, wird Chen um die Mittagszeit hier sein.«

»Remin will einen aktuellen Stand. Ich schätze, jetzt ist ein so guter Zeitpunkt wie jeder andere.«

————

Derricks Augen klebten an seinem Monitor. »Wie lief's beim Sheriff?«

»Eigentlich nicht schlecht. Er muss ein gutes Wochenende gehabt haben.«

»Ich habe gehört, er und seine Frau waren wegen ihres Hochzeitstags in Marco, im Marriott.«

»Ein schöner Ort zum Feiern. Willst du einen Kaffee?«

Er griff nach seinem klingelnden Tischtelefon und sagte: »Nein danke.«

Ich machte mich auf den Weg zur Cafeteria.

An meiner Tasse Kaffee nippend betrat ich wieder das Büro. Derrick stand auf. »Mein Kontakt bei Verizon hat gerade angerufen.«

»Und?«

Er nahm einen Notizblock zur Hand. »Die Nummer gehört einem Kenneth Freeland. Die mit dem Konto verbundene Adresse ist 1009 Heron Point Court. Das ist in

Pelican Colony, in Bonita. Hier ist sein Foto von der Zulassungsstelle.«

Er war ein fünfundsechzigjähriger Mann mit weißen Haaren und noch weißeren Porzellanzähnen.

»Pelican Colony liegt sozusagen gegenüber von Angelinas Restaurant?«

»Genau.«

»Ich fahre da mal hin. Willst du mitkommen?«

»Nein. Ich habe um elf diesen Kurs zum Umgang mit der Öffentlichkeit.«

»Schon wieder?«

»Den letzten habe ich verpasst. Wir mussten hochfahren und nach Lynns Eltern sehen.«

»Wie geht es ihnen?«

»Sie werden schneller alt, als sie sollten. Sie hätten nie in Rente gehen dürfen. Mit ihnen ging es schnell bergab. Keiner von beiden hat irgendwelche Hobbys.«

»Das ist schade.«

Während ich auf der Route 41 nach Norden fuhr, dachte ich an meinen Nachbarn Tom. Er war nach seiner Pensionierung richtig aufgeblüht. Er war dreiundsechzig, sah aber aus wie Ende vierzig. An einer Ampel klappte ich die Sonnenblende herunter und sah in den Spiegel.

Müde war das Erste, was mir in den Sinn kam. Ich klappte sie wieder hoch und nahm mir vor, endlich die Mitgliedschaft im Fitnessstudio zu nutzen, die Mary Ann mir zum Geburtstag geschenkt hatte. Es war kein Geschenk, sondern ein Wink mit dem Zaunpfahl. Und er war alles andere als subtil.

Sich in eine bessere Form zu bringen, war leicht vorstellbar. Aber als Rentner einen ganzen Tag auszufüllen, war es nicht. Am Strand zu sitzen gefiel mir. Aber es war kein Hobby oder eine Leidenschaft. Das jeden Tag zu tun, kam nicht infrage.

Golfen zu lernen, interessierte mich nicht. Als Kind hatte ich geangelt, aber mehr als einmal im Monat war zu viel. Mein Ausbilder in New Jersey war Hobby-Tischler. Es war erstaunlich, was er alles herstellen konnte. Da ich zwei linke Hände hatte, schlug ich mir die Idee aus dem Kopf und bog in Pelican Colony ab.

Wer auch immer dieser Ken war, er hatte Geld. Sein weitläufiges Haus war frisch gestrichen, und die Gartenanlage musste mit der Nagelschere in Form gebracht worden sein. Es war bestimmt über zwei Millionen wert. Hatte er einen Teil davon mit Schmiergeld von Sanchez bezahlt?

Der Türklopfer in Form eines Löwenkopfes erinnerte mich an etwas aus *Downton Abbey*. Ken Freeland hatte ein paar Haare verloren und war nun braun gebrannter. »Kann ich Ihnen helfen?«

»Mr. Freeland?«

»Ja.«

Er zog das Kinn ein, als ich ihm meine Dienstmarke zeigte. »Hat es irgendwo einen Einbruch gegeben?«

»Nein, Sir. Ich bin wegen eines Anrufs hier, den Sie erhalten haben.«

»Ein Anruf? Tut mir leid, ich kann Ihnen nicht folgen.«

Er hatte mich nicht hereingebeten.

»In der Nacht des ersten Oktober haben Sie gegen dreiundzwanzig Uhr einen Anruf erhalten.«

»Das ist spät für uns. Und Ginny war gerade erst aus dem Krankenhaus gekommen. Sie hatte am dreißigsten September eine Operation an der Rotatorenmanschette.«

»Ist Ginny Ihre Frau?«

»Ja. Für uns beide ist es die zweite Ehe.«

»Wie lautet ihr früherer Nachname?«

»Sanchez.«

»Und ihr Sohn ist Will Sanchez?«

»Ja. Jetzt, wo ich darüber nachdenke, hat er in jener Nacht angerufen, um sich nach ihr zu erkundigen. Er ist Ginny ein guter Sohn, ruft ständig an, um nach ihr zu sehen.«

»Das ist schön zu hören.«

»Ja, das stimmt. Meine Kinder rufen nur an, wenn sie etwas brauchen.«

»Haben Sie in jener Nacht die Nummer bemerkt, von der Will angerufen hat?«

»Wissen Sie, das habe ich tatsächlich. Sie wurde als unterdrückt angezeigt, und normalerweise gehe ich dann nicht ran, aber ich dachte, es hätte ihr Chirurg oder das NCH sein können. Beide waren bei der Nachsorge hervorragend. Falls Sie jemals einen orthopädischen Chirurgen brauchen –«

»Ist ihr Sohn am ersten Oktober vorbeigekommen, um seine Mutter zu sehen?«

»Nein, er kam an dem Tag, als sie aus dem Krankenhaus entlassen wurde. Die beiden stehen sich sehr nahe, aber ich verstehe immer noch nicht, warum Sie sich für den Anruf interessieren.«

»Nun, wir arbeiten an einem Fall und haben die Telefongesellschaft um einige Aufzeichnungen gebeten, aber die Daten, die sie uns zur Verfügung gestellt haben, waren fehlerhaft, und das hier ist nur ein weiteres Beispiel dafür. Es tut mir leid, Sie belästigt zu haben, und ich hoffe, Ihre Frau erholt sich schnell.«

48

ICH SPRANG IN DEN SUV UND RIEF DERRICK AN.

»Hey, Frank, wie ist es gelaufen?«

»Sanchez hat den Anruf getätigt.«

»Welchen Anruf?«

»Den Anruf mit dem Wegwerfhandy. Seine Mutter wurde operiert und er hat Ken Freeland, seinen Stiefvater, angerufen, um sich nach ihr zu erkundigen.«

»Das beweist, dass er derjenige mit dem Wegwerfhandy war und in der Mordnacht auch Beas angerufen hat.«

Ich hörte im Hintergrund ein Telefon klingeln. »Sieht so aus.«

Derrick sagte: »Bleib mal kurz dran.«

Er führte ein kurzes Gespräch und meldete sich dann wieder. »Das war Mulligan. Chen ist gerade bei seiner Wohnung angekommen.«

»Gehst du trotzdem zu dem Kurs?«

»Ich muss.«

»Alles klar, dann schaue ich bei Chen vorbei.«

Anstatt das Blaulicht einzuschalten, ließ ich mir auf dem Weg nach Mediterra Zeit und nutzte sie zum Nachdenken. Wie hoch war die Wahrscheinlichkeit, dass Chen und Sanchez unter einer Decke steckten? Wir hatten keine Verbindung aufgedeckt, aber die Möglichkeit, dass Sanchez Chen bezahlt hatte, um Beas loszuwerden, würde alle losen Enden verknüpfen.

Für Sanchez war es Gier. Chen hingegen war von Hass motiviert. Hatte eine finanzielle Aufbesserung Chen von einem Schwulenhasser zu einem Mörder gemacht? Geld war mächtig. Es brachte Menschen dazu, Dinge zu tun, die sie normalerweise nicht tun würden.

Der Gedanke, wie Derrick und ich durch die Everglades stapften, kam mir in den Sinn, als ich vor dem Tor von Mediterra hielt.

Chen öffnete die Tür. Er hielt eine Schachtel Life-Cerealien in der Hand. Er schüttelte den Kopf. »Ich habe keine Zeit, Detective. Ich bin gerade erst zurückgekommen und muss um drei auf der Arbeit sein.«

Ich warf einen Blick auf seine Füße. »Wie gefallen Ihnen die Turnschuhe?«

»Sie sind schön und federleicht.«

»Das sind Allbirds, richtig?«

»Ja.«

»Die muss ich mir mal ansehen.«

»Das sollten Sie.«

»Wie gut kennen Sie Will Sanchez?«

»Will Sanchez? Äh, ich bin mir nicht sicher, ob ich ihn kenne. Woher sollte ich ihn kennen?«

»Er besitzt eine Designfirma und ist schon lange in Naples.«

»Ich glaube nicht.«

»Sind Sie sich da sicher?«

»Ja. Sehen Sie, wie ich schon sagte, ich bin gerade zurückgekommen und …«

»Wo waren Sie?«

»Bei meiner Schwester.«

»Wirklich?«

»Sie werden sowieso nichts glauben, was ich sage, oder?«

»Das liegt daran, dass Sie noch nie die Wahrheit gesagt haben.«

»Schön, dann glauben Sie mir eben nicht. Ist mir egal.«

»Wo waren Sie?«

»In Jacksonville, bei meiner Schwester.«

»Sie haben keine Schwester.«

Er schüttelte den Kopf. »Darum geht es hier? Ich fasse es nicht.«

»Sie haben keine Geschwister.«

»Keine Blutsverwandten, aber Trish steht mir so nahe, wie es nur geht.«

»Und wer ist Trish?«

»Meine Pflegeschwester. Ich war neun, als ich in eine andere Familie kam. Gott sei Dank war Trish da. Sie war nur ein Jahr älter, aber sie hat versucht, mich vor diesem Monster zu beschützen.«

»Welchem Monster?«

Chen ließ den Kopf hängen. »Dem Pflegevater, Tim Gregg. Es hat ihm einen Heidenspaß gemacht, uns windelweich zu prügeln.«

Ich rief mir in Erinnerung, dass Chen ein meisterhafter Lügner war. »Ist das der Grund, weshalb Sie angeblich Schwule angreifen?«

»Das ist Bullshit.«

»Haben Sie einen Spitznamen?«

»Nein.«

»Wie sind Sie auf DIYNOW als Benutzernamen gekommen?«

Seine Augen weiteten sich. »Wovon reden Sie?«

»Sie sind Mitglied einer schwulenfeindlichen Gruppe auf Facebook und benutzen DIYNOW als Decknamen.«

»Na und? Ich bin dort nicht aktiv, ich schaue nur ab und zu mal rein.«

»Ich denke, CVS würde das interessieren, wenn sie wüssten, dass einer ihrer Apotheker ein aktives Mitglied ist.«

»Ach, kommen Sie schon. Die werden mich feuern. Was totaler Blödsinn ist, weil es nicht gegen das Gesetz verstößt. Mein Recht auf freie Meinungsäußerung schützt mich.«

»Ich bin ein großer Fan des Ersten Verfassungszusatzes, auch wenn er von Zeit zu Zeit Probleme bereitet.«

»Ich auch. Wir sollten frei sagen dürfen, was wir wollen.«

»Das dürfen wir. Aber einen Mob zu organisieren, um jemanden zu jagen und zu verprügeln, ist kein geschütztes Recht. Das ist eine Straftat.«

»Was soll das heißen?«

»Sehen Sie, die meisten Leute denken, die Strafverfolgungsbehörden stecken in den 1960er-Jahren fest, aber wir haben ganze Abteilungen, die sich mit dem Internet und dem Darknet beschäftigen. Sie haben digitale Spuren hinterlassen, und wir werden jeder einzelnen davon folgen.«

»Ich habe nichts getan.«

»Sie bekommen eine einzige Chance zur Kooperation.

Wenn Sie auspacken, können wir Ihnen entgegenkommen. Wenn Sie warten, dann laden wir alles bei Ihnen ab.«

»Aber ich habe nicht …«

Ich hob eine Hand. »Beleidigen Sie nicht meine Intelligenz und die Beweise, die wir zusammengetragen haben. Ich sage Ihnen, denken Sie gut und lange über eine Kooperation nach, bevor es zu spät ist.«

»Wenn Sie mit mir reden wollen, wenden Sie sich an meinen Anwalt.«

———

Über die Livingston Road nach Golden Gate dauerte es zwanzig Minuten bis zu Magnet Design. Sanchez' blauer Maserati parkte mitten auf zwei Parkplätzen.

Sie hatten zwei weitere Schreibtische in den Großraumbereich gequetscht. Die Empfangsdame nahm drei Anrufe entgegen, bevor ich sie bitten konnte, Sanchez zu holen.

»Er hat gesagt, Sie können direkt in sein Büro durchgehen. Sie kennen ja den Weg.«

»Danke.«

Sanchez skizzierte auf einem Blatt Transparentpapier. Er legte seinen Stift beiseite und schüttelte mir die Hand. »Ich bin super beschäftigt. Ein Kunde hat mitten in einem Projekt einen Konkurrenten gefeuert und ich muss morgen früh ein paar Ideen präsentieren.«

Mein Blick fiel auf eine kleine weiße Tüte an der Ecke seines Schreibtisches. Es war für ein Rezept. Ich beugte mich vor und zeigte auf die Zeichnung. »Was skizzieren Sie da?«

»Einen gemeinschaftlichen Arbeitsbereich. Sie brauchen mehrere Einzelbüros und einen Konferenzraum.«

Auf dem roten Aufkleber auf der Tüte stand CVS. Die angegebene Filiale war die, in der Chen arbeitete. »Sie sind sehr kreativ. Das muss eine Gabe sein.«

»Danke. Aber es ist keine Gabe, ich musste es mir erarbeiten.«

»Viele Leute in der Kunstszene tragen Allbirds-Sneaker. Sie auch?«

»Als sie neu rauskamen, habe ich mir ein Paar gekauft, aber sie waren nicht bequem, also habe ich sie weggeworfen.«

»Sie sind ein Einzelkind, nicht wahr?«

»Ja. Warum fragen Sie?«

»Und Sie stehen Ihrer Mutter nahe.«

»Sie ist meine Heldin; alle Mütter sind das.«

In einem Punkt waren wir uns einig. »Sie wurde vor kurzem operiert.«

Seine Augen verengten sich. »Schnüffeln Sie meiner Mutter nach?«

»Nein. Mich interessiert nur ein Anruf, den sie erhalten hat.«

»Von wem?«

»Von Ihnen.«

»Ich rufe meine Mutter täglich an. Ich habe keine Zeit für Spielchen, Detective.«

»Sie haben Ihre Mutter in der Nacht angerufen, als sie aus dem Krankenhaus entlassen wurde.«

»Das habe ich wahrscheinlich. Warum machen Sie so ein Theater darum?«

»Weil dieser Anruf von einem Wegwerfhandy aus getätigt wurde. Dasselbe Handy, das bei Ihrer Wohnanlage aktiviert wurde und das wir in der Nacht, in der Mr. Beas ermordet wurde, in der Nähe des Lowdermilk Parks geortet haben.«

»Ich weiß nichts über diese Art von Handys und habe noch nie eines benutzt.«

»Bei allem Respekt, Mr. Sanchez, ich glaube Ihnen nicht, und ich werde es beweisen.«

49

Auf dem Weg zurück zu meinem Auto hatte ich das Gefühl, dass die Turnschuhe der Schlüssel zu dem Fall sein würden. Aber wie, da doch keine DNA von ihnen sichergestellt werden konnte?

Ich saß in der Einfahrt und rief Bilotti an. »Hallo, Doc. Wie geht es Ihnen?«

»Hallo, Frank. Zum Glück ist es hier ruhig.«

»Hoffen wir, dass das so bleibt.«

»In der Tat. Was haben Sie auf dem Herzen?«

»Der Mordfall Beas. Wir haben gute Indizien, aber nichts Handfestes.«

»Das ist nicht ideal.«

»Wem sagen Sie das! Aber die beiden, äh, zu diesem Zeitpunkt sind es eigentlich Verdächtige, waren beide in der Gegend, hatten das Motiv und haben uns wiederholt angelogen.«

»Klingt, als wären sie beide glaubwürdige Verdächtige.«

»Und es besteht eine gute Möglichkeit, dass sie gemeinsame Sache gemacht haben.«

»Interessant. Wie kann ich helfen?«

»Wenn Ihnen etwas einfällt, kaufe ich Ihnen eine gute Flasche Wein.«

»Das ist vollkommen unnötig. Ich nehme sie nur an, wenn wir sie zusammen trinken.«

»Abgemacht.«

Bilotti lachte. Ich sagte: »Sie erinnern sich vielleicht, dass wir bei Lowdermilk ein Paar Turnschuhe sichergestellt haben. Obwohl wir keinen Beweis haben, wann sie dort zurückgelassen wurden, glauben wir, dass der Mörder sie getragen hat.«

»Scheint wahrscheinlich. Da sie niemand abgeholt hat und sie ungefähr zwei Tage dort lagen.«

»Genau. Das Problem ist, da es zwei Nächte hintereinander geregnet hat, konnte die Spurensicherung keine DNA daran sicherstellen.«

»Das ist problematisch.«

»Wem sagen Sie das!«

»Ich nehme an, beide Verdächtigen tragen die gleiche Größe wie das zurückgelassene Paar Turnschuhe.«

»Ja, und es ist kein alltägliches Paar. Sie heißen Allbirds.«

»Ich habe von ihnen gehört. Ich glaube, es ist eine kanadische Firma und ihre Produkte werden aus recycelten Materialien hergestellt.«

»Ja, die reiten auf der Nachhaltigkeitswelle. Gibt es irgendetwas Ungewöhnliches, das wir tun können, um das Schuhwerk mit einem Verdächtigen in Verbindung zu bringen?«

»Da könnte es etwas geben. Ich habe einen interessanten Artikel über ein ähnliches Analyseverfahren gelesen. Geben Sie mir eine Chance, das zu überprüfen.«

———

DERRICK WAR NOCH in einer Schulung, als ich im Büro ankam. Hatten wir eine Verbindung zwischen Chen und Sanchez übersehen? Ich versuchte, auf der Fahrt den Kopf freizubekommen, in der Hoffnung, dass mir etwas einfallen würde.

Nichts kam zum Vorschein.

Die Männer schienen zu verschieden, um Freunde zu sein, aber ein gemeinsames Interesse könnte eine Mordverschwörung hervorgebracht haben. Es war an der Zeit, die endlosen Aktivitäten und Orte durchzugehen, an denen eine Beziehung hätte entstehen können.

Golf, Tennis und neuerdings Pickleball waren bei den Bewohnern Floridas beliebt. Wenn er überhaupt etwas spielte, schätzte ich Sanchez als Tennis-Liebhaber ein. Chen kam als Apotheker mit vielen Ärzten in Kontakt und die liebten Golf.

Es war eine Vermutung, aber Chen war wahrscheinlich kein Golfmitglied im Mediterra. Es war einfach zu teuer, um es zu rechtfertigen, besonders wenn man Vollzeit arbeitet. Aber Sanchez war ein Poser; er würde sich strecken, um einem Club beizutreten und mit den Betuchten auf Tuchfühlung zu gehen.

Ich erweiterte die Möglichkeiten, anstatt sie einzugrenzen. Als ich die mentalen Bilder von Sanchez' Büro durchging, konnte ich mich an kein einziges Foto oder sportbezogenes Objekt erinnern.

Derrick sprang ins Büro. »Mann, ich bin froh, dass das vorbei ist. Glauben die wirklich, wir müssten uns so einen fundamentalen Blödsinn anhören?« Er verstellte seine Stimme zu einer höheren Tonlage. »Die Öffentlichkeit sollte mit >gnädige Frau< und >mein Herr< angesprochen werden.«

»Was? Keines der neuen Pronomen?«

»Fang bloß nicht damit an. Wie ist es gelaufen?«

»Ich komme langsam zu dem Schluss, dass Chen und Sanchez Beas zusammen umgebracht haben.«

»Wörtlich?«

»Nein. Sanchez hat Chen wahrscheinlich damit beauftragt.«

»Was bringt dich darauf?«

»Chen hat herumgedruckst, als ich Sanchez erwähnte. Er sagte, er kenne den Namen nicht, aber ich glaube, er hat gelogen. Und als ich bei Sanchez war, rate mal, was auf seinem Schreibtisch lag?«

Derrick lächelte. Ich bedauerte, seine Lieblingsfragemethode benutzt zu haben, und fügte schnell hinzu: »Ein Rezept von CVS, dem Laden, in dem Chen arbeitet.«

»Interessant.«

»Ich zerbreche mir den Kopf und versuche, eine Verbindung zwischen ihnen zu finden.«

»Chen ist nicht der Typ, der eine Designfirma beauftragt.«

»Was ist, wenn sie sich beim Golf oder so etwas kennengelernt haben?«

»Möglich. Aber es könnte alles sein; vielleicht zocken sie gerne.«

»Zocken? Wie kommst du denn darauf? Wir haben keine Beweise.«

»Wie bist du auf Golf gekommen?«

Es war ein berechtigter Vergleich. »Ich werfe nur Dinge in den Raum. Was, wenn Sanchez insgeheim auch Homosexuelle hasst?«

»Und so hat er Chen kennengelernt?«

»Chen hat per Direktnachrichten Leute kontaktiert. Was, wenn einer der Bildschirmnamen in dieser Gruppe zu Sanchez gehört?«

»Ach du heilige Scheiße! Das ist gar nicht so abwegig, wie es klingt.«

»Wie viele Mitglieder hatte diese Facebook-Gruppe?«

Derrick tippte auf seiner Tastatur. »Einhundertvierundsechzig.«

»Wenn wir alle rausnehmen, die ihren richtigen Namen verwenden, was bleibt dann übrig?«

»Wir wüssten nicht, ob es ein echter Name ist oder nicht. Du könntest Max Mustermann verwenden.«

»Okay, okay. Wie lange würde die Cyber-Einheit brauchen, um die Leute in der Gruppe zu identifizieren?«

Derrick zuckte mit den Schultern. »Könnte schnell gehen, könnte ewig dauern. Aber wenn Chen eine falsche Identität erstellt hat, werden sie es wahrscheinlich herausfinden. Es wird eine Spur bei seinem Internetanbieter geben.«

»Ja, aber er könnte schlau genug gewesen sein, ein öffentliches WLAN zu nutzen.«

Derrick sank in seinem Stuhl zusammen. »Mann, das ist viel zu viel Arbeit.«

»Und Sanchez könnte das Gleiche getan haben.«

Derrick sah gedankenverloren zur Decke. »Wir könnten einen Durchsuchungsbefehl für die Pseudonyme bekommen.«

»Lass uns noch einen Moment warten, bevor wir die Pferde scheu machen. Es ist immer noch vage.«

»Wir könnten sie trotzdem um einen Gefallen bitten,

um zu sehen, ob eine Verbindung zwischen den Namen besteht.«

Mein Telefon vibrierte.

»Hey, Doc.«

»Frank, ich habe Glück gehabt.«

»Fantastisch. Was haben Sie herausgefunden?«

»Es ist eher theoretisch, aber es gibt eine Analysemethode namens Isotopenanalyse. Damit kann die Herkunft der Materialien in einem Objekt bestimmt werden.«

»Und wie hilft uns das?«

»Allbirds verwendet verschiedene Materialien in ihren Turnschuhen, einschließlich Wolle, Eukalyptusfasern, Zuckerrohr und recycelter Plastikflaschen.«

»Und die Isotopenanalyse kann die Quelle dieser Materialien bestimmen?«

»Genau. Zum Beispiel würde die Wolle die Isotopensignatur der Region haben, aus der sie stammt.«

»Bedeutet das, wenn wir ein Paar Turnschuhe im Besitz von einem unserer Verdächtigen finden, könnten wir die Isotopensignaturen vergleichen?«

»Korrekt. Es ist nicht so definitiv wie DNA, aber es wäre ein starkes Indiz.«

»Wow, Doc. Das wäre unglaublich, wenn es klappt.« Ich blickte zu Derrick, hob beide Daumen und lächelte breit.

»Es ist ein Versuch wert. Wenn Sie mir die Schuhe schicken, fange ich an.«

»Fantastisch. Ich schulde Ihnen wirklich etwas.«

Bilotti lachte. »Denken Sie daran: Wir trinken ihn zusammen.«

»Das ist eine Menge Arbeit. Wenn sie nicht viel zu tun haben, dauert es vielleicht eine Woche oder so.«

»Ich finde, wir sollten sie bitten, sofort loszulegen.«

»Hey, das ist vielleicht nichts, aber da gibt es jemanden, der ByDesign als Nickname benutzt.«

»Meinst du, er würde so etwas benutzen? Das scheint mir zu einfach.«

»Vergisst du, dass selbst die schlausten Leute ABCDEF als Passwort benutzen?«

»Stimmt schon, aber …«

»Oh, hier ist noch ein Nickname, der von Sanchez sein könnte: CREO.«

Ich trat hinter meinem Schreibtisch hervor. »Creo? Warum?«

»Das ist das lateinische Wort für ›ich erschaffe‹.«

»Will er angeben?«

»Ich erinnere mich nur an ein paar Worte aus dem Lateinunterricht in der Schule.«

»Ich arbeite immer noch an meinem Englisch. Irgendwelche Beiträge, die verdächtig sind?«

Er zeigte auf den Bildschirm. »Dieser hier von diesem CREO-Typen: ›Einen nach dem anderen eliminieren und verjüngen wir.‹«

»Lass uns zur Cyber-Abteilung gehen. Sie müssen sich darum kümmern, aber wir müssen ihnen die Situation erklären, damit sie die Sache priorisieren können.«

50

ICH STOPFTE MIR DEN LETZTEN REST EINES KRAPFENS MIT Cremefüllung in den Mund und betrat mein Büro. Das rote Licht an meinem Schreibtischtelefon blinkte. Ich hörte die Nachricht ab. Sie war von Bilotti. »Hallo, Frank, ich hoffe, es geht Ihnen gut. Ich habe etwas, das im Fall Beas helfen könnte, bezüglich der Turnschuhe. Rufen Sie mich an, wenn Sie können. Ich bin den ganzen Tag im Büro.«

Gerade als ich seine Nummer wählen wollte, wischte ich mir die Finger an der Hose ab und griff nach meiner Jacke. Ich beschloss, zu Bilottis Büro zu fahren. Auf dem Rückweg würde ich im mediterranen Restaurant Simit anhalten. Mary Ann liebte den Hummus aus dem türkischen Lokal, und ich würde sie mit einem Becher davon überraschen.

Auf der Airport Pulling Road ging es nur langsam voran. Ich bog in die Domestic Avenue ein und parkte auf dem Parkplatz des Gerichtsmediziners. Bilottis Lincoln stand in der Nähe des Eingangs zu dem gelben, flachen Gebäude.

Ich knöpfte den obersten Knopf meines Hemdes zu und zog die Tür auf. In dem Gebäude gab es Leichen, aber die wurden in einem gekühlten Bereich aufbewahrt. Ich grub meine Hände in die Taschen und fragte mich, warum sie die Klimaanlage so kalt eingestellt hatten.

Aus Dr. Bilottis Büro drang klassische Musik. Er las einen dicken Bericht. Ich klopfte an die offene Tür. »Frank. Mit Ihnen habe ich nicht gerechnet.«

»Ich war in der Gegend und dachte mir, ich schaue mal vorbei.«

»Nehmen Sie Platz. Möchten Sie einen Kaffee?«

Ich ließ mich auf einen Stuhl gleiten. »Nein danke. Sie sagten, Sie hätten vielleicht etwas zum Fall Beas.«

»Ja. Ich hoffe, es wird Ihnen nützlich sein.«

»Ich bin ganz Ohr.«

Er griff hinter sich, zog einen Ordner von der Anrichte und legte ihn auf seinen Schreibtisch. »Ich erinnerte mich, vor ein paar Jahren über einen Fall gelesen zu haben, und habe den Bericht dazu ausfindig gemacht.«

»Ihr Gedächtnis ist nach der Chemo viel besser als meins.«

»Sie sind eine Ausnahme. Die meisten Patienten erlangen ihr Gedächtnis innerhalb von achtzehn Monaten zurück. Nur etwa zehn bis fünfzehn Prozent haben langfristige Probleme.«

»Ein Klub, in dem ich nicht gerne Mitglied bin.«

Bilotti zog sein Kinn ein. »Ihnen geht es gut, ich habe keinen Unterschied bei Ihrer Merkfähigkeit bemerkt.«

Ich hatte mich daran gewöhnt, meinen Gedächtnisverlust zu überspielen. »Danke, aber was haben Sie gefunden?«

»Es gab einen Fall in Georgia. Man fand ein Paar Schuhe in einem See, in der Nähe der Leiche eines Opfers. Es war eine Messerstecherei, und man ging davon aus, dass die blutverschmierten Schuhe dem Mörder gehörten. Es wurde keine DNA sichergestellt, aber es gelang, die Schuhe mithilfe von Schweiß- und Einlegesohlen-Abnutzungsmustern einem Verdächtigen zuzuordnen.«

»Sie wollen damit sagen, man hat die Schuhe wegen des Schweißes und der Fußabdrücke jemandem zugeordnet?«

»Füße sind einzigartig, sogar Ihre eigenen unterscheiden sich voneinander.«

»Okay, aber erzählen Sie mir von dem Schweiß. Sie sagten, man hätte keine DNA aus den Schuhen gewonnen.«

»Das hat man nicht, aber jeder Ihrer Füße hat zweihundertfünfzigtausend Schweißdrüsen.«

»Ach, kommen Sie, Doc. Eine Viertelmillion Drüsen?«

»Das ist eine biologische Tatsache. Es ist keine Überraschung, dass sich viele Leute über Schweißfüße beschweren; jeder Ihrer Füße sondert pro Tag einen halben Liter Flüssigkeit ab.«

»Das ist ja verrückt.«

»Aber wahr, und dieser Schweiß sickert sogar bei Sockenträgern durch und hinterlässt Flecken.«

»Und dieser Fleck kann zum Träger zurückverfolgt werden?«

»Es ist keine exakte Wissenschaft, da sich Flüssigkeiten ausbreiten, aber es gibt Muster, und die Daten können zusammen mit den Abnutzungsmustern der Einlegesohle ausreichen.«

»Was würden wir brauchen? Um zu sehen, ob es einer von den beiden ist, von denen wir glauben, dass sie es getan haben?«

»Idealerweise, und ich bin kein Experte, Abdrücke von beiden Füßen. Es gibt Scanner, um die genauen Maße und Eigenheiten jedes Fußes zu bestimmen; stellen Sie sich die

Geräte vor, die zur Anpassung von orthopädischen Einlagen verwendet werden.«

»Ich kann mir nicht vorstellen, dass einer von beiden das freiwillig tun würde.«

»Wenn sie wüssten, dass die Turnschuhe nicht ihnen gehören, würden sie es tun.«

»Ihre Weigerung wäre eine klare Ansage.«

»Genau. Die andere Möglichkeit wäre, ihr aktuelles Schuhwerk zu untersuchen.«

»Auch hier werden sie nichts freiwillig herausgeben. Es mag nicht einfach sein, aber wir könnten einen Durchsuchungsbefehl für sie erwirken.«

»Wenn Sie eine ausreichend starke Argumentation aufbauen, wird ein Richter das abzeichnen.«

»Hoffen wir es mal. Aber wenn die beiden Verdächtigen es gemeinsam getan haben, würde es nur auf einen von ihnen hindeuten.«

»Dabei kann ich Ihnen leider nicht helfen.«

»Ich weiß. Sie waren eine große Hilfe. Ich werde die Turnschuhe analysieren lassen.«

»Ich werde dem Labor die Einzelheiten schicken, die in dem Fall, über den ich gelesen habe, beschrieben sind.«

Als ich in den Sonnenschein hinaustrat, wusste ich, dass wir etwas in der Hand hatten, aber würde es zu einer Mordanklage führen? Während ich auftaute, wurde mir klar, dass, wenn Chen und Sanchez sich verschworen hatten, Beas zu töten, einer von ihnen den anderen würde verpfeifen müssen.

Das Letzte, was ich wollte, war, mich darauf verlassen zu müssen, jemandem einen Deal anzubieten, um ihn zum Reden zu bringen, aber wenn es sein musste, würde ich es tun. Als Belohnung, um das Zugeständnis abzumildern, würde ich neben dem Hummus auch ein Pistazien-Baklava aus dem Restaurant Simit mitnehmen.

―――――

DERRICK SAß HINTER SEINEM SCHREIBTISCH, als ich hereinkam. Ich hielt die Styroporbox hoch. »Willst du etwas Baklava?«

»Nein. Ich habe mir gerade die Zähne geputzt.«

»Na und?«

»Nachdem ich mir die Zähne geputzt habe, esse ich bis zur nächsten Mahlzeit nichts mehr. So nehme ich nicht zu.«

Ich zog den Bauch ein. »Ein Stück wird dich schon nicht umbringen.«

»Nein, danke.«

Ich stellte den Hummus in den Kühlschrank und schnitt mir ein Stück von dem türkischen Gebäck ab. »Ich hebe dir ein Stück für zu Hause auf.«

Der Honig klebte mir an den Zähnen, als ich sagte: »Bilotti glaubt, wir können die Sneaker anhand der Abnutzungs- und Schweißspuren identifizieren.«

»Wirklich? Dann könnten wir beweisen, dass einer von ihnen dort war.«

»Ich weiß, aber was ist, wenn die zusammenarbeiten?«

Er zuckte mit den Schultern. »Du hast doch gesagt, du willst den Fall lösen, bevor wir abhauen. Dann bekämst du doch deinen Ritt in den Sonnenuntergang.«

Ich senkte die Stimme. »Hör zu, schalt jetzt nicht ab. Wir müssen das richtig machen.«

»Lass nicht das Perfekte der Feind des Guten sein.«

»Was zum Teufel soll das heißen? Das County bezahlt

uns dafür, Mörder zu fangen. Du löst ihre Schecks ein, also musst du auch deinen Teil beitragen.«

»Meinen Teil? Ich habe schon mehr als genug getan.«

»Was ist mehr als genug?«

Er zog sein Hemd von der Schulter und entblößte eine große rote Narbe. »Ist eine Kugel zu kassieren nicht genug?«

»Immer mit der Ruhe. Ich sage ja nur, dass ich mit einer reinen Weste gehen will, falls wir das Geld finden.«

»Und ich sage, ich schulde niemandem etwas. Und du auch nicht.«

Ich zuckte mit den Schultern. »Ich gehe runter zur Asservatenkammer, um die Sneaker ins Labor zu bringen.«

War das eine Generationenfrage? Derrick war eine verantwortungsbewusste Person, aber es gab einen Unterschied zwischen uns. War ich mit den Werten der alten Schule belastet und er klarsichtig, indem er sich selbst an die erste Stelle setzte? Das Leben war nicht perfekt und es war nicht lang, aber das bedeutete nicht, dass wir uns dem Egoismus hingeben sollten.

51

ICH STECKTE MEINEN KOPF AUS DER SCHIEBETÜR. »WAS FÜR eine Nacht. Keine Luftfeuchtigkeit.«

Mary Ann deckte gerade den Tisch. »Es war ein wunderschöner Tag.«

Warum fühlte ich mich so schlecht? »Ich hole mir einen Wein. Willst du auch ein Glas?«

»Nee.«

»Ach, komm schon. Nimm ein kleines Glas.«

»Na gut.«

Ich holte einen Chianti aus dem Schrank. Es war egal, ob er schon trinkreif war oder nicht. Ich brauchte eine kleine Betäubung.

Wir stießen mit den Gläsern an. »Prost.«

»Was ist das? Der ist gut.«

»Ein Chianti. Ich mag die wirklich gerne. Sie passen gut zum Essen und kosten nur um die fünfundzwanzig Dollar.«

»Du musst die Zucchini auf den Grill legen.«

»Ich lege erst die Burger drauf.«

Sie machte Anstalten aufzustehen.

»Bleib sitzen. Ich mach das schon.«

»Okay. Ich hoffe, das mit den Turnschuhen, was Dr. Bilotti gesagt hat, hilft dir.«

»Ich auch. Lass mich dich was fragen.«

»Was denn?«

»Findest du, ich bin altmodisch, was meine Werte angeht?«

»Nein. Da sind wir beide gleich.«

»Eben. Ich glaube, bei Derrick ist das eine Generationensache.«

»Wovon redest du?«

»Derrick verhält sich ein bisschen … Ich weiß nicht … Sagen wir, egoistisch.«

»Ist er nicht fair zu dir?«

»Nein, so was nicht. Nur, dass … es ist schwer zu erklären.«

»Hör auf, herumzudrucksen, und spuck's aus, Frank.«

Erwischt. »Lass mich erst das hier auflegen.«

Ich legte die Zucchini auf und nahm einen Schluck Wein. Mit leiserer Stimme sagte ich: »Es besteht die Möglichkeit, dass wir wissen, wo das Geld ist.«

»Oh mein Gott! Wirklich?«

Ich nickte. »Ich wollte es dir nicht sagen, weil, du weißt schon, ich dir keine falschen Hoffnungen machen wollte.«

»Ich bin keine vierzehn, Frank.«

»Ich weiß, aber ich wollte dich auch nicht beunruhigen, weil wir glauben, dass es in den Everglades ist.«

»Den Everglades? Oh, warte mal, also wurde Derrick deshalb gebissen, richtig?«

Sie war immer noch eine Ermittlerin. »Ja, siehst du? Ich wollte nicht, dass du dir Sorgen machst.«

»Tja, aber du kannst solche Dinge nicht vor mir verheimlichen.«

»Ich weiß. Es hat mich gestört. Deshalb sage ich es dir jetzt.«

»Wann wollt ihr es holen?«

»Derrick will, dass wir uns einen Tag freinehmen, aber ich bin für Samstag.«

»Warum? Du hast doch genug Überstunden.«

»Ich will den Beas-Fall abschließen.«

»Und weil Derrick das nicht will, findest du ihn egoistisch?«

»Vergiss es einfach.«

»Nein, er stellt sich über den Job, etwas, das du niemals tust.«

»Ich will meine Verpflichtung erfüllen.«

»Verpflichtung? Du hast ehrenhaft gedient. Es wird immer einen nächsten Fall geben.«

Mary Ann und ich waren uns in allem einig, außer bei meiner Besessenheit. »Wir leben hier. Ich will nicht, dass hier irgendein Mörder herumläuft.«

Sie verdrehte die Augen. »Du glaubst, du bist der Einzige, der sie fangen kann, nicht wahr?«

Ich wendete die Burger. »Natürlich nicht.«

»Du hast ein Recht darauf, das Leben zu genießen.«

»Ich weiß, und wenn wir das Geld finden, steige ich aus. Ich schwöre es.«

Sie beugte sich vor. »Glaubst du, ihr werdet es finden?«

Ich erklärte die Situation. »Aber erzähl es niemandem. Derrick hat Lynn auch nichts gesagt.«

»Werde ich nicht. Weißt du schon mehr darüber, wie viel es ist?«

»Nein, aber es wird mehr sein, als wir brauchen.«

»Was meinst du, wie viel? So, dass wir richtig reich wären?«

»Ich weiß nicht, aber genug, um die Reisen zu machen, die du wolltest, und zur Abwechslung mal das Leben zu genießen.«

»Ich kann es kaum erwarten! Wir können uns ein Haus am Wasser kaufen.«

»Ein neues Haus?«

»Warum nicht?«

»Uns gefällt es hier. Ich will nicht umziehen.«

»Wir werden renovieren müssen. Wir brauchen eine neue Küche.«

»Sicher.«

»Und wir müssen auch die Bäder machen. Vielleicht reißen wir alle Fliesen raus und legen Holzboden. Das ist heutzutage angesagt.«

Alles, was ich wollte, war Sicherheit und Unabhängigkeit, nicht ein Haus, ein Boot oder was auch immer. »Fang nicht mit all dem an, wir müssen das Geld erst mal finden.«

»Kann ich dabei helfen?«

»Ja, aber übertreib es nicht mit diesem Gerede über Geld.«

»Aber freust du dich denn nicht? Ich meine, anstatt jeden Cent zweimal umzudrehen, können wir tun, was immer wir wollen.«

»Ach, komm schon. Zweitausend für deine Spritzen auszugeben und die Studiengebühren für Princeton zu bezahlen, macht uns nicht zu Geizhälsen.«

»Also ist es meine Schuld, dass die MS-Behandlung so teuer war?«

»Das habe ich nicht gesagt. Alles, was ich sage ...«

Mary Ann stand auf und stürmte ins Haus. Wir hatten noch keinen Cent gefunden und doch hatten wir unseren ersten Streit ums Geld. Wie konnten Derrick und Mary Ann so unterschiedlich über Geld denken? Lag es an mir?

Mein Handy machte ein Geräusch. Es war eine SMS von Derrick. »Willst du dich morgen freinehmen und losfahren?«

»Nein. Lass uns warten.«

»Warum?«

Eine gute Frage. Ich schrieb eine SMS zurück. »Bleiben wir beim Plan.«

»Warum?«

Ich hatte keine Antwort. »Ich bin nicht bereit.«

»Irgendjemand wird es finden.«

»Werden sie nicht. Wir müssen warten.«

Er antwortete nicht. Ich räumte den Tisch ab und ging in die Küche. Als ich die Spülmaschine einräumte, kam eine SMS von Derrick: »Ich bin morgen nicht da.«

Wollte er etwa allein in die Everglades fahren? Derrick hatte den Lagerraum gemietet, in dem wir den Bootsanhänger und die Ausrüstung aufbewahrten. Er hatte beide Schlüssel.

Ich ging wieder nach draußen und schritt auf der Veranda auf und ab. Mein Partner und ich deckten uns gegenseitig den Rücken. Aber die Liste der Leute, die für Geld ihre Loyalität über Bord warfen, war endlos lang.

Derrick wusste besser als ich, wie riskant es in den Everglades war. Ein Alleingang erhöhte die Gefahr. Würde er jemanden mitnehmen? Es war nicht logisch, aber Gier benebelte den Verstand.

Ich ging in die Garage und durchwühlte einen Schrank.

Die Kette war rostig, aber dick. An einem Ende hing das Vorhängeschloss. Ich schnappte mir den Schlüssel, der daran baumelte, und steckte ihn ins Schloss. Es funktionierte.

Ich steckte den Kopf zur Haustür herein. »Mary Ann! Ich bin in einer Weile wieder zurück.«

52

ALS ICH DEN GANG ZU MEINEM BÜRO ENTLANGGING, SPITZTE ich die Ohren. Nichts. Ich trat ins Büro und mein Blick wanderte zu Derricks Schreibtisch. Meine Ohren hatten mich nicht getrogen; er war nicht da.

Ich drehte mich um und ging in die Cafeteria, um mir einen Kaffee zu holen. Es fiel mir schwer, mir meinen Partner nicht vorzustellen, wie er über den Alligator Alley fuhr. Ich schnappte mir eine Tasse Kaffee und ging zurück in mein Büro.

Sergeant Gesso kam herein. »Morgen, Frank. Es sieht nicht nach einem Tötungsdelikt aus, aber ein einundfünfzigjähriger Mann namens Oliver Riboff wurde tot in seinem Bett aufgefunden.«

»Wer hat ihn gefunden?«

»Seine Tochter. Er passt auf ihr Kind auf, und als er nicht auftauchte, hat sie angerufen und ist dann rübergefahren.«

Er reichte mir ein Stück Papier. »Hier ist die Adresse. Wir haben Dr. Bilotti bereits informiert.«

———

Ein Streifenwagen parkte vor der Guava Drive 1919. Ich parkte dahinter und begrüßte den Beamten, der vor Riboffs gelbem Haus stand. Es war ein einfaches Haus aus Betonsteinen mit einem blauen Metalldach.

Eine Frau, die sich die Augen tupfte, empfing mich an der Türschwelle. »Mary Riboff. Ich bin seine Tochter.«

»Detective Luca.« Ich reichte ihr eine Karte.

»Ein Tötungsdelikt?«

»Das ist das übliche Vorgehen, wenn eine jüngere Person verstirbt.«

»Ich kann nicht fassen, dass er tot ist.«

»Erzählen Sie mir, wie Sie ihn gefunden haben.«

Nachdem sie es erklärt hatte, fragte ich: »Sie haben einen Schlüssel?«

»Ja.«

»Hat Ihr Vater irgendwelche Drogen genommen?«

»Nein, aber er hat vor etwa zwei Wochen erwähnt, dass er Schmerzen in der Brust hatte. Ich habe ihm gesagt, er solle zum Arzt gehen, aber er war stur. Meinen Sie, es war ein Herzinfarkt?«

Ich zog Handschuhe an. »Das werden wir herausfinden. Zeigen Sie mir, wo er ist.«

Riboff lag auf dem Rücken, seine Augen starrten auf einen sich langsam drehenden Deckenventilator. Die Totenstarre war eingetreten. Ich zog die Decke von seinem stattlichen Bauch und untersuchte den Körper. Nichts Offensichtliches.

»Es war ein Herzinfarkt, oder?«

»Das mag sein, aber der Gerichtsmediziner ist auf dem Weg und wird das feststellen.«

»Hallo, Frank.«

»Oh, Doc, das ist Mary Riboff. Sie ist die Tochter.«

Sie schüttelten sich die Hände und ich bat sie, in der Küche zu warten. Bilotti sagte: »Irgendetwas Ungewöhnliches?«

»Nein. Könnte ein Herzinfarkt sein.«

»Ich werde eine Autopsie durchführen müssen, um einen Herzstillstand zu bestätigen.«

Mein Telefon klingelte. Es war Derrick. »Einen Moment, Doc.« Ich trat nach draußen. »Entschuldige, ich bin gerade bei einem Einsatz, ein einundfünfzigjähriger Mann ist verstorben …«

»Ein Tötungsdelikt?«

»Nein, sieht aus, als hätte sein Herz schlappgemacht.«

»Oh. Hey, hast du eine Kette an das Lager angebracht?«

»Ja.«

»Warum?«

»Ich wollte sichergehen, dass niemand einbricht.«

»Schwachsinn! Du traust mir nicht. Ich kann es nicht fassen, nach allem, was wir durchgemacht haben.«

War das eine Ablenkung? »Was machst du da überhaupt?«

»Ich wollte nachsehen, ob wir alles haben, was wir für Samstag brauchen.«

»Warum solltest du das tun?«

»Nachdem ich gebissen wurde, sind wir in Eile los und ich konnte mich nicht mehr erinnern, was zum Teufel passiert ist.«

»Wir haben umgedreht und sind ins Krankenhaus gefahren.«

»Ich habe mit der Kameraeinheit herumgespielt und

konnte mich nicht erinnern, ob ich sie habe fallen lassen oder was damit passiert ist.«

»Es ist nichts ins Wasser gefallen.«

»Das dachte ich auch nicht, aber dann dachte ich, vielleicht wurde etwas gestohlen, als wir am Krankenhaus geparkt haben.«

»Hattest du vor, heute danach zu suchen?«

»Ich kann nicht fassen, dass du das überhaupt fragst. Das ist doch Schwachsinn.«

Die Leitung war tot. Unsere Beziehung hing am seidenen Faden. Aber wessen Schuld war das? Hatte ich überreagiert oder hatte er versucht, mich zu hintergehen?

———

Es WAR GUT, dass Derrick sich den Tag freigenommen hatte, sonst hätte ich eine Krankheit vorgeschoben, um nach Hause zu gehen. Ich hängte meine Jacke auf und fragte mich, was für eine Beziehung wir hatten, wenn sie wegen des Geldes aus den Fugen geraten konnte.

Als ich dasaß, war die Antwort klar: die gleiche Beziehung, die 99 Prozent der Weltbevölkerung hatten.

Dass ich zugestimmt hatte, hinter Cabreras Geld her zu sein, hatte mir Ärger mit meiner Frau und meinem Partner eingebracht. Die Vorstellung, genug für einen sorgenfreien Ruhestand zu haben, war zweifellos wichtig. Aber Stress löste bei Mary Ann MS-Schübe aus, und keine Summe Geld der Welt konnte das beheben.

Aber wie alles im Leben hatte auch das seinen Preis. Wenn wir die Kohle finden würden, müssten Regeln aufgestellt werden, sonst würde sich das Leben zu sehr verändern.

Mein Tischtelefon klingelte. »Mordkommission, Detective Luca.«

»Frank, hier ist Sergio.«

Er war die Nummer zwei im Labor. »Hey, Serge, was gibt's?«

»Ich habe keine guten Nachrichten.«

»Überrascht mich nicht. Was ist es diesmal?«

»Wir können in den Schuhen, die Sie uns gebracht haben, kein Schweißmuster erkennen.«

»Was ist schiefgelaufen?«

»Es ist einfach nicht deutlich genug.«

»Wollen Sie mich auf den Arm nehmen?«

»Schön wär's. Die Schuhe waren neu, und was auch immer an Spuren vorhanden war, wurde durch den Regen, dem sie ausgesetzt waren, verdünnt.«

»Verdammt. Sie haben also gar nichts für mich?«

»Nicht basierend auf dem Schweiß, aber wir versuchen, einen brauchbaren Fußabdruck des Trägers zu erstellen.«

»Das können Sie?«

»Wir hoffen es. Die Sneaker waren neu und es gibt keine offensichtlichen Abnutzungserscheinungen. Das staatliche Labor hat uns eine Software zur Verfügung gestellt, um Scans durchzuführen und Kompressionen in der Innensohle zu messen. Hoffentlich liefern die Daten ein Modell für den Abgleich.«

»Wie genau sind die?«

»Einer der Techniker meinte, dass einige Merkmale leicht zu erkennen sind, wie zum Beispiel Plattfüße. Er sagte, sie hätten es kürzlich benutzt, um jemanden zu identifizieren, der hinkt.«

»Wie lange wird das dauern?«

»Höchstens ein paar Stunden.«

Ich sah auf die Uhr. »Haben Sie es bis vier Uhr?«

»Ganz sicher.«

»Rufen Sie mich umgehend an.«

Ich rief Derrick auf dem Handy an. Es klingelte sechsmal, bevor die Mailbox anging. Ich tippte eine Nachricht. »Ich brauche dich morgen früh. Das Labor wird etwas für uns haben. Wir müssen Chen und Sanchez hinzuziehen.«

53

MEINE SCHULTERN SPANNTEN SICH AN, ALS ICH VOM Parkplatz hereinkam. Mein Vorhaben, früh da zu sein, war durch Schlafmangel vereitelt worden. Ich konnte nicht aufhören, mir alle möglichen Szenarien auszumalen. Ich wollte vermeiden, in die Defensive zu geraten, falls Derrick schon da war.

Als ich das leere Büro sah, entspannte ich mich für einen Moment. Es war Viertel nach acht. Chen und Sanchez wurden um zehn Uhr erwartet.

Da ich noch lange aufgeblieben war, nachdem ich erfahren hatte, dass sie Anwälte engagiert hatten, hatte ich einen Durchsuchungsbefehl zur Untersuchung ihrer Füße aufgesetzt. Die Fragen waren, ob er genehmigt werden würde, und wenn ja, wann.

Ich fuhr meinen Desktop-Rechner hoch und hinterließ der Sekretärin des Sheriffs eine Nachricht wegen der Anträge auf richterliche Anordnung. Während ich E-Mails durchging, kam Derrick herein.

Er hatte nicht den Kaffee dabei, den er mir normalerweise mitbrachte, sagte aber: »Guten Morgen.«

»Morgen. Chen und Sanchez sind in einer Stunde hier.«

»Das wird interessant.«

»Sicher, dürfte es werden. Ich hätte deine Hilfe beim Aufsetzen der Anträge für den Durchsuchungsbefehl gebrauchen können.«

»Darf ich mir keinen Tag freinehmen?«

Die Temperatur fiel um zwanzig Grad. »Natürlich darfst du das. Ich sage nur, dass du richtig gut darin geworden bist, die Begründung für einen Richter zu formulieren.«

»Du hast mich in den letzten fünf Jahren jeden einzelnen machen lassen.«

»Ich habe dich zu gar nichts gezwungen. Ich habe dich gebeten. Wenn du einen nicht hättest machen wollen, hättest du es einfach sagen können.«

»Ja, klar.«

Ich stand auf. »Hör zu, wir haben einen wichtigen Tag vor uns. Legen wir das, was auch immer zwischen uns vorgeht, beiseite, okay?«

»Was auch immer zwischen uns vorgeht, ist, dass du mir nicht vertraust.«

»Das ist es nicht.«

Er schüttelte den Kopf. »Doch, das ist es. Ich wollte doch nur sicherstellen, dass wir alles haben, was wir brauchen, um nach … äh … ihm zu suchen. Okay?«

»In Ordnung.«

»Gib einfach zu, dass du dachtest, ich würde ohne dich losziehen. Okay?«

»Ist es mir in den Sinn gekommen, nachdem du darauf bestanden hast, dass wir nicht bis Samstag warten, und dich geweigert hast, auf meine Textnachrichten oder Anrufe zu antworten? Ja, das ist mir in den Sinn gekommen.«

»Siehst du? Das beweist meinen Standpunkt.«

»Wir sind darauf trainiert, jede Möglichkeit in Betracht zu ziehen. Es ist automa…«

»Du kannst sagen, was du willst, aber ich muss dir sagen, es hat wehgetan zu wissen, dass jemand, für den ich mein Leben riskieren würde, nicht dasselbe für mich empfindet.«

»Das ist nicht wahr. Ich würde alles für dich tun. Das weißt du.« Ich säuselte. »Geld bringt die Leute dazu, verrückte Dinge zu tun. Ich schätze, ich habe meine Gedanken dorthin wandern lassen, wohin sie nicht sollten. Es tut mir leid.«

»Ich weiß, was du meinst. Ich kann nicht aufhören daran zu denken, mehr Geld zu haben, als ich mir je vorstellen kann.«

Und genau damit bestätigte er meine Befürchtung, dass er es im Alleingang versuchen würde. »Sssch. Wir müssen das jetzt beiseiteschieben. Sie werden bald hier sein.«

»Du bekommst den reinen Tisch, den du wolltest, und das gerade noch rechtzeitig.« Er lächelte.

»Ich werde kurz nach oben gehen und nachsehen, wie der Stand beim Durchsuchungsbefehl ist.«

———

Ich ging auf einen Mann zu, der in einer Nische bei den Vernehmungsräumen saß. »Dr. Scotto?«

Er erhob sich. »Ja. Detective Luca?«

Wir schüttelten uns die Hände. »Ich möchte Ihnen danken, dass Sie so schnell gekommen sind.«

»Wann immer das Dezernat anruft, lasse ich alles stehen und liegen.«

»Danke.« Ich zeigte auf einen Kasten auf einem Rollwagen. »Ist das der Scanner?«

»Ja. Wir haben die Scans, die uns das Labor geschickt hat, und sind bereit, sie zu vergleichen.«

»Perfekt. Holen Sie sich einen Kaffee oder etwas aus der Cafeteria. Wir holen Sie, wenn es so weit ist.«

Will Sanchez lächelte in seinem königsblauen Anzug. Als er sich mit einem Finger an die Schläfe tippte, brach sein Anwalt, Phil Delco, in Gelächter aus. Sie sahen aus, als wollten sie gleich in den Urlaub fahren.

Derrick sagte: »Wir werden ihm schon zeigen, wie lustig das ist.«

»Sie scheinen nicht beunruhigt zu sein.«

»Er tut nur so.«

Ich trat vom Monitor weg. »Sanchez ist so aalglatt, wie man nur sein kann.«

Auf der anderen Seite des Flurs zeigte die Videoübertragung, wie Chen mit seinem Anwalt, Brian Bartz, sprach. Chens gespreizte Beine und seine zusammengesunkene Haltung ließen mich sagen: »Aus Chen werde ich nicht schlau.«

»Entweder hat er nichts zu befürchten oder er hat aufgegeben.«

»Ich weiß. Das ist es ja, was mich verwirrt.«

»Wenn sie zusammenarbeiten, wette ich, dass Sanchez und Chen ihre Geschichten aufeinander abgestimmt haben.«

»Wahrscheinlich, aber so oder so müssen ihre Anwälte ihnen Selbstvertrauen eingeflößt haben. Bereit?«

Er nickte und ich klopfte an die Tür. Chen schreckte auf

und Bartz, ein teurer Anwalt, mit dem ich in der Vergangenheit zusammengearbeitet hatte, stand auf. Er streckte eine Hand aus. »Detectives.« Chen schenkte uns ein Lächeln, konzentrierte sich aber weiterhin auf seine Hände.

Derrick schaltete das Aufnahmegerät ein und trug die Formalitäten vor. Ich sagte: »Counselor, ich hoffe, es macht Ihnen nichts aus, aber ich komme direkt zur Sache.«

»Wir sind genauso wie Sie daran interessiert, den Namen von Mr. Chen reinzuwaschen.«

»Gut. Herr Anwalt, ich weiß nicht, was Ihr Mandant Ihnen erzählt hat, aber Mr. Chen hatte die Mittel, das Motiv und die Gelegenheit, den Mord an David Beas in der Nacht zum ersten Oktober zu begehen.«

Bartz schnaubte. »Werden Sie ihn auch gleich verurteilen?«

»Wir haben Beweise, dass Mr. Chen in der Nähe des Tatorts war, und nachdem er es zunächst geleugnet hatte, gab er es zu. Ihr Mandant hat eine Vorgeschichte, was Hassverbrechen gegen Schwule angeht, so wie es das Opfer auch war. Was die Mittel betrifft, so ist Mr. Chen wegen Körperverletzung sowie Fahrerflucht vorbestraft. In beiden Fällen waren die Opfer schwul.«

»Mein Mandant war in der Gegend, aber nicht, wie Sie es sich zusammenfantasieren, um einen Mord zu begehen, sondern um sich mit einem Liebhaber zu treffen. Was die früheren Vergehen angeht, so waren das bedauerliche Vorfälle, für die Mr. Chen sein Fehlverhalten eingestanden hat. Er hat wie vorgeschrieben an einem Antiaggressions-Training teilgenommen.«

»Durch das Training hat er eine Gefängnisstrafe vermieden, aber es war nicht sonderlich wirksam, seine schwulenfeindlichen Aktivitäten einzudämmen.«

»Mein Mandant weist Ihre Anschuldigungen zurück.«

»Wird Mr. Chen heute aussagen?«

»Falls Sie eine Frage haben, die meiner Meinung nach am besten von ihm selbst zu beantworten ist, wird er das tun.«

»Mr. Chen, wir würden gerne Ihre Füße scannen.«

Er wandte sich an seinen Anwalt. »Scannen?«

Bartz klopfte seinem Mandanten auf den Unterarm. »Solange die keinen Durchsuchungsbefehl haben, wird Ihnen niemand zu nahetreten.«

Ich sagte: »Es ist nur ein einfacher, nicht invasiver Scan.«

»Ohne einen Gerichtsbeschluss werden wir dem Entkleiden meines Mandanten nicht zustimmen.«

»Jetzt werden Sie mal nicht dramatisch, Herr Anwalt. Er müsste nur seine Schuhe und Socken ausziehen und sich auf einen podologischen Scanner stellen. Das ist derselbe Vorgang wie bei der Anfertigung einer orthopädischen Einlage.«

»Die Antwort ist nein. Haben Sie weitere Fragen?«

»Wir würden diese Befragung gerne unterbrechen. Sind Sie damit einverstanden?«

Da die Uhr für ein Stundenhonorar von über fünfhundert Dollar tickte, wusste ich, dass Bartz zustimmen würde. »Wir gewähren Ihnen eine Unterbrechung, aber wir hätten gern etwas Wasser in Flaschen.«

54

Wɪʀ ᴛʀᴀᴛᴇɴ ᴀᴜꜰ ᴅᴇɴ Fʟᴜʀ, ᴜɴᴅ Dᴇʀʀɪᴄᴋ ꜱᴀɢᴛᴇ: »Iᴄʜ wusste, dass sie es nicht freiwillig tun würden.«

»Wir mussten es versuchen.«

»Weißt du, er hat nie gefragt, warum wir den Scan machen wollen.«

»Bartz weiß, dass die Turnschuhe als Beweismittel gelten.«

»Aber wenn Chen es nicht war, warum sollten sie dann Einwände haben?«

»Anwälte sind zum Schutz da. Bartz will keine Tür öffnen, wenn er nicht weiß, was dahinter ist.«

Derrick wandte sich dem Videofeed zu. »Er flüstert Chen etwas ins Ohr.«

»Er will herausfinden, ob da eine tickende Zeitbombe ist.«

»Chen ist ein Lügner; er wird Bartz nicht die Wahrheit sagen.«

»Die meisten Kriminellen tun das nicht.«

»Vielleicht haben wir bei Sanchez mehr Glück.«

»Mal sehen.« Ich klopfte und wir gingen hinein.

Das Lächeln von Sanchez und Delco verflog. Sie standen beide auf und wir schüttelten uns die Hände. Delco war vor einem Jahr von Fort Lauderdale nach Naples gezogen. Seit seiner Ankunft hatte er sich hauptsächlich mit der Vertretung von mittelrangigen Drogendealern beschäftigt.

Wir setzten uns und nachdem die Formalitäten zu Protokoll genommen worden waren, sagte Delco: »Ich möchte alle daran erinnern, dass Herr Sanchez freiwillig gekommen ist und in vollem Umfang mit dem Sheriff's Department kooperiert hat. Er ist ebenso daran interessiert wie Sie, herauszufinden, wer seinen geliebten Freund und Geschäftspartner ermordet hat.«

»Wir wissen seine Kooperation zu schätzen und sind sicher, dass er dies auch weiterhin tun wird, bis der Fall gelöst ist.«

»Herr Sanchez führt ein erfolgreiches Unternehmen und der Verlust von Herrn Beas nimmt ihn zeitlich stark in Anspruch. Aber trotz seiner vielen Verpflichtungen wird mein Mandant im Rahmen des Möglichen kooperieren.«

»Da Herr Sanchez so beschäftigt ist, werden wir diese Befragung kurzhalten.«

»Das passt.«

»Gut. Wir haben einen Podologen bereitstehen und möchten, dass er einen Scan von den Füßen von Herrn Sanchez macht.«

Delcos Brauen zogen sich zusammen, bevor er sagte: »Einen Scan?«

»Ja, das dauert nur eine Minute. Er würde sich auf einen Sensor stellen und eins, zwei, drei wäre es vorbei.«

»Ich nehme an, Sie haben einen Gerichtsbeschluss?«

»Den werden wir jeden Moment haben.«

Er schüttelte den Kopf. »So sehr wir Ihnen auch entgegenkommen möchten, ich kann nicht zulassen, dass mein Mandant sinnlosen Tests unterzogen wird.«

»Er ist nicht sinnlos. Er ist ein wichtiger Teil unserer Ermittlungen.«

Delco klopfte Sanchez auf die Schulter. »Tut mir leid. Die Antwort ist nein. Wir sind hier fertig.«

Sie gingen zur Tür. Ich sagte: »Sie verschwenden nur Zeit. Wir werden einen Gerichtsbeschluss bekommen und Sie werden wieder hier sein.«

»Auf Wiedersehen, Detective.«

Wir folgten ihnen hinaus. »Derrick, tu mir einen Gefallen und sag Bartz, dass er und Chen gehen können. Ich gehe nach oben, um nach dem Durchsuchungsbefehl zu sehen.«

Ich nahm die Treppe und stieg immer zwei Stufen auf einmal. Ich bog um den Treppenabsatz und prallte gegen eine Frau. »Oh, tut mir leid, Shirley. Ich wollte gerade zu euch raufkommen.«

»Schon gut.« Sie reichte mir einen Umschlag. »Richter Wilkerson hat den Durchsuchungsbefehl unterschrieben.«

»Du bist eine Lebensretterin. Bis später.«

Ich rannte wieder die Treppe hinunter und stürmte durch die Tür. »Derrick!«

»Was ist los?«

»Wo sind sie?«

»Wer?«

»Chen und Sanchez!«

»Sie sind gegangen –«

»Komm mit!« Ich rannte zum Haupteingang. Als ich durch die Vordertüren stürmte, rief der Sergeant am Empfang: »Was ist hier los?«

Ich sah ein Paar Bremslichter am Rande des Parkplatzes. Es war der blaue Maserati von Sanchez. Er setzte gerade aus einer Parklücke zurück. »Halt ihn auf, Derrick!«

Derrick sprintete los, während ich den Parkplatz überflog. Chen und Bartz schüttelten sich zwischen zwei Autos die Hände. »Hey! Anwalt!«

Sie sahen in meine Richtung. Chen griff nach seiner Wagentür.

»Stehen bleiben!«

Sie erstarrten. Ich sog die Luft ein, als ich zu ihnen rannte. Mit brennenden Beinen verkündete ich: »Wir gehen wieder rein, meine Herren.« Ich wedelte mit dem Umschlag. »Hier ist der Durchsuchungsbefehl, den Sie wollten.«

Bartz protestierte. »Aber –«

»Kein Aber, in Bewegung.«

»Beruhigen wir uns, Detective. Ich bin sehr beschäftigt. Wenn Sie einen Termin vereinbaren möchten –«

»Wir können das mit Gewalt machen oder Sie können kooperieren.«

»Das ist höchst irregulär. Wir stimmen zu, aber es muss zu Protokoll genommen werden, dass –«

Ich zeigte zum Eingang. »In Bewegung.«

Derrick stand mit Delco und Sanchez direkt vor den Türen. Als wir die Treppe hinaufstiegen, sagte Delco: »Was soll dieser unnötige Aufruhr?«

Ich reichte ihm den Umschlag und sagte: »Ihr Mandant wird kooperieren müssen, ob es ihm gefällt oder nicht.«

Wir eskortierten sie zurück in die Räume, in denen wir angefangen hatten. Ich eilte zum Kopierer und machte Kopien des Durchsuchungsbefehls für jeden Anwalt.

»Derrick, gib ihnen eine Kopie. Ich hole Dr. Scotto.«

Der Podologe las auf seinem Handy. »Danke fürs Warten, Doc. Wir sind startklar, wenn Sie es sind.«

Er stand auf. »Legen wir los.«

»Lassen Sie mich Sie etwas fragen.«

»Sicher.«

»Gibt es irgendeine Möglichkeit, wie Sie nach dem Scannen feststellen können, ob es eine Übereinstimmung gibt?«

»Wenn es eine Deformität oder eine podologische Erkrankung gibt, können wir sie möglicherweise mit dem Scan abgleichen, den das Labor durchgeführt hat.«

55

Ich hielt Dr. Scotto die Tür auf. Er schob sein Gerät herein. »Meine Herren, das ist Dr. Scotto. Er wird die Füße von Mr. Chen scannen.«

Chen wandte sich auf seinem Stuhl. Bartz sagte: »Wir haben Anspruch auf Kopien von allem, was aufgenommen wird, und falls nötig, werden wir unsere eigenen qualifizierten Experten einen Scan durchführen lassen.«

»Wir werden Ihnen alle Beweise, die wir haben, aushändigen. Und es ist Ihr Recht, Ihre eigenen Tests durchzuführen.«

»Ich will, dass diese Farce aufgezeichnet wird.«

»Alles wird dokumentiert.«

Ich schaltete die Aufnahmegeräte ein und nannte die Uhrzeit, das Datum und die Anwesenden. »Dr. Scotto, sind Sie bereit?«

»Ja.«

»Mr. Chen, der Doktor wird Ihre Füße scannen. Bitte folgen Sie seinen Anweisungen.«

»Ziehen Sie bitte Ihre Schuhe und Socken aus und treten Sie auf das Gerät.«

Jetzt barfuß, stellte Chen seinen rechten Fuß auf den Glasbildschirm des Geräts.

Scotto sagte: »Halten Sie Ihr Gewicht gleichmäßig verteilt. Das dauert nur eine Minute.«

Der Scanner summte. Ein roter Lichtstrahl bewegte sich langsam unter Chens Fuß hindurch. Scotto ließ den Bildschirm des Geräts nicht aus den Augen.

»Das ist gut. Sie können jetzt die Füße wechseln.«

In weniger als fünf Minuten zog Chen bereits seine Socken wieder an.

Ich fragte Scotto: »Haben Sie, was Sie brauchen?«

»Ich denke schon. Wenn wir fertig sind, übertrage ich die Dateien ins Labor und wir werden eine Analyse durchführen.«

»Mr. Bartz, Ihr Mandant kann gehen, aber er muss in Collier County bleiben, bis wir ihn anderweitig informieren.«

»In Ordnung. Und vergessen Sie nicht, mir diesen Scan zukommen zu lassen sowie alle, mit denen Sie ihn vergleichen.«

Scotto rollte den Scanner in den Raum, in dem Sanchez und sein Anwalt warteten. Er wiederholte den Vorgang.

Jetzt hieß es abwarten, bis die Ergebnisse kamen.

Derrick und ich zogen uns in unser Büro zurück. Ich ließ mich auf einen Stuhl fallen. »Ich hoffe, das dauert nicht zu lange.«

»Wird es nicht. Scotto meinte, er würde sich sofort daransetzen.«

»Weißt du, ich wünschte, ich könnte all die Stunden

zurückbekommen, die ich bei diesem Job mit Warten verbracht habe.«

»Die Technik ist unglaublich, aber die Kehrseite scheint zu sein, dass wir ständig auf das Labor warten.«

»Nutzen wir die Zeit. Vielleicht sollten wir uns diesen alten Fall ansehen, den Gesso erwähnt hat. Es wäre schön, mal einen alten abzuschließen.«

Derrick spottete und rollte mit seinem Stuhl herüber. »Wir sollten das Geld holen.«

»Aber er sagte, dieser Fall …«

»Weißt du, was dein Problem ist?«

Ich hatte nur eins? »Ach, komm schon.«

»Ich meine es ernst, Mann. Du wirst niemals kündigen und das Leben genießen, weil du dir immer wieder einredest, dass es noch einen Fall gibt, der dich braucht.«

»Das stimmt nicht.«

»Dann lass uns los.«

»Wohin?«

»In die Everglades.«

»Das können wir nicht. Wir warten auf …«

»Siehst du, das beweist es nur. Du stellst den Job über dich und deine Familie.«

»Einfach abzuhauen wäre unverantwortlich. Wenn du das nicht so siehst, stimmt etwas mit deiner Denkweise nicht.«

Er stieß sich vom Schreibtisch ab und rollte zu seinem eigenen. »Ich habe diesem Laden die letzten sieben Jahre geopfert und dabei fast mein Leben verloren. Also halt mir keinen Vortrag mit diesem Verantwortungsquatsch.«

Mein Kopf begann zu pochen. Ich kniff mir in den Nasenrücken und fragte mich, ob er zu der Erkenntnis gekommen war, dass die Schießerei meine Schuld war. Der

Kloß in meinem Magen wurde größer. »So habe ich das nicht gemeint. Du hattest verdammt viel Pech; ich verstehe jetzt, was du meinst. Mir war nicht klar, wie sehr es dich mitgenommen hat. Du sagst immer, dir geht es gut.«

»Mir geht es gut und ich will, dass es so bleibt. Ich werde meinen Kopf nicht mehr hinhalten.«

»Alles wird gut werden, mit oder ohne das Geld.«

Derrick nahm das klingelnde Telefon auf seinem Schreibtisch ab. »Mordkommission, Detective Dickson.«

Hatte meine Mutter da im Himmel die Fäden gezogen? Es war eine willkommene Ablenkung. Ich stand auf, um mir einen Kaffee zu holen, als Derrick auflegte.

»Das war das Labor. Sie sind sich sicher, dass wir eine Übereinstimmung haben.«

56

DERRICK UND ICH STANDEN VOR VERNEHMUNGSRAUM EINS.
Ich sagte: »Es hat länger gedauert, als ich dachte, aber wir
haben ihn.«

»Das haben wir allerdings.«

»Bereit?«

Er hob die Faust; ich stieß dagegen und öffnete die Tür.

»Meine Herren.« Als wir Platz nahmen, sagte Delco:
»Ich weiß es nicht zu schätzen, zwei Tage hintereinander
hier antanzen zu müssen.«

Ich rückte die Akte zurecht, die ich mitgebracht hatte.
»Wir werden dafür sorgen, dass es sich für Sie lohnt. Detective Dickson, starten Sie bitte die Aufzeichnung.«

Nachdem die Formalitäten erledigt waren, sagte ich:
»Herr Anwalt, wir haben die Scans gestern Abend spät an
Ihre Kanzlei geschickt.«

»Wir haben sie erhalten, aber ich hatte noch keine Gelegenheit, sie von unseren Sachverständigen prüfen zu
lassen.«

Ich schlug die Akte auf und schob zwei Bilder über den

Tisch. Ich tippte auf das linke und sagte: »Dieses stammt aus dem Fußbett des linken Sneakers, der am Strand zurückgelassen wurde.«

Während Delco es untersuchte, sagte ich: »Und das hier ist der Scan, den Dr. Scotto gestern von Mr. Sanchez' linkem Fuß gemacht hat.«

Sanchez beugte sich vor. »Ich habe Ihnen gesagt, dass die Sneaker nicht mir gehören; das beweist gar nichts.«

Derrick sagte: »Au contraire.«

Dann deutete er mit dem Finger auf die beiden kleinen Zehen. »Sie stimmen perfekt überein, einschließlich Ihres kleinen Zehs.«

Delco sagte: »Wir können diese Bilder weder kommentieren noch interpretieren.«

Ich sagte: »Es ist ganz einfach, Herr Anwalt. Die roten Bereiche sind jene, die mit dem Fußbett und dem Scanner in Berührung kommen. Die Bilder decken sich exakt, was, wie man mir sagte, ungewöhnlich ist.«

»Wir werden sie von unseren Experten untersuchen lassen, aber was spielt es für eine Rolle, wenn sie Ihrer Annahme zustimmen?«

»Dass Mr. Sanchez nicht nur im Lowdermilk Park war, sondern auch am Strand, nur wenige Schritte von dem Ort entfernt, an dem David Beas erdrosselt wurde.«

»Die Sneaker könnten vor dem Mord und von irgendjemandem dort zurückgelassen worden sein. Mein Mandant glaubt, er habe sie irgendwann im Juli verlegt.«

»Ein Wegwerfhandy, das von Ihrem Mandanten aktiviert wurde, war am ersten Oktober dort.«

Sanchez schüttelte den Kopf. »Das ist doch verrückt. David und ich waren Freunde und Geschäftspartner. Zu behaupten, ich hätte etwas mit seinem Tod zu tun, ist absurd.«

Derrick sagte: »Was absurd ist, ist Ihr Glaube, Sie könnten damit durchkommen.«

Delco sagte: »Detectives, alles, was Sie vorgelegt haben, sind Indizienbeweise.«

»Ihr Mandant hatte das Motiv; nachdem Mr. Beas aus dem Weg war, wurde er nicht nur der alleinige Eigentümer, sondern er musste auch nicht für den Anteil seines Partners bezahlen. Er war am Tatort, was die Gelegenheit betrifft. Und Mr. Sanchez hat in der Vergangenheit Mr. Beas körperlich und verbal bedroht.«

»Indizien.«

»Nennen Sie es, wie Sie wollen, aber die Staatsanwaltschaft ist der Meinung, dass sie erdrückend sind.«

»Da bin ich anderer Meinung.«

»Sie meinen, wir haben genug.«

»Erwägen Sie, Anklage zu erheben?«

Ich wandte mich an Derrick. »Wie lange würde es dauern, den Haftbefehl auszustellen?«

Er sah auf seine Uhr. »Sollte jetzt fertig sein.«

Delco sagte: »Wenn er kommt, werden wir uns darum kümmern.«

»Er kommt, Herr Anwalt. Das ist kein Bluff. Aber ich wurde beauftragt, ein Angebot zu unterbreiten.«

»Was für ein Angebot?«

»Wenn Mr. Sanchez kein Geständnis ablegt, werden wir ihn wegen Mordes anklagen, was eine Mindeststrafe von lebenslänglich, wenn nicht sogar die Todesstrafe nach sich zieht.«

»Mord?«

»Es war vorsätzlich, Herr Anwalt.«

»Ich habe David nicht getötet. Ich schwöre es. Ich war es nicht.«

»Wir glauben, dass ein Geschworenengericht Ihrem Dementi keinen Glauben schenken wird. Kooperieren Sie, und wir werden die Anklage auf Totschlag reduzieren. Der Strafrahmen liegt bei mindestens siebzehn Jahren bis lebenslänglich, aber wir denken, dass ein Deal bei zwanzig Jahren machbar ist.«

Sanchez formte mit den Lippen die Worte: »Zwanzig Jahre.«

»Herr Anwalt, wir werden jetzt den Haftbefehl holen. Ich würde die Zeit nutzen, um das Angebot mit Mr. Sanchez zu besprechen.«

»Ich habe David nicht getötet. Ich werde niemals irgendetwas zustimmen.«

57

WIR FUHREN DURCH DIE SUNPASS-MAUTSPUR UND DER
Verkehr wurde langsamer, als wir auf die Alligator Alley
auffuhren.

»Nachdem du gestern Abend weg warst, hat Wilkerson
den Durchsuchungsbefehl für Sanchez' Finanzunterlagen
genehmigt.«

»Einschließlich des Geschäfts?«

»Nein. Er meinte, wir hätten keinen Grund zu der
Annahme, dass das Geschäft eine Rolle spielt.«

»Das ist doch verrückt. Sanchez und Beas waren
Partner.«

»Ich weiß, aber nehmen wir erst mal, was wir kriegen
können. Wenn es sein muss, sehen wir mal, was wir sonst
noch finden können, um den Richter umzustimmen.«

Derrick sagte: »Was ist denn mit dem ganzen Verkehr
los?«

»Es brennt in der Nähe der Grenze zu Miami-Dade.«

»Ein schlimmes?«

»Im Moment nicht.«

»Typisch unser Glück.«

Wir waren drauf und dran, Millionen von Dollar zu finden, und er beschwerte sich über unser Glück? »Im Großen und Ganzen ist das nichts.«

»Wir sind keine vierzig gefahren, seit wir durch die Mautstelle sind.«

Wir brauchten doppelt so lange, um dorthin zu gelangen. Derrick wurde langsamer und fuhr auf den Parkplatz.

Ich sagte: »Park in der hintersten Ecke und, nein … warte mal … da hinten steht ein Fahrzeug.«

»Es ist ein schöner Tag, um auf dem Wasser zu sein.«

»Vielleicht auf dem offenen Wasser, nicht in diesem Sumpf.«

Derrick bremste bis zum Stillstand. »Warum lassen wir das Boot nicht einfach jetzt zu Wasser? Wir wissen doch, wo wir hinmüssen.«

Die Augen auf das Fahrzeug in der Ecke gerichtet, griff ich nach dem Türgriff. »Okay, fahr rückwärts die Rampe runter.«

Mit fuchtelnden Händen wies ich Derrick ein, als er die Betonrampe hinunterkroch. Das Heck des Bootes tauchte ins Wasser ein. Ich wartete zehn Sekunden, bevor ich gegen die Seite des SUVs klopfte. »Das ist gut.«

Ich löste das Seil des Anhängers und das Boot glitt ins dunkle Wasser. Ich kletterte an Bord und der Rumpf schrammte über die Rampe. »Geh parken.«

Ich behielt den Parkplatz und dahinter die Interstate im Auge. Der Straßenlärm war erheblich leiser, da der Verkehr mit weniger als dreißig Meilen pro Stunde fuhr.

Derrick startete den Motor und wir tuckerten los. Ein paar Schulbuslängen vom Ufer entfernt, sagte ich: »Riechst du eine Zigarette?«

Er schnupperte. »Ich rieche nichts außer dem modrigen Geruch, der von diesem Ort ausgeht.«

»Halte dich links, um diese Mangrovenansammlung herum.«

Als wir um die Ecke bogen, sagte ich: »Mann, sieh dir dieses Spinnennetz an. Das muss die ganze Nacht gedauert haben.«

»Eines von der Größe kann genug fangen, um eine vierköpfige Familie zu ernähren.«

»Spinnen können furchtbar schlecht sehen. Sie nutzen Vibrationen, um zu finden, was sich in ihrem Netz verfängt.«

»Was bist du, ein Entomologe?«

Ich lachte. »Ich weiß nicht, was das bedeutet, aber Jessie hat als Kind ein Referat darüber gehalten.«

»Es ist schon komisch, wie bestimmte Fakten hängen bleiben, oder?«

Ich überprüfte das GPS. »Nimm den Kanal da vorne.«

Wir fuhren durch einen langen Kanal in ein dunkles, offenes Gewässer. Ich sagte: »Halte dich rechts, wo es enger wird.«

Derrick steuerte das Boot. »Wie weit noch?«

»Ein paar Ladenfronten.«

»Das glaube ich nicht.«

Ich senkte meine Stimme und griff nach der Kameraeinheit. »Mach langsamer.«

Ich wickelte das Verlängerungskabel ab, reichte Derrick das Display und überprüfte die Koordinaten. »Okay, stell den Motor ab.«

Eine Welle breitete sich aus, als ich die Kamera ins Wasser ließ. Ich griff nach dem Topografie-Lesegerät und sagte: »Behalte das Display im Auge.«

Derrick verlagerte sein Gewicht und das Bodengrafik-gerät wackelte. »Versuch, dich nicht zu bewegen, wir könnten eine schlechte Messung bekommen.«

»Ich sehe nichts. Und du?«

»Sieht aus, als wäre da etwas auf der rechten Seite, eine Bootslänge voraus.«

»Dieses Ding ist nicht einfach zu bewegen. Ich drehe es ständig, aber–«

Ich zeigte mit dem Finger. »Paddel da rüber. Du musst genau über einer Stelle sein, um eine gute Sicht zu bekommen.«

Derrick machte einen Ruderschlag und etwas glitt ins Wasser. »War das ein Alligator?«

Ich legte meine Hand auf meine Pistole. »Ich weiß es nicht, aber wir können kein Risiko eingehen.«

»Sie sollen Menschen nicht angreifen, es sei denn, sie werden provoziert.«

»Ich werde diese Theorie nicht auf die Probe stellen.« Ein Punkt huschte über das Lesegerät. »Er ist gerade abgehauen.«

»Alligatoren schwimmen schneller als Delfine.«

»Genau das wollte ich hören.«

»Ich kann nichts sehen. Er hat einen Haufen Schlick aufgewirbelt.«

»Nicht mehr paddeln. Wir sind fast genau drüber.«

»Ich kann nichts sehen.«

»Hier ist etwas. Wir müssen warten, bis sich der Schlick gesetzt hat.«

Derrick nahm ein Greifgerät. »Meinst du, das ist es?«

»Es ist zu quadratisch, um natürlich zu sein. Das muss es sein.«

»Heilige Scheiße! Wir werden reich sein.«

»Sshh. Sei leise.«

»Entspann dich, wir sind mitten im Nirgendwo.«

»Man kann überall in Schwierigkeiten geraten.«

Derrick stand auf und das Boot schaukelte. »Ich glaube, ich sehe etwas.«

»Lass mich sehen.«

»Es sind Koffer.«

»Wie viele?«

»Alle.«

»Schwer zu sagen, die sind mit Dreck und Algen bedeckt.«

Derrick schaute auf den Bildschirm und nahm das Greifwerkzeug.

»Warte. Ich will nichts aufwirbeln. Wir müssen direkt darüber sein.«

»Okay, okay.«

Mangrovenäste schrammten am Boot entlang, als wir ans Ufer trieben. »Wir sind in Position.«

»Gib mir das Display.«

Ich reichte ihm das Gerät. »Versuch, die Klaue um den Griff zu bekommen.«

Er ließ das Werkzeug ins Wasser hinab. »Lots mich.«

»Nach links, okay, zum Ufer hin. Stopp. Genau so. Tiefer. Noch tiefer.«

»Ich bin dran.«

»Du bist nur ein paar Zentimeter vom Griff entfernt. Ein kleines Stück nach rechts.«

Er spreizte die Klaue. »Passt es so?«

»Ja, schließ sie langsam.«

»Ich glaube, ich hab ihn.«

»Hast du auch. Heb ihn hoch, aber langsam.«

Mein Herz hämmerte.

»Scheiße. Er muss abgerutscht sein.«

Schlamm wirbelte auf und trübte das Wasser.

»Schon gut. Warte einfach eine Minute.«

»Wir sind so nah dran, dass ich es schmecken kann.«

»Alles setzt sich wieder. Lass ihn runter.«

»Bin dabei. Wie nah bin ich dran?«

»Einen Hauch nach rechts. Ja, genau so, die Klaue ist neben dem Griff. Heb sie einen Zentimeter an und öffne sie. Gut, gut. Pack zu.«

Die Klaue schloss sich um den Griff. »Hab ich ihn?«

»Ja. Zieh ihn langsam hoch.«

Schlamm glitt von dem Koffer, als er aufstieg. Derricks Hände wanderten an der Stange hoch. »Der ist schwerer, als ich dachte.«

War er mit Wasser vollgelaufen?

»Brauchst du Hilfe?«

»Passt schon.«

»Schön sachte.« Das Boot neigte sich. »Lehn dich nicht rüber. Hol ihn rauf, als ob du angelst.«

»Wie weit noch?«

»Ungefähr sechzig Zentimeter.«

Ich legte den Bildschirm weg und krabbelte rüber. Als ich über die Kante lugte, sah ich ihn. Ich sah mich um und tauchte meine Hand ein. Meine Finger umschlossen den Griff. »Lass die Klaue los. Ich hab ihn.«

Metall kniff in meine Haut, als Derrick das Werkzeug losließ. Ich stemmte mich dagegen, um nicht hineingezogen zu werden. »Der ist verdammt schwer.«

Er warf den Greifer ins Boot. »Halt ihn fest, Mann!« Er kniete sich neben mich.

Ich sagte: »Greif ihn von unten. Ich brauche Hilfe.«

Derrick schob seine Arme darunter. »Ich hab ihn.«

»Okay, holen wir das Baby an Bord.«

Wasser schwappte aus dem Koffer, als wir ihn über die Wasseroberfläche und ins Boot hoben. Das Wasser glitzerte auf der Schrumpffolie, die den Koffer umhüllte. Der Koffer war silbern und hatte die Größe von Handgepäck.

Wir starrten ihn an. Derrick bekreuzigte sich. »Oh, danke, Gott.«

Ich klappte mein Springmesser auf und begann zu schneiden. »Das müssen ein Dutzend Lagen Plastik sein.«

Derrick schnitt mit seinem Messer auf der gegenüberliegenden Seite. Wir zogen die Schrumpffolie ab.

»Er ist knochentrocken.«

Es gab zwei Verschlüsse. Ich fragte: »Bereit?«

»Auf geht's.«

Zwei Klicks später klappte ich ihn auf wie ein Buch. Reihen über Reihen von Hundert-Dollar-Scheinen füllten beide Seiten.

»Heilige Scheiße! Wir haben es geschafft. Wir haben es geschafft!«

Wir umarmten uns und das Boot schaukelte. Er sagte: »Was glaubst du, wie viel da drin ist?«

In einen normalen Aktenkoffer passt eine Million. In diesem Koffer war viel mehr. Ich nahm ein Bündel und zählte. »Zehntausend pro Bündel.«

Derrick rechnete. »Die sind dreifach gestapelt. Jede Seite hat vierundachtzig Bündel, dreifach gestapelt.« Er zog sein Handy heraus. »Das sind zweihundertzweiundfünfzig, mal zwei. 5.040.000.«

Ich starrte auf das Geld.

Derrick rüttelte an meiner Schulter. »Komm schon. Holen wir den Rest hoch.«

58

WIR ZOGEN EINEN FÜNFTEN KOFFER INS BOOT, UND DAS Gefährt sank tiefer. Ich sagte: »Lass uns zurückfahren, die hier ins Auto packen, und dann kommen wir wieder.«

»Lass uns noch einen holen.«

»Wir liegen zu tief im Wasser. Wenn ein Boot an uns vorbeifährt, wird uns seine Heckwelle versenken.«

»Einer passt noch rein–«

»Es hat keinen Sinn, es auszureizen. Wir fahren zurück, laden aus und kommen wieder.«

Derrick holte sein Handy raus.

»Machst du ein Foto?«

»Falls wir diese Stelle nicht wiederfinden.«

»Wir haben die Koordinaten.«

»Ich will nur auf Nummer sicher gehen.«

»Lass uns los. Mach langsam.«

Derrick startete den Motor und setzte mit dem Boot zurück. Wir tuckerten den Weg zurück. Ich sagte: »Der letzte Koffer ist höllisch verschimmelt. Ich hoffe, die anderen sind in Ordnung.«

»Wir können die Scheine umtauschen und neues Geld dafür bekommen.«

»Solange mehr als die Hälfte des Scheins zu sehen ist.«

»Nein, ich hab nachgesehen, es darf auch weniger als die Hälfte sein, wenn man den Rest des Scheins hat. Das klappt schon.«

»Solange sie nicht zerfallen.«

»Was meinst du, wie viele Koffer da noch sind?«

»Zehn, fünfzehn.«

»Das sind nur fünfzig bis siebzig Millionen.«

»Nur?«

»Das entspricht nicht dem, was Coburn gesagt hat.«

»Wir werden es früh genug herausfinden.«

Für den Rückweg brauchten wir doppelt so lange. Als die Rampe in Sicht kam, sagte Derrick: »Ich ziehe es ein Stück die Rampe hoch und hole das Auto.«

»Klingt gut.«

Das Boot schrammte über den Grund. Derrick sprang mit einem Platschen hinaus. »Bin gleich zurück.«

Er öffnete die Heckklappe, und wir luden die Koffer ein. Derrick schlug sie zu. »Ich parke genau da drüben.« Er zeigte auf eine Stelle neben der Rampe.

»Gut.«

Ich streckte meinen Rücken, während er parkte. Der Verkehr hatte sich auf Schritttempo verlangsamt. Ich blickte nach Osten. Die dunkle Rauchwolke verdeckte einen großen Teil des östlichen Himmels. Wir stiegen wieder ins Boot und machten uns auf den Weg, um weitere fünf Koffer zu holen.

Als wir außer Sichtweite der Rampe waren, hörte ich ein krachendes Geräusch. »Hast du das gehört?«

»Was war das?«

»Klang wie splitterndes Glas.«

»Ja, stimmt. Wahrscheinlich ein Unfall, irgendjemand am Handy–«

»Kehr um, kehr um!«

»Was?«

»Jemand muss uns gesehen haben.«

»Auf keinen Fall.«

»Fahr zurück! Beeil dich!«

Das Boot geriet ins Schleudern, und wir rasten zurück. Wir kamen mit einem scharrenden Geräusch zum Stehen. Ich sprang über die Seite und sagte: »Scheiße!«

Der Asphalt neben dem Heck unseres SUVs war mit Glasscherben übersät.

Derrick sagte: »Wir müssen sie uns schnappen.«

»Bei dem Verkehr kommen sie nicht weit.«

»Sie haben unser Geld gestohlen.«

Derrick koppelte den Anhänger ab. »Los geht's.«

Wir sprangen ins Fahrzeug, und Derrick trat das Gaspedal durch, sodass die Reifen quietschten, als wir kreischend in Richtung Ausfahrt fuhren.

Ich griff ins Handschuhfach und zog das Blaulicht heraus. »Nimm den Standstreifen.« Ich klebte das Licht aufs Dach und sagte: »Sie sitzen in einer grauen Limousine. Amerikanisch, vielleicht ein Ford oder Chevy.«

Er verlangsamte und zog auf den Standstreifen. Er sagte: »Wir hätten das Geld nicht unbewacht lassen dürfen; wir hätten nach Hause fahren sollen.«

»Nach Hause? Du wolltest doch mehr holen.«

»Nein, ich wollte noch einen Koffer mehr aufs Boot nehmen–«

Ich zeigte mit dem Finger. »Ich glaube, das sind sie.«

Derrick legte seine Hand auf seine Pistole und den Fuß aufs Gaspedal. »Mistkerle.«

»Immer mit der Ruhe. Wenn das außer Kontrolle gerät, versemmeln wir alles.«

Als wir uns ihnen näherten, murmelte er: »Ich kriege die Bastarde. Die denken, sie können uns einfach so bestehlen? Denen werde ich es zeigen–«

»Wir kriegen sie.« Ich legte meine Hand auf seinen Arm. »Wir holen uns nur das Geld zurück.«

Er schüttelte meine Hand ab und fing an zu hupen. Die graue Limousine beschleunigte. Ich fiel gegen die Tür, als Derrick aufs Gras auswich. Der SUV schoss nach vorne und Derrick zog seine Waffe.

»Hey!«

Er richtete sie auf die graue Limousine und lehnte sich auf die Hupe. Es war nur ein Mann im Auto. Er wurde langsamer. Derrick schnitt ihm den Weg ab und bremste bis zum Stillstand.

Mit der Pistole in der Hand riss Derrick seine Tür auf. Ich sagte: »Warte mal. Wir können es uns nicht leisten, dass die Sache aus dem Ruder läuft.«

»Ich weiß, ich weiß.«

Ich nahm meine Glock in die Hand. »Wir müssen vorsichtig sein. Der Kerl könnte bewaffnet sein.« Ich öffnete meine Tür. »Eins, zwei, drei.«

Wir richteten unsere Waffen auf den Fahrer mit dem Pferdeschwanz. Er hob die Hände. Wir näherten uns. »Lassen Sie Ihre Hände da, wo wir sie sehen können.«

Derrick ging zur Fahrerseite, und ich öffnete die Beifahrertür. »Rüberrutschen!«

Mein Partner kam herum. »Auf die Knie.«

Der Fahrer sah mich an. »Ich wollte nichts Böses–«

»Klappe.«

Derrick zog zwei Koffer vom Rücksitz und trug sie zum SUV. Ich sagte: »Sie haben Glück, dass wir im Dienst sind.«

»Was ist in den–«

»Halten Sie den Mund. Wir sind von der DEA, und Sie haben unsere Operation vermasselt.«

»Tut mir leid, Mann.«

»Sie haben Glück, dass wir keine Zeit haben, Sie einzubuchten, sonst würden Ihnen zehn Jahre wegen Behinderung von Bundesbeamten drohen.«

»Ich wusste es nicht. Ich werde nicht–«

»Halten Sie die Klappe und geben Sie mir Ihren Führerschein.«

Sam Whitehouse sah älter aus als seine einunddreißig Jahre. Ich warf den Führerschein ins Gras. »Halten Sie dicht, oder ich nehme Sie mir vor. Hören Sie mich, Sam?«

»Ja, ja. Ich verspreche es.«

Derrick schnappte sich zwei weitere Koffer, und ich nahm den letzten heraus. »Sam, bewegen Sie Ihren Hintern in den Wagen und hauen Sie ab.«

Als er seinen Führerschein aufhob, sagte ich: »Beeilen Sie sich.«

Wir luden die Koffer in unseren Wagen und schlossen die Heckklappe. Sam hatte den Blinker gesetzt und fuhr auf die Alligator Alley. Ich sagte: »Wir haben Gesellschaft bekommen.«

Ein State Trooper raste mit Blaulicht auf uns zu. »Scheiße! Was sollen wir jetzt sagen?«

Ich wusste es nicht. »Setz dich in den Wagen. Mir fällt schon was ein.«

59

ICH ENTFERNTE MICH ZWEI WAGENLÄNGEN VON UNSEREM Fahrzeug. Der schwarz-beigefarbene Wagen kam zum Stehen. Ich hielt meine Dienstmarke hoch und wartete darauf, dass der State Trooper näher kam. Er war groß und seine Uniform saß wie angegossen. »Was ist hier los?«

»Detective Luca, vom Sheriff's Office in Collier, Sir.«

Er nahm meinen Ausweis, prüfte ihn und gab ihn mir zurück. Er spähte über meine Schulter. »Ist alles in Ordnung?«

»Ja, uns ist ein Auto aufgefallen, das Schlangenlinien fuhr; es sah nach Trunkenheit am Steuer aus. Wir haben ihn angehalten, ihn den Strichgang und den Einbeinstand machen lassen, und er hat bestanden. Er sagte, ihm sei sein Handy heruntergefallen.«

»Wahrscheinlich tippt er auf seinem Handy rum, wie die Hälfte der Leute auf der Straße.«

Ich lächelte so breit, wie ich konnte. »Da unterschätzen Sie es wahrscheinlich noch.«

Er nickte. »Was ist mit Ihrem Fenster passiert?«

»Oh, wir hatten einen kleinen Zusammenstoß an der Tankstelle. Ein Typ ist uns mit seinem Pickup rückwärts reingefahren, aus dem eine Ladung Bauholz ragte.«

»Wohin sind Sie unterwegs?«

»Ich treffe einen Freund. Er hat ein Boot und kommt immer hierher.«

»Seien Sie vorsichtig.«

»Das werden wir. Einen schönen Tag noch.«

Ich drehte mich zu unserem SUV um, und er sagte: »Sie sollten besser Ihre Anhängerkupplung sichern.«

Der Stecker für den Bootsanhänger hing auf der Straße. »Danke, er muss sich irgendwie gelöst haben.«

Ich sicherte die Kupplung und stieg auf den Beifahrersitz. »Ich glaube, er hat es uns abgekauft.«

»Was hast du gesagt?«

Ich erzählte es Derrick und er sagte: »Wäre er fünf Minuten früher gekommen, hätten wir ein Problem gehabt.«

»Das ist milde ausgedrückt. Lass uns weiterfahren.«

Derrick fädelte sich in den Verkehr ein. Ich winkte dem State Trooper zu, der auf dem Seitenstreifen entlangraste. »Er sollte diesen Mistkerl besser nicht anhalten.«

»Wir müssen eine Kehrtwende machen.«

»Warte, bis er außer Sichtweite ist.«

Derrick wechselte auf die linke Spur. »Wir müssen hier so schnell wie möglich verdammt noch mal weg.«

»Gib ihm noch eine Minute.«

Er wurde langsamer und fuhr auf den Grünstreifen. »Er wird uns niemals sehen.«

»Wir hatten genug Aufregung für einen Tag.«

»Wir müssen dieses Geld an einen sicheren Ort bringen.«

»Für die Banken ist es zu spät. Die Hälfte von ihnen hat samstags geschlossen.«

»Ich hab dir doch gesagt, wir hätten uns einen Tag freinehmen sollen.«

»Ist ja schon gut. Fahr ein bisschen langsamer. Wir nähern uns dem Ort, an dem wir den Anhänger abgestellt haben.«

»Scheiß drauf. Wir kaufen eine neue Ausrüstung.«

»Das ist lächerlich. Wir können ihn nicht einfach so stehen lassen. Das würde Aufmerksamkeit erregen.«

Er spottete. »Hier kommt niemand vorbei.«

»Ach ja? Was ist mit dem Typen, der versucht hat, uns auszurauben? Er könnte vom Außenministerium oder vom Kartell sein.«

»Auf keinen Fall. Lass uns rausfahren und noch eine Bootsladung holen.«

»Und das Geld ungeschützt lassen?«

»Du bleibst dabei. Ich fahre raus.«

»Nein. Dafür braucht man zwei Mann. Du wirst den Weg dorthin nicht finden, und wenn doch, kannst du es nicht allein herausheben.«

»Ich schaffe das.«

Ich sagte: »Auf keinen Fall.«

»Dann kommen wir morgen wieder.«

»Wir müssen das Fenster reparieren lassen.«

»Nein, müssen wir nicht.«

»Was ist, wenn da mehr als fünf Kisten sind?«

»Dann fahren wir zweimal.«

»Vielleicht kann ich Mary Ann fragen, ob sie mitfährt. Sie kann bewachen, was immer wir hochbringen.«

Derrick sagte: »Gute Idee.«

»Nee, vergiss es.«

»Warum?«

Ich deutete mit dem Daumen auf den Rücksitz. »Wer soll darauf aufpassen?«

»Bring es zu mir nach Hause.«

»Nein. Lynn besitzt keine Schusswaffe.«

»Ich lasse ihr eine von meinen da. Sie weiß, wie man eine Waffe abfeuert.«

»Ich weiß nicht.«

»Wir können Mahoney holen. Er ist immer auf der Suche nach Nebenjobs.«

»Und was sollen wir ihm erzählen?«

»Die Wahrheit.«

»Ich will nicht, dass irgendjemand über unsere Geschäfte Bescheid weiß, und ich vertraue bei dieser Art von Kohle niemandem.«

»Worüber machst du dir Sorgen? Wir müssen uns vor niemandem verantworten. Wir können sagen, was wir wollen –«

»Werd nicht übermütig.«

»Bin ich nicht, du willst es nur einfach nicht wahrhaben, Mann.«

Ich funkelte ihn böse an. »Hör mit dem Scheiß auf und konzentrier dich.«

»Wir können das Geld mitnehmen.«

»Nein. Wenn etwas passiert, könnten wir alles verlieren.«

»Es kann auch etwas passieren, wenn wir es dort lassen.«

Er hatte recht. »Bei diesem Verkehr wird es dunkel sein, wenn wir versuchen, heute noch einmal zurückzukehren.«

»Wenn sie das Feuer in der Nähe von Miami-Dade löschen, wird alles gut.«

Ich schaute in den Seitenspiegel. »Es wird größer. Schau mal.«

Derrick drehte sich um. »Scheiße.«

»Es mag verrückt klingen, aber was, wenn wir das Boot holen und einfach dortbleiben? Wir behalten alles für ein paar Stunden im Auge.«

»Hmmm. Klingt nach einem Plan. Aber was machen wir morgen?«

»Wir haben ein paar Stunden, um einen Plan zu entwickeln.«

60

ALS WIR IN DERRICKS STRAßE EINBOGEN, SAGTE ICH: »FAHR rückwärts in deine Einfahrt.«

Er manövrierte den an meinen Geländewagen angekoppelten Anhänger neben seine Garage. Wir stiegen aus und koppelten den Anhänger ab.

Ich sagte: »In Ordnung. Du behältst ein paar Koffer über Nacht.«

»Wie viele soll ich nehmen? Zwei oder drei?«

»So viele du willst. Lass sie nur nicht in der Garage.«

Er öffnete die Hintertür und sagte: »Ich nehme drei.«

Ich zwang mich zu einem Nicken. »Ich muss es dir ja nicht sagen, aber die Sache muss geheim bleiben.«

»Sie kommen in mein Schlafzimmer, also muss ich es Lynn sagen.«

»Das ist in Ordnung, aber sie darf es niemandem sagen.«

»Ich weiß. Ich stelle sie ins Arbeitszimmer und warte, bis wir schlafen gehen.«

»Wer kann heute Nacht schon schlafen?«

Er lächelte. »Wir sehen uns um halb sechs.«

Als ich wieder ins Auto stieg, sagte ich: »Bis dann.«

»Warte.«

»Was ist?«

»Du sagst Davis nichts, oder?«

»Nein. Wir warten, bis wir alles haben und unser Anteil auf der Bank ist.«

———

MARY ANN SAH auf der Veranda fern. Ich schlich mit den Koffern ins Hauptschlafzimmer und stellte sie in meinen Schrank. Auf dem Regal darüber stand ein Schuhkarton mit einer Beretta 92, die ich nach meinem Abschluss an der Akademie bekommen hatte. Ich nahm sie und die Smith and Wesson, die ich in meinem Nachttisch aufbewahrte, mit ins Wohnzimmer.

Ich wollte in dieser Nacht nicht nur bewaffnet bleiben, ich schob auch die italienische Pistole unter das Sofakissen und versteckte die andere Pistole in der Speisekammer.

Ich trat auf die Veranda. Mary Ann legte eine Zeitschrift weg. »Du trägst immer noch dein Holster.«

»Komm rein.«

»Was ist los?«

»Nichts. Ich will dir etwas zeigen.«

»Was geht hier vor, Frank?«

Ich lächelte. »Das wirst du nicht glauben.«

Ihr Mund klappte auf. »Du hast es gefunden?«

Ich legte einen Finger auf meine Lippen und ging hinein, während Mary Ann von der Liege sprang. Sie betrat die Küche und schloss die Schiebetür. Ich gab den Code für die Alarmanlage ein und sie begann, den Countdown herunterzuzählen.

»Warum schaltest du die Alarmanlage ein?«

Ich ging ins Schlafzimmer. »Komm schon.«

»Du hast das Geld gefunden?«

Ich legte einen Koffer auf den Boden meines Schranks und öffnete den Verschluss. »Bereit?«

Ich klappte ihn auf.

»Oh mein Gott!«

»Verrückt, oder?«

Sie kniete sich hin und nahm ein Bündel in die Hand. »Wie viel ist hier drin?«

»Fünf Millionen.«

Sie roch an dem Bündel. »Ich kann es nicht glauben.«

»Glaub es ruhig.«

Sie schlug die Hände über dem Kopf zusammen. »Ist das ein Traum?«

»Das ist so real, wie es nur sein kann.«

Sie umarmte mich. Ihr Körper bebte.

»Warum weinst du denn?«

»Ich weiß nicht.«

———

UM VIERTEL nach fünf Uhr morgens weckte ich Mary Ann. »Wir müssen los.«

Sie ließ die Beine aus dem Bett gleiten.

»Nimm deine Glock.«

Ich lud die Koffer in den Geländewagen und Mary Ann fragte: »Was ist mit dem Auto passiert?«

Die Details würde ich ihr ein andermal erzählen. »Wir sind rückwärts gegen einen Baum gefahren.«

Wir fuhren zu Derrick. Ich koppelte den Anhänger an, während Derrick seine Koffer in unseren Geländewagen lud. Er sprang in seinen Jeep und wir fuhren in die Everglades.

———

FÜNF STUNDEN später bog ich in meine Einfahrt ein. Derrick war direkt hinter mir. Mary Ann und ich sprangen raus. Ich spähte in die Umgebung. »Bringen wir es rein.«

Mary Ann hielt Wache, während Derrick und ich die Koffer ins Haus schleppten. Ich drückte auf die Fernbedienung und das Garagentor rollte nach unten.

Derrick hob die Hand für ein High Five. »Wir haben es geschafft!«

»Es ist unglaublich.«

Mary Ann legte einen Arm um jeden von uns. »Ihr zwei seid die Besten.«

Ich sagte: »Hey, ich stehe doch über ihm, oder?«

Sie gab mir einen Kuss auf die Wange. »Das tust du ganz sicher. Warte nur, bis Jessica es erfährt.«

»Sag nichts, bis ich es erlaube. Ich will es auf der Bank haben, bevor wir es jemandem erzählen. Okay?«

Sie nickte. »Ich habe einen Bärenhunger.«

»Wir alle.«

»Ich taue etwas Soße auf und setze einen Topf auf.«

»Klingt gut.« Mary Ann ging in die Küche. Ich sagte: »Derrick, ruf Lynn an und sag ihr, sie soll rüberkommen.«

»Susie ist krank. Ich habe sie unterwegs angerufen, um ihr zu sagen, dass ich bei ihr bleibe.«

»Als Allererstes morgen früh bringen wir unseren Anteil zur Bank.«

Er senkte die Stimme. »Wir sollten mehr behalten, als wir gesagt haben.«

»Nein, ein Geschäft ist ein Geschäft.«

»Davis wird es nie erfahren. Er hat keine Ahnung, was wir gefunden haben.«

»Ich wüsste es, und das reicht mir.«

»Er hat versucht, uns von vorne bis hinten zu bescheißen, und du willst fair zu ihm sein?«

Da hatte er recht. »Es ist nicht richtig.«

»Was ist nicht richtig? Wir haben die ganze Arbeit gemacht und wären fast draufgegangen. Davis hat einen Scheißdreck getan, und der Bastard im Außenministerium kriegt hundert Millionen?«

»Zwölf Millionen für jeden sind nichts, worüber man sich beschweren könnte.«

»Es ist nicht fair. Und wir geben nichts davon ab.«

»Wir haben es versprochen.«

»Coburn ist tot.«

Er hatte recht, aber ein Mordkommissar spricht für die Toten. »Das spielt keine Rolle.«

»Das ist verrückt. Mir gefällt das nicht. Das ist falsch, Mann.«

»Du musst mit dir selbst leben können.«

»Ich habe kein Problem damit, mehr zu nehmen. Es ist nicht fair, von jemandem wie Davis verarscht zu werden.«

»Ich weiß, aber –«

»Denk drüber nach, okay? Das ist alles, worum ich dich bitte.«

»Klar. Lass uns den Fund dokumentieren und uns dann frisch machen, um zu essen.«

Wir machten einen Haufen Fotos von dem Geld. Ich griff nach einer Schnur, die von der Decke des Schranks hing, und klappte die Treppe zum Dachboden aus. »Lass es uns da oben aufbewahren.«

Derrick packte das Geländer. »Reich sie mir rauf.«

Ich zog die Treppe langsam hoch. Derrick klopfte mir auf die Schulter. »Wir haben es geschafft, Mann. Wir sind reich.«

»Kaum zu glauben, oder?«

»Da wurde nie ein wahreres Wort gesprochen.«

»Ich habe noch zwei Flaschen, die Bilotti mir geschenkt hat und die ich für einen besonderen Anlass aufgehoben habe, und besonderer als das hier wird es nicht.«

Ich zog den Korken aus dem 2015er Palazzo Brunello und nahm einen Schluck. »Nektar der Götter.«

Nachdem ich drei Gläser eingeschenkt hatte, hob Derrick seines. »Auf den Ruhestand.«

Wir stießen an, und er sagte: »Ich kann es kaum erwarten, morgen auf der Arbeit anzurufen. Wir sollten es zusammen tun.«

»Ich gehe nicht in den Ruhestand, zumindest noch nicht.«

»Was, bist du verrückt? Mary Ann, bring ihn zur Vernunft.«

Sie lächelte. »Das versuche ich seit über einem Jahrzehnt. Er hat seinen eigenen Kopf.«

Ich sagte: »Ich höre nach dem Beas-Fall auf.«

»Warum solltest du das tun?«

»Jemand muss die Toten verteidigen.«

»Die Toten verteidigen? Die müssen nicht verteidigt werden – die sind tot.«

»Jemand muss für sie sprechen, ihnen Gerechtigkeit verschaffen.«

Derrick leerte sein Glas. »Du bist verrückt, Mann. Wenn du dir den Arsch aufreißen willst, nur zu. Ich liege dann am Strand.«

61

GESSO KLOPFTE AN MEINE BÜROTÜR. »WAS MACHEN SIE denn hier?«

Der Klang seines Klopfens hallte in meinem Kopf wider. »Haben Sie vergessen, dass ich hier arbeite, Sarge?«

»Ich dachte, ihr beide hättet hingeschmissen.«

»Derrick vielleicht, aber ich habe einen Job zu erledigen.«

»Ich bin froh, dass Sie hier sind, aber an Ihrer Stelle hätte ich mir mehr als nur einen Tag freigenommen.«

»Glauben Sie mir, ich war nicht in der Verfassung, um zur Arbeit zu kommen.«

»Waren Sie feiern?«

Ich nickte. »Ich sag Ihnen was, einen Tag später und ich habe immer noch einen Kater.«

Er kicherte. »Sagen Sie mal, wie viel haben Sie denn gefunden?«

»Ein paar Millionen.«

»Ich habe gehört, es waren verdammt viel mehr als das.«

»Wir konnten nicht alles behalten.«

»Wäre nett gewesen, wenn Sie die Jungs vom Revier beteiligt hätten.«

»Wir wussten nicht, womit wir es zu tun hatten. Wir werden etwas unternehmen, sobald wir die genauen Zahlen haben.«

»Mann, bei drei Kindern am College könnte ich das gut gebrauchen.«

Das Tischtelefon klingelte. »Wir werden sehen. Wir sprechen uns später.«

»Mordkommission, Detective Luca.«

»Frank, hier ist Benny. Wie geht es Ihnen?«

»Äh, gut. Wie ist es Ihnen ergangen?«

»Wissen Sie, so lala, man schlägt sich durch.«

»Was ist los?«

»Nichts. Ich wollte nur anrufen und hören, wie es Ihnen und Ihrer Familie geht.«

Er war ein Zivilist, der vor fünf Jahren einen Schreibtischjob in der Behörde gehabt hatte. Wir hatten seit zwei Jahren nicht mehr miteinander gesprochen. »Uns geht es allen gut. Hören Sie, kann ich Sie zurückrufen? Ich habe ein Treffen mit dem Sheriff.«

»Sicher. Er will wahrscheinlich wissen, wann Sie Ihre Papiere einreichen.«

»Ich muss los, Benny. Ich rufe Sie später an.«

Zwei SMS plingten auf. Beide von Leuten, mit denen ich seit Monaten nicht gesprochen hatte. Sie behaupteten, sie wollten »nur mal nach dem Rechten sehen«. Es war eher so, als würden sie sich für ein Almosen anstellen. Wir waren zu mehr Geld gekommen, als ich je zu haben erwartet hatte, aber es war nicht genug, um alle Bedürfnisse zu befriedigen.

Ich lehnte mich zurück. War ich gierig? Es waren erst zwei Tage her. Wir brauchten Zeit, um uns anzupassen.

Warum konnten die Leute mir nicht meinen Freiraum lassen? Ich würde mich nicht verändern. Oder zumindest nicht so sehr oder so schnell.

Mein Handy klingelte. Es war Derrick. Bevor ich Hallo sagen konnte, sagte er: »Hast du gesehen, was dieser Bastard Davis gemacht hat?«

»Wovon redest du?«

»Sie hatten gerade eine Pressekonferenz und er hat gesagt, sie hätten nur achtzig Millionen gefunden. Der Bastard hat zwanzig Millionen beiseitegeschafft.«

Ich schüttelte den Kopf. »Was?«

»Davis hat nur gemeldet, dass wir insgesamt hundert gefunden haben. Der Bastard hat zwanzig gestohlen. Ich hab dir doch gesagt, wir hätten mehr nehmen sollen.«

»Er ist nichts als ein Dieb.«

»Das Geld sollte uns gehören. Er kommt damit durch und wir können nichts dagegen tun.«

Mein Herz begann zu rasen. Ich atmete tief durch, so wie Dr. Bruno es gesagt hatte, um mich zu beruhigen.

»Frank? Ist alles in Ordnung bei dir?«

»Mein Kopf pocht.«

»Hau da ab, bevor dich der Job umbringt.«

»Halt mir einen Liegestuhl frei, Kumpel. Sobald ich den Fall Beas gelöst habe, lege ich die Füße in den Sand.«

»Das glaube ich erst, wenn ich es sehe.«

»Wirst du schon. Steht das mit dem Abendessen heute Abend noch?«

»Und wie.«

»Ich vertrage heute Abend nicht viel mehr Wein.«

Er lachte. »Dann steigen wir auf Champagner um.«

»Da bin ich mir nicht so sicher.«

»Wir sehen uns heute Abend.«

Ich lehnte mich zurück und versuchte zu verarbeiten, was Davis getan hatte. Ich tippte auf die Tastatur, googelte Davis und Drogengeld und bekam eine Reihe von Treffern. Da war Davis, der hinter einem Tisch voller Geldstapel lächelte. Als ich las, dass achtzig Millionen gefunden worden waren, schloss ich den Tab. Ich starrte auf den Bildschirm und grübelte darüber nach, was Davis da abgezogen hatte.

Mein Blick fiel auf die dritte E-Mail in meinem Posteingang. Sie war von JP Morgan Chase. Sie waren die Ersten, die geantwortet hatten. Ich fragte mich, wann American Express die Daten liefern würde, klickte darauf und lud die Bankunterlagen und die Kreditkartenhistorie von Sanchez herunter.

Der Geltungsbereich unseres Durchsuchungsbefehls beschränkte sich auf die Transaktionen eines Jahres. Die Bankunterlagen von Sanchez umfassten zehn Seiten. Ich kramte die Notizen hervor, die ich gemacht hatte, als Jessie mir gezeigt hatte, wie man eine Tabelle sortiert.

Wenn es Geld gab, das mit dem Mord in Verbindung stand, dann waren es wahrscheinlich zehntausend oder mehr. Ich sortierte es vom höchsten zum niedrigsten Betrag und druckte es aus.

Die erste Transaktion war eine Überweisung von fünfundzwanzigtausend. Sie ging an einen Robert White. Ich fuhr mit meinem gelben Textmarker darüber. Diesen Namen hatten wir noch nicht gehört. Ich überflog die Liste und da war eine zweite Überweisung an Mr. White über achtzehntausend und eine dritte über neuntausend. Er hatte White zweiundfünfzigtausend gezahlt. War es für einen Mord?

Nachdem ich die beiden anderen markiert hatte,

umkreise ich sie und machte weiter. Ein weiterer Punkt erregte meine Aufmerksamkeit: eine Einzahlung über zweihundertfünfzigtausend Dollar. Das war eine beträchtliche Summe, aber was auffiel, war das Datum: der dritte Oktober, zwei Tage nachdem Beas ermordet worden war.

Ein weiteres Warnsignal war der Absender: The Cayman Group. Handelte es sich um eine Offshore-Firma mit Sitz auf den Cayman-Inseln? Angesichts der dortigen Datenschutzgesetze wäre es nicht einfach herauszufinden, wer hinter dieser Firma steckte oder wofür die Gelder bestimmt waren.

Ein nervöses Flattern machte sich in meinem Magen breit, als ich die Einzahlung markierte. Ich kam der Sache näher. Mein Handy klingelte. Es war Derrick.

»Frank, ich habe gerade mit meiner Nichte gesprochen. Sie ist bei Morgan Stanley. Sie versteht was von ihrem Fach, und wir brauchen einen Rat, wie wir das Geld anlegen sollen.«

Das stimmte. »Wir sollten uns mit ein paar Beratern unterhalten.«

»Sie ist eine zertifizierte Finanzplanerin, nicht nur eine Beraterin. Wir sollten uns mit ihr treffen.«

»Okay, mach das klar.«

Nachdem ich aufgelegt hatte, klickte ich auf das Dokument, in dem die Umsätze von Sanchez' Chase-Kreditkarte aufgelistet waren. Meine Schultern sackten nach unten.

Die Länge der Tabelle war ein Zeugnis für den schwindenden Gebrauch von Bargeld. Ich überprüfte die Notizen und sortierte sie nach dem Betrag. Die ersten sechs Zeilen waren Einkäufe für weniger als zwanzig Dollar. Ich hatte sie von niedrig nach hoch geordnet.

Als ich nach unten scrollte, war die größte Transaktion

etwas mehr als dreitausenddreihundert Dollar, die an das Marco Island Marriott gezahlt wurden. Gerade als ich zur nächsten Zeile übergehen wollte, hielt ich inne. War es ein Kurzurlaub oder eine Möglichkeit, jemanden unauffällig für eine Tat zu bezahlen? Ich unterstrich es und machte weiter.

Sanchez gab jeden Monat mehr für Kleidung aus als meine Hypothekenrate. Wie viel verdiente er im Jahr?

Nachdem ich in den ersten sechs Monaten des Jahres ein paar Hotelaufenthalte in Orlando, Tampa und Sarasota überflogen hatte, erstarrte ich bei einer Zeile, die einen Posten über einhundertacht Dollar auswies.

62

LÄCHELND SAH ICH AUF DEN VIDEOFEED AUS DEM
Verhörraum. Tage wie dieser waren mehr wert als alles
Geld der Welt.

In der Mordkommission zu arbeiten, war hart und
deprimierend, aber Momente wie dieser machten Spaß.
Einen Mörder zu jagen, war genau mein Ding. Und Sanchez
war ein würdiger Gegner.

Ich betrat den Raum und Delco und sein Mandant
erhoben sich. Es lief noch ein anderer Wettbewerb: der um
den Bestgekleideten. Sanchez trug ein gestärktes weißes
Hemd und eine gebügelte graue Hose unter einem hell-
blauen Sakko. Doch trotz des Looks, der durch Wildleder-
Loafer abgerundet wurde, hatte Sanchez erste Schatten
unter den Augen.

Sein Anwalt trug einen Seidenanzug, der mehr wert war
als die vier Anzüge, die ich derzeit besaß. Ich konnte es mir
jetzt leisten, meine Kleidung in den Waterside Shops zu
kaufen. Mary Ann würde drängen, aber ich würde mein
Bestes tun, um zu widerstehen.

Ich ließ mich auf einen Stuhl gleiten und legte eine Mappe auf den Tisch. »Meine Herren, danke, dass Sie gekommen sind.«

Delco sagte: »Ehrlich gesagt, bin ich überrascht, dass Sie sich noch nicht zur Ruhe gesetzt haben, Detective.«

»Das wird sich zeigen.«

»Ich konnte es nicht glauben, als ich die Nachricht hörte. Das ist eine unglaubliche Geschichte.«

»Glauben Sie nur die Hälfte von dem, was Sie hören, Herr Anwalt.«

»Nun, ich freue mich für Sie.«

Sanchez warf ein: »Ich auch. Ich freue mich für Sie.«

»Danke. Nun, bei der Prüfung von Mr. Sanchez' Finanzunterlagen sind einige Fragen aufgetaucht. Ich würde gern hören, was er dazu zu sagen hat.«

»Wir werden unser Bestes tun, um zu kooperieren, solange die Rechte meines Mandanten nicht verletzt werden.«

Ein Kichern unterdrückend öffnete ich die Akte. »Mr. Sanchez, Sie haben eine Reihe von Überweisungen in Höhe von insgesamt zweiundvierzigtausend Dollar getätigt.«

»Soll das eine Frage sein?«

»Sie wurden sowohl vor als auch nach dem Tod von Mr. Beas an einen gewissen Mr. Robert White gesendet. Wer ist er und wofür waren die Zahlungen?«

»Er ist ein Bauunternehmer, der eine Renovierung für mich durchführt.«

»Warum haben Sie das von Ihrem Privatkonto bezahlt?«

Er grinste. »Ich habe mir ein Strandhaus in Bonita gekauft.«

»Das erklärt es.«

Sanchez lächelte. »Sie können sich jetzt Ihr eigenes

kaufen. Ich kann Bob wärmstens empfehlen; er leistet groß-
artige Arbeit.«

»Also war es kein Auftragsmord?«, kicherte ich.

»Ich weiß nicht, wie oft ich es noch sagen muss; ich
hatte mit dem, was David passiert ist, nichts zu tun.«

Delco sagte: »Ist das alles?«

»Ich habe noch ein paar Fragen. Am dritten Oktober
erhielten Sie eine Einzahlung im Wert von zweihundertfünfzigtausend Dollar. Das Geld kam nur zwei Tage nach
der Ermordung von Mr. Beas an. Der Absender war eine
Firma außerhalb der Vereinigten Staaten namens Cayman
Group.«

Sanchez lehnte sich zurück. »Und Sie wollen wissen,
warum.«

»Das ist meine Frage.«

»Es war eine Anzahlung für ein Hotelprojekt, das sie in
Miami bauen.«

»Warum haben sie an Sie gezahlt und nicht an Ihre
Firma, Magnet Design?«

»Ich habe es ihnen gesagt. Ich wusste nicht, was ich tun
sollte, da David verstorben war, und ich hatte Angst, dass
die Bankkonten wegen des Nachlassverfahrens oder einer
anderen Vorschrift eingefroren werden könnten.«

»Warum haben Sie nicht gewartet, bis sich die Situation
geklärt hat?«

»Weil wir nicht den gesamten Betrag behielten. Das
meiste ging an Bauunternehmer.«

»Und Sie haben die Bauunternehmer bezahlt?«

»Natürlich.«

»Davon sehe ich keine Aufzeichnungen.«

Leise sagte er: »Sie wurden von Magnet bezahlt. Bei

allem, was los war, bin ich nicht dazu gekommen, sie zu erstatten.«

»Keine Sorge. Ich werde Sie nicht beim Finanzamt melden.«

»Es gibt nichts zu melden. Es war ein einfaches Versehen und wir befinden uns noch im selben Steuerjahr.«

»Keine Sorge, Herr Anwalt.« Dieser Satz rutschte mir wieder heraus.

»Ist das alles?«

»Noch eine Sache, Mr. Sanchez. Mögen Sie Marco Island?«

»Ja. Dort unten ist es eine andere Welt.«

»Sie haben dem Marriott dreiunddreißighundert Dollar gezahlt, aber es gibt keine Aufzeichnung darüber, dass Sie im Hotel übernachtet haben.«

»Ach, das war der fünfzigste Hochzeitstag meiner Eltern. Ich habe für eine Woche für sie bezahlt.«

»Das war nett von Ihnen.«

Er lächelte. »Danke.«

»Noch eine Sache, die wir klären müssen, und Sie können Ihrer Wege gehen.«

»Klar, was immer wir tun können.«

»Es gibt da eine Transaktion – sie ist klein, nur einhundertacht Dollar.«

Delco verdrehte die Augen. »Fahren Sie fort.«

»Und die Abbuchung erfolgte am ersten Oktober, dem Tag des Mordes.«

Die Farbe wich aus Sanchez' Gesicht.

»Mr. Sanchez, können Sie mir sagen, warum Sie einen Ford Taurus von Hertz gemietet haben?«

»Oh, das? Das war für einen Mitarbeiter. Er brauchte ein Auto.«

»Warum haben Sie ihm nicht einfach das Geld gegeben?«

»Es war geschäftlich.«

»Fand dieses Geschäft nachts statt?«

»Wer erinnert sich schon daran?«

Ich schob ein Foto aus dem hinteren Teil der Mappe über den Tisch. »Das sind Sie und Mr. Beas, wie Sie Mediterra am ersten Oktober um 21:08 Uhr verlassen.«

Delco nahm das Foto. »Wir werden die Echtheit dieses Bildes überprüfen müssen, aber so oder so bedeutet es nicht, dass mein Mandant für den Tod von Mr. Beas verantwortlich ist.«

»Er hat recht. Wir haben uns getroffen, um eine geschäftliche Angelegenheit zu besprechen.«

»Und dafür haben Sie ein Auto gemietet?«

»Mein Auto hat Zicken gemacht.«

»Bitte, Mr. Sanchez. Sie blamieren sich. Die Aufnahmen vom Tor Ihrer Wohnanlage zeigen, wie Sie mit Ihrem Maserati fahren, zwei Stunden, bevor Sie Mr. Beas abgeholt haben.«

Seine Stimme verlor sich. »Er hat angefangen, Geräusche zu machen ...«

»Sie haben Mr. Beas zum Lowdermilk Park gefahren –«

»Nein, nein. Wir waren vielleicht in der Gegend –«

»Ihr Leugnen wird durch die Beweise widerlegt. Zusätzlich zu den Geofencing-Beweisen und der Tatsache, dass Ihre Turnschuhe in jener Nacht dort zurückgelassen wurden, verfolgt Hertz den Aufenthaltsort all seiner Mietwagen per GPS. Sie und er waren dort. Die einzige Frage ist, ob die Diskussion hitzig wurde und Sie ihn erwürgt haben.«

Delco sagte: »Das ist Auslegungssache. Aber, äh, dürfte ich kurz mit meinem Mandanten sprechen?«

»Selbstverständlich. Ich rate Ihnen dringend, ihn zu einem Geständnis zu bewegen. Andernfalls lautet die Anklage auf vorsätzlichen Mord ersten Grades. Er wird lebenslänglich bekommen, ohne die Möglichkeit auf Bewährung – wenn er nicht die Todesstrafe kriegt.«

63

MARY ANN UND ICH GINGEN ZURÜCK ZU UNSEREM HAUS. SIE sagte: »Es ist schön, einen Spaziergang zu machen, nicht wahr?«

»Es ist ein wunderschöner Tag.«

»Ich setze mich eine Weile hin, bevor ich meine Bahnen ziehe.«

»Vielleicht springe ich auch in den Pool.«

»Okay. Vergiss nicht, dass der Küchenbauer heute Nachmittag kommt.«

»Jetzt schon?«

»Du hast gesagt, ich soll anfangen, Angebote einzuholen.«

»Ich weiß. Schon gut.« Mein Handy klingelte. Es war Sheriff Remin. »Hallo, Sir.«

»Hallo, Frank. Haben Sie einen Augenblick Zeit?«

»Sicher.«

»Ich wollte Sie über den Stand der Einigung im Fall Sanchez auf dem Laufenden halten.«

»Danke.«

»Wir haben die Vereinbarung abgeschlossen, und dank Ihres unermüdlichen Strebens nach Gerechtigkeit hat Sanchez Mord zweiten Grades zugegeben. Er wird mindestens zwanzig von fünfundzwanzig Jahren absitzen müssen, bevor er eine vorzeitige Entlassung auf Bewährung beantragen kann.«

»Er verdient mehr, aber das ist gut.«

»Ohne Sie wäre er damit davongekommen.«

»Das weiß ich nicht.«

»Nun, ich aber.«

»Danke, Sir. Ich habe gerne unter Ihnen gearbeitet.«

»Also, das war's? Sie kehren dem Ganzen den Rücken?«

»Ja, Sir.«

»Die Abteilung möchte, dass Sie eine Rückkehr in Betracht ziehen. Natürlich könnten Sie sich so viel Zeit nehmen, wie Sie brauchen, und wann immer Sie bereit sind …«

»Ich glaube nicht.«

»Mir ist klar, dass sich Ihre persönliche Situation verändert hat, aber die Abteilung braucht Sie.«

»Wenn sich etwas ändert, lasse ich es Sie wissen.«

»Die Tür steht Ihnen immer offen.«

»Danke.«

»Bevor Sie auflegen, wollte ich mich für die großzügige Spende zugunsten Ihrer Kollegen bedanken. Das wird nicht vergessen werden.«

Ich verabschiedete mich, bevor das schlechte Gewissen die Chance hatte, sich einzunisten.

———

NACHDEM ICH AUS dem SUV gestiegen war, überprüfte ich mein Profil in der Fensterscheibe des Wagens. Nur zwei Abende mit Essen und Trinken in Restaurants und mein Bauch hatte schon angesetzt. Ich würde ein paar Abende warten müssen, bevor ich bei den Kalorien wieder kürzertrat.

Als ich zur Tür ging, klingelte mein Handy. Es war eine 202er-Vorwahl. Ich drückte den Anruf weg.

Als ich durch die Tür des Café Normandie trat, sah ich Bilotti an einem Tisch an der Wand sitzen. Er winkte und setzte ein breites Lächeln auf. Ich stellte eine Flasche auf den Tisch. Wir umarmten uns.

»Schön, dich zu sehen, Frank.«

Ich klopfte ihm auf den Rücken. »Gleichfalls, Doc.«

Wir setzten uns und er sagte: »Ich wusste gar nicht, dass du hierherkommst.«

»Wir waren zweimal hier und es hat uns gut gefallen.«

»Das ist ein solider Laden. Er gehört einem Ehepaar aus Frankreich.«

»Hab ich gehört.«

Er nahm die Flasche in die Hand, die ich mitgebracht hatte. »Nicht schlecht. Roger Sabon Châteauneuf-du-Pape.«

»Ich hoffe, er passt gut zum Essen.«

»Ich bin sicher, das wird er.«

Ein Kellner öffnete die Flasche, und ich überließ Bilotti die Verkostung. Er nickte zustimmend, und zwei Gläser wurden eingeschenkt. Bevor der Kellner ging, bestellte Bilotti eine Artischockenvorspeise von der Tageskarte an der Tafel.

Er hob sein Glas. »Auf dich, den Ruhestand und eine Zukunft voller Lebensgenuss.«

Wir stießen an. »Danke, Doc. Aber ich muss zugeben, ich habe schon Zweifel, ob es die richtige Entscheidung war zu gehen.«

»Das ist normal. Du hast das so lange gemacht.«

»Es ist alles, was ich je gemacht habe. Ich habe Angst, dass mir langweilig wird.«

»Das wird schon. Am Anfang wird es seltsam sein, aber du wirst lernen, dich zu entspannen –«

»Ich weiß nicht. Wenigstens spielst du Golf. Ich habe nichts, was mich beschäftigt.«

»Ich bin in einem Jahr raus, und wenn Golfspielen mir nicht reicht, gründen wir vielleicht eine Beratungsfirma, um aus dem Haus zu kommen.«

Ich hob mein Glas. »Das klingt nach Spaß.«

»Könnte es sein, aber du musst dich auf die Möglichkeiten für dich und deine Familie konzentrieren. Ihr habt jetzt die Mittel zu reisen. Genießt es. Du hast viele Jahre in einer stressigen Position gearbeitet. Du brauchst eine Pause.«

»Ich weiß, aber –«

»Kein Aber. Denk daran, Mary Ann hat eine chronische Krankheit. Sie ist unter Kontrolle, und das mag so bleiben oder auch nicht, also genießt das Leben, solange ihr könnt.«

»Ich schätze, ich muss lernen, mich zu entspannen.«

»Fahrt zu einigen der Weingüter, die du besuchen wolltest.«

»Das hat Mary Ann auch vorgeschlagen. Wir müssen uns nur überlegen, wohin.«

»Fangt mit Italien an. Fahrt in die Toskana. Macht es nicht kompliziert. Ihr werdet garantiert eine tolle Zeit haben.«

»Vielleicht sollten wir zusammen fahren.«

»Nicht dieses Mal. Ich würde liebend gern eine Reise mit dir machen, aber im Moment ist das etwas für dich und deine Familie. Vertrau mir, du willst uns nicht dabei haben.«

»Du hast recht, Doc. Ich wollte schon immer mal die Toskana sehen, und mein Urgroßvater kam aus einer Stadt unweit von Chianti.«

Er füllte unsere Gläser nach. »Perfekt.«

»Nach der, äh, Abschiedsfeier morgen werde ich die Reise buchen.«

»Wunderbar. Und seid nicht knausrig. Steigt in den besten Hotels ab, gönnt euch nur das Beste.«

———

ALS WIR AUF der Route 41 nach Süden fuhren, kamen wir am Neapolitan Way vorbei. Ich sagte: »Können wir nicht einfach bei Mr. Big Fish essen?«

Jessie sagte: »Ach, komm schon, Dad. Die Feier ist doch für dich.«

»Ich weiß nicht, warum Derrick so einen teuren Laden aussuchen musste.«

Mary Ann sagte: »Wir teilen uns die Kosten. Das London Room ist gar nicht so teuer. Außerdem hast du es dir verdient.«

»Mom hat recht. Wie viele Morde hast du aufgeklärt?«

»Ungefähr dreißig, seit ich hier bin.«

»Wow, Dad. Das ist unglaublich.«

Ich zuckte mit den Schultern. »Der Sheriff sollte die Rechnung übernehmen.«

Mary Ann sagte: »Oh, ich habe vergessen, es dir zu erzählen. Meine Freundin Theresa hat mir zwei Hotels empfohlen, eins in Montalcino und das andere in Florenz. Sie meinte, wir wollten dort gar nicht mehr weg.«

Ich griff nach ihrer Hand. »Wir werden eine tolle Zeit haben. Freust du dich, Jessie?«

»Ich kann es kaum erwarten, wieder dorthin zu fahren. Es gibt dort ein Four Seasons, in dem wir absteigen sollten. Der Laden ist der Hammer.«

»Das ist doch teuer, oder?«

»Ich kann es kaum erwarten, euch Florenz zu zeigen. Es ist so eine coole Stadt, wenn die Touristen weg sind.«

Mary Ann drehte sich um. »Das wäre ein Riesenspaß. So viele historische Persönlichkeiten haben in Florenz gelebt.«

»Es gibt da diese richtig coole, winzige Kirche, in die Dante gegangen ist.«

»Dante? Das klingt ja fantastisch.«

»Dad, das wird die beste Reise aller Zeiten.«

Ein warmes Gefühl durchströmte mich. Es war schön, Jessie wieder zu Hause zu haben und zu sehen, wie aufgeregt die beiden waren.

Als ich in die Einfahrt des London Room einbog, zögerte ich, bevor ich unter das Vordach fuhr. Jessie sagte: »Wow, Dad. Das ist das erste Mal, dass du den Wagen parken lässt.«

Mary Ann lächelte, als ich die Schlüssel übergab.

———

DIE MÄDELS KICHERTEN in der Küche. Ich hob den Kopf und schaute auf die Uhr. Es war 10:00 Uhr morgens. Ich schnellte hoch, bevor mir wieder einfiel, dass ich im Ruhestand war.

Der Kaffeegeruch schlug mir entgegen, als ich das Schlafzimmer verließ. »Morgen, Dad. Ist alles in Ordnung?«

»Ja. Nur verschlafen.«

»Es war eine lange Nacht, Frank.«

Ich tat eine Kapsel in die Kaffeemaschine. »Ich muss sagen, es war besser, als ich erwartet hatte.«

»Siehst du? Ich habe dir doch gesagt, dass du Spaß haben würdest.«

Sie trugen Strandkleider. »Geht ihr an den Strand?«

»Du hast gesagt, wir gehen alle zusammen, Dad.«

Ich ging zur Haustür. »Sicher. Lasst mich nur erst meinen Kaffee trinken.«

»Ich habe die Zeitung geholt.«

»Danke, Jessie.« Die *Naples Daily News* lag auf dem Tisch. Als ich sie aufschlug, fiel mein Blick auf eine Schlagzeile: »Beamter des Außenministeriums der Veruntreuung beschuldigt.« Davis' Foto war unterhalb der Falz. Ich hielt sie hoch. »Habt ihr das gesehen?«

Mary Ann sagte: »Ja. Ich nehme an, du bist die anonyme Quelle.«

Ich lächelte und begann, den Artikel zu lesen. Er wurde auf Seite elf fortgesetzt. Als ich umblätterte, bemerkte ich eine kleinere Schlagzeile gegenüber dem Artikel: »Youth Haven profitiert von ungenanntem Spender.« Alles lief nach Plan.

»Dad, Cynthias Mutter ist Reiseberaterin bei American Express. Ich habe ihr gesagt, dass wir verreisen wollen, und sie hat einen Reiseplan ausgearbeitet.«

»Warte, bis du ihn siehst, Frank. Er enthält alles, was wir machen wollten.«

»Kannst du ihn ausdrucken? Dann können wir darüber reden, während unsere Füße im Sand stecken.«

»Schon erledigt.«

»Du bist die Beste, Jessie.«

Mein Handy klingelte. Es war wieder diese Nummer mit der Vorwahl 202. Washington, D.C. Ich wischte den Anruf weg und leerte meine Tasse. »Ich ziehe meine Badehose an. Kann mir jemand einen Kaffee zum Mitnehmen machen?«

64

MARY ANN DRÜCKTE MEINE HAND. »ICH KANN ES NICHT fassen, dass wir tatsächlich nach Italien fliegen.«

Ich schluckte den Preis der Reise herunter und sagte: »Ich weiß. Und Jessie kommt auch mit.«

Mary Ann senkte ihre Stimme. »In der Erste-Klasse-Lounge zu sitzen ist schon das Wahre, oder?«

»Es ist ein Erlebnis. Vorne im Flieger zu sitzen ist nicht billig.«

Jessie tippte auf ihrem Handy herum. Ich stieß sie an. »Aber wir sparen Geld, weil Jessie unsere Reiseführerin in Florenz ist.«

»Nicht nur in Florenz, ich war schon in der ganzen Toskana.«

Mein Handy klingelte. Diese 202er-Nummer. Schon wieder. Jemand vom Finanzministerium hatte eine genuschelte Nachricht hinterlassen. Ich stand auf. »Ich bin gleich wieder da.«

Ich zog mich in eine Ecke der Sky Club Lounge von Delta zurück und sagte: »Hier ist Frank Luca.«

»Hallo, Mr. Luca. George Pembroke vom US-Finanzministerium.«

»Was kann ich für Sie tun?«

»Wir wurden über den Fund informiert, den Sie gemacht haben, und offen gesagt, war das beeindruckend. Gut gemacht.«

»Danke.«

»Sie hatten eine ebenso beeindruckende Karriere.«

»Es war eine gute Zeit, aber es ist Zeit, weiterzuziehen. Ich weiß den Anruf zu schätzen.«

»Ich bin gerade dabei, eine spezielle Taskforce aufzubauen, eine mit weitreichenden Befugnissen, deren Zweck es ist, illegale Gewinne nicht nur aus dem Drogenhandel, sondern auch aus Finanzkriminalität ins Visier zu nehmen.«

»Das klingt nach einem ehrenwerten Unterfangen. Ich bin überrascht, dass es so etwas nicht schon gibt.«

»Es gab mehrere Versuche unter verschiedenen Regierungen, aber alle bisherigen Bemühungen sind gescheitert.«

Das war nicht überraschend, wenn man bedenkt, dass die Regierung voller Leute wie Davis war. »Ich wünsche Ihnen viel Glück.«

»Ich hatte auf mehr als nur Ihre besten Wünsche gehofft.«

»Ich verstehe nicht.«

»Wir glauben, der Erfolg einer solchen Operation hängt davon ab, wer in der Taskforce ist. Insbesondere muss sie von einer besonderen Art von Person geleitet werden. Jemand mit weitreichenden Fähigkeiten –«

»Falls das ein Jobangebot sein soll, ich bin im Ruhestand.«

»Ich weiß, und ich hoffe, Sie nehmen es mir nicht übel,

dass ich nachgeforscht habe, aber Sie haben nicht viele andere Interessen, und die Leute, mit denen wir gesprochen haben, sagten, Sie seien –«

»Tut mir leid, ich bin nicht interessiert.«

»Sie könnten so viel oder so wenig Zeit investieren, wie Sie möchten. Sie könnten sich sogar die Aufträge aussuchen, die Sie untersuchen möchten, und es ist nicht auf finanzielle Vermögenswerte beschränkt: Sie könnten gestohlene Kunst oder Antiquitäten verfolgen und sogar vorschlagen ...«

Mary Ann kam auf mich zu. »Frank, das Boarding für die erste Klasse beginnt, wir müssen los.«

»Ich muss los. Wir fliegen nach Italien. Und unser Flug wird gerade aufgerufen.«

»Genießen Sie es.«

»Danke. Gut –«

»Eine letzte Sache noch: Sie könnten wählen, ob Sie die Jagd persönlich übernehmen oder Teammitglieder anleiten. So oder so sind wir bereit, Sie mit einem Prozentsatz der wiederbeschafften Gelder oder Güter zu entschädigen.«

»Ich brauche das Geld nicht.«

»Sie könnten es an eine Wohltätigkeitsorganisation weiterleiten. Wir sind da und bei der Mission flexibel.«

»Tut mir leid, ich glaube nicht.«

»Sie müssten sich mit keinerlei Bürokratie herumschlagen.«

»Ich bin nicht sicher, ob sich das vermeiden lässt. Ich muss jetzt wirklich los.«

»Werden Sie darüber nachdenken?«

»Sicher. Auf Wiederhören.«

Ich schob unseren Rollkoffer die Fluggastbrücke hinunter. Mary Ann griff nach meiner freien Hand. »Ich kann es nicht fassen. Sag mir, dass das kein Traum ist.«

»Italien, wir kommen.«

Anmerkungen des Autors

Die Geschichte über die Suche nach dem von einem Drogenhändler versteckten Geld beruht auf wahren Begebenheiten.

In den 1980er-Jahren florierte das Drogengeschäft in Südflorida. Unvorstellbare Geldsummen flossen in die Hände von organisierten Dealern. Diese Netzwerke wurden zunehmend gewalttätig und waren für Tausende von Todesfällen verantwortlich, um ihre »Partner« auf Linie zu halten.

Oftmals wollte ein Dealer aussteigen, was schwierig, wenn nicht gar unmöglich war. Ein echter DEA-Agent genoss das Vertrauen eines solchen Dealers und wurde darüber informiert, dass dieser monatlich zweistellige Millionenbeträge zur Seite legte, um sich ein neues Leben zu finanzieren.

Dem Agenten wurde der Standort des geheimen Verstecks mitgeteilt, mit der Anweisung, es der Frau des Dealers zu geben, sollte ihm etwas zustoßen. Der Dealer schaffte es nicht, zu fliehen, da er und seine Familie brutal hingerichtet wurden.

Bevor er etwas unternehmen konnte, beging der DEA-Agent, ein Alkoholiker, in einer Flughafentoilette Selbstmord, weil er sein Auto nicht finden konnte, in dessen Kofferraum sich geheime Materialien befanden.

Nach seinem Selbstmord entdeckte der Partner des Agenten die Information. Es wird angenommen, dass er nach dem Geld suchen wollte, aber auf einem Golfplatz in Naples einen plötzlichen Herzinfarkt erlitt und starb.

Es ist schwer zu glauben, dass keiner der verstorbenen Agenten jemand anderem davon erzählt hatte. Obwohl unbekannt ist, ob das Geld sichergestellt wurde oder immer noch versteckt ist, bot dies die Gelegenheit, ein fiktives Ende zu erfinden.

———

PATRICK KEARNEY, der in der Geschichte erwähnte Serienmörder, ist leider auch real. Patrick Wayne Kearney ist einer der produktivsten Serienmörder in der Geschichte der USA.

Kearney, der nur 1,65 m groß war, tötete 1962 sein erstes Opfer und machte bis zu seiner Verhaftung am 1. Juli 1977 weiterhin Jagd auf junge Männer.

Kearney, der mindestens dreiundvierzig Männer ermordete, ist im Mule Creek State Prison in Kalifornien inhaftiert, nicht im Georgia State Prison, das 2022 geschlossen wurde.

———

MEINE URSPRÜNGLICHE ABSICHT WAR ES, Luca in den Sonnenuntergang reiten zu lassen und dieses Buch zum letzten der Luca-Krimireihe zu machen. Es war eine Freude, die Figur des Luca zu entwickeln, und ich habe mit Ideen gespielt, darunter ein Spin-off mit Derrick und Bilotti oder Luca in einer beratenden Funktion.

Ich beschloss, dass es Zeit für eine Veränderung war, und begann, eine Charakterstudie und Szenen für eine neue Reihe zu schreiben, über die ich schon eine Weile nachgedacht hatte.

Es ist ein aufregender Weg, den man da einschlägt, aber das Problem ist, dass Luca mir ins Ohr flüstert. Und er wird immer lauter …

———

ICH HOFFE, du hattest beim Lesen von *Mord, Geld und Chaos* genauso viel Spaß wie ich beim Schreiben. Wenn ja, würde ich mich freuen, wenn du eine kurze Rezension auf Amazon oder deiner Lieblingsbuchseite schreiben würdest. Rezensionen sind der beste Freund eines Autors, und selbst ein oder zwei kurze Zeilen sind hilfreich. Danke, Dan

Die Luca Mystery-Serie

Spannende Geheimnisse

Sie können über mein Schreiben auf dem Laufenden bleiben und Zugang zu Büchern haben, die frei von Discounter sind, indem Sie sich meinem Newsletter anschließen. Normalerweise ist es einmal im Monat ausgestiegen und enthält auch Notizen zu Selbstwertgefühl, Motivationsstücken und Weinartikeln.

Es ist kostenlos. Siehe meine Website: www.danpetrosini.com

Dan ist ein USA-Today- und Amazon-Bestsellerautor, der seine erste Geschichte im Alter von zehn Jahren schrieb und es liebt, Geschichten oder Witze zu erzählen.

Seine Ideen für Geschichten erhält Dan, indem er der Frage nachgeht: Was wäre, wenn?

In fast jeder Situation, in der er sich befindet, geht Dan der Frage nach, was wäre, wenn dies oder das passieren würde? Was wäre, wenn diese Person sterben oder etwas Ungewöhnliches oder Illegales tun würde?

Dans ständiges Gedankenkarussell liefert ihm reichlich Stoff, den er zu interessanten Geschichten verwebt.

Als Fan von Büchern und Filmen mit unvorhersehbaren Wendungen gestaltet Dan seine Geschichten so, dass die Leser den Ausgang nicht erraten können. Er schreibt jeden Tag, ringt notfalls um die Worte und hat bis heute über fünfundzwanzig Romane geschrieben.

Für Dan ist es keine Frage des Wollens, er muss einfach schreiben.

Dan ist der festen Überzeugung, dass Menschen ihre Träume verwirklichen können, wenn sie sich darauf konzentrieren und handeln, und er ermutigt genau dazu.

Sein Lieblingsspruch lautet: „Der Preis der Disziplin ist immer geringer als die Kosten des Bedauerns."

Dan erinnert die Menschen daran, Negativität aus ihrem Leben zu verbannen. Er glaubt, dass sie ansteckend ist, und rät, sich von negativen Menschen fernzuhalten. Er weiß, dass eine wirklich positive Grundeinstellung einem das

Gefühl gibt, das Leben spiele einem in die Karten. Wenn er mal vom Weg abkommt, sagt er sich: „Man kann keinen guten Tag mit einer schlechten Einstellung haben."

Dan ist verheiratet, hat zwei Töchter und einen anhänglichen Malteser und lebt im Südwesten Floridas. Der gebürtige New Yorker hat an örtlichen Hochschulen unterrichtet, schreibt Romane und spielt Tenorsaxophon in mehreren Jazzbands. Außerdem trinkt er viel zu viel Wein und nimmt sich selbst niemals, aber auch wirklich niemals zu ernst.

Er veröffentlicht einen zweimal monatlich erscheinenden Newsletter mit Artikeln, seinen Texten sowie Sonderangeboten und Schnäppchen.